有爱的青春陪伴者

喜欢你，
美滋滋

喜欢你，美滋滋

稚初 著

花山文艺出版社

图书在版编目（CIP）数据

喜欢你，美滋滋 / 稚初著. —石家庄：花山文艺出版社，2019.5

ISBN 978-7-5511-4608-1

Ⅰ. ①喜… Ⅱ. ①稚… Ⅲ. ①长篇小说—中国—当代Ⅳ. ①I247.5

中国版本图书馆CIP数据核字（2019）第080349号

书　　名：喜欢你，美滋滋

著　　者：稚　初

策　　划：张采鑫

责任编辑：郝卫国

特约编辑：廖晓霞

美术编辑：胡彤亮

责任校对：齐　欣

封面设计：蔡　璨

内文设计：蔡　璨

封面绘制：高梦雪

出版发行：花山文艺出版社（邮政编码：050061）

（河北省石家庄市友谊北大街330号）

销售热线：0311-88643221/29/35/26

传　　真：0311-88643225

印　　刷：长沙鸿发印务实业有限公司

经　　销：新华书店

开　　本：889×1194　1/32

印　　张：8.5

字　　数：204千字

版　　次：2019年7月第1版

2019年7月第1次印刷

书　　号：ISBN 978-7-5511-4608-1

定　　价：35.80元

目录

目录

第一章

人生处处是惊喜

/

XIHUANNI,
MEIZIZI

[1]

我叫夏橘。

据夏女士所说，我在抓阄时从木刀、毛笔、勺子、棉布等一系列匪夷所思的物件面前，从她怀里蹭出半个身子拿了旁边盛放在玻璃盆里的橘子，把一众做好夸赞说辞的亲戚震得半晌没回过神，只有我的舅舅在一旁捧场拍手叫好：“橘子好，橘子好……橘子甜……又圆……”

我便取名叫夏橘。

有趣的是，我家邻居的儿子叫丘程。

不同于我名字取得随意，他的取名可大有故事。

他爸爸是若河的公务员，妈妈是海城高中的语文老师，四舍五入就是书香门第。

丘程出生时，丘叔因为公事一个多月未归，但老实木讷的丘叔在儿子取名之时直接给丘姨写了一封信，信里只有一首诗。

纳兰性德的《长相思》。

“山一程，水一程，身向榆关那畔行，夜深千帐灯。风一更，雪一更，聒碎乡心梦不成，故园无此声。”

算命的人说“一程”与孩子的八字不合，最后便省去“一”字，叫丘程。

年少的丘程穿着短款背带裤、翻领的白色小衬衫，坐在小区的台阶上挺了挺背脊，确定对以上话语加以修饰和润色后，才冲我摆手说：“哎，我名字取得可随便了。”

当时，我正含着从小卖部买来的冰棒，哆嗦着嘴哈出一口冷气才慢悠悠回道：“所以，我是夏天的橘子，你是秋天的橙子，左右都是水果。”

丘程恼羞成怒大吼一声：“俗！”

那个“俗”字的声音这么多年来波浪似的立体环绕在我耳畔，魔怔一般，吓得我每次想起他之前都得斟酌值不值得。

但此时此刻，已经由不得我斟酌，它毫无预兆地直接砸进我的耳畔，震得我天灵盖一颤一颤。仿佛少年时塞进嘴里的那一口冰棒上的冷气还弥漫在嗓子眼里，冻得我喉间干涩一片。

我忍着手痒揉耳朵的冲动伫立在原地和丘程四目相对，中间隔着一个半开的行李箱。

生活处处是惊喜——如果这算惊喜的话。

这件事得从我遇见彭嘉彦开始。

若河高中是半封闭式管理学校，从我家到学校不过两三站公交车的路程，所以我下意识地认为住宿不过是走个形式——直到夏女士殷勤地把 28 寸行李箱推到我面前。

开学当天，我拖着行李箱满头大汗地从层层包围的人群中挤进去看寝室安排表，坚持没几秒就被人群挤出来。

8 月底的最后一天，太阳铆足劲释放无处安放的热情，直把人晒得两眼昏花、头晕目眩。

等我从好几张数字表里找到自己的寝室号，并且顺利地到达寝室楼下时，中山楼楼顶的大钟正指向下午 3 点 30 分，饥饿引发的爆发力让我一鼓作气哼哧哼哧地把行李箱抬到四楼。

我速战速决找到寝室，撑着行李箱一口气没喘匀就看见寝室门口站着一个男生，他正一脸狐疑地对着寝室门半瞪着眼。

我侧头往门上看，确定是 406 无疑才拖着行李绕过对方，开门。

他吓了一跳，尴尬地连退好几步，脑袋都快埋进手机里。

寝室是四人房，上下床，我挑了左边上铺的位置，开始擦拭早已积满一层灰尘的木板床，但不过片刻我就深陷囹圄，只能手忙脚乱地扒拉着头顶的白色蚊帐发呆。

手中的蚊帐突然抽动了一下，我坐在上铺往下看，门外的男生正仰着脖子看向我，手上拉着蚊帐的一个角。

“这里，还有你左手上的那一角，绑在靠墙的两边挂钩上。”

我看着他没有说话，他看了我一会儿后，放下行李拉我下床。

我叉腰满意地看着他把蚊帐四角固定，拉平褶皱的边角再塞进凉席里，等他从爬梯上下来就殷勤地把书包里未开封的饮料递给他。

“夏橘，夏天的夏，橘子的橘。”

他往后退了一步，笑得腼腆：“彭嘉彦。”

彭嘉彦被学校误安排在女寝，需要去教导处重新安排寝室。我秉承着礼尚往来的原则趁他拉行李箱的间隙，先他一步抱起他脚边的纸盒。

“我帮你拿去寝室吧。”

彭嘉彦看了眼手机，没有拒绝，笑着露出一边的酒窝：“那一会儿我请你吃饭。”

我立马屁颠屁颠地跟着对方去教导处。

教导主任不在，只有一个女老师坐在一边整理资料。她往键盘上敲了几下，得知系统确实误把“彭嘉彦”分到女生寝室，才从一堆资料里抽出寝室花名册，准备从中找一间有空床位的寝室把彭嘉彦安排进去。

“310室。”彭嘉彦突然出声，伸手往花名册上指了指，“310室有空床位。”

老师往后翻了两页，抬头意味不明地看了他一眼，便把信息输入系统。

我跟着彭嘉彦往男寝走，好奇地问对方：“你怎么知道310室有空床位？”

他把行李箱抬高上楼梯：“我朋友说的，他们在那个寝室。”

310室的门半开着，嬉闹声断断续续地从门缝里溢出来。

彭嘉彦轻推开门，我站在对方身后探头往里看，入眼就是地板上堆放的杂物，半开的行李箱、脸盆、水桶、饭盒、衣架以及一大袋零食泡面。

里面走出来一个男生，踢开一边的拖鞋冲彭嘉彦喊：“来啦，怎么这么慢？”

我闻声看过去，声音洪亮，牙齿洁白，是一个皮肤黝黑的高大男生。

不等彭嘉彦回答，里面就哄笑成一片。

“阿彦被安排到女寝了。哎哟，可怜我们家阿彦上上下下地跑。”

彭嘉彦走进去笑着没说话，里面随即传来一声哀号和笑骂。

“就你嘴欠！”

一道身影从床边探出头趔趄了下撞倒桌上的矿泉水，它摇晃了几下掉下来从远处滚落在我眼前。我顺着矿泉水滚动的轨迹回望，一抬头就看见丘程笑着收起腿。他在抬头看见我的一瞬间，笑意不上不下地挂在嘴边，流光里只剩半截小虎牙。

因为他的停顿，大家的视线才从彭嘉彦身上转投到我身上，我如芒在背，捧着箱子的手指局促地扣着箱子底部的花纹。

彭嘉彦把我手中的纸盒接过去，介绍道："夏橘……"他顿了顿回头看我，"对了，你在哪个班？"

"（2）班，高一（2）班。"我差点没捋直舌头，尾音模糊得像舌尖刚滚过热汤，眼角余光却瞥见丘程漫不经心地挑了挑眉。

但室内的窗帘紧闭只透着一个边角，有光但不明亮，我不确定是不是我的错觉。

"哎，我们也是（2）班的！"

说话的是方才因不着调被丘程踹了一脚的男生，他抱胸靠着铁杆爬梯，裤腰上绑着一件红色格子衬衫，侧头冲我眨眨眼："我叫张世伟。"

冻结的空气因为这句话的到来终于重新流动起来，最让我诧异的是，黑高个儿的名字叫方瑞暄，一个与他的外貌和气质半点不搭边的名字。他坦然地冲我挥挥手，高大的身影坐在床沿边莫名让人有压迫感。

大家把视线都集中到丘程身上，只剩他没表态。

门外的阳光落在地板上，把无处遁形的我拖拉出长长的影子，我只能装似不经意地把视线从丘程脸上掠过重新落回地面。

"俗！"

"我妈说，我的名字可是'一程山水'的意思……但是你为什么不叫夏杧？你不是喜欢吃杧果吗？"

我又一次想起丘程当年说过的话，可是我为什么会记得那么清晰，鲜活到让我烦躁得想落荒而逃。

彭嘉彦不明所以地出来打圆场："我和夏橘先去吃饭，你们先收拾。"

丘程却径直向我走来。小时候我们最喜欢在小区花架旁的红木上比画身高，争着当大的那一个，那会儿个头总比年龄更具说服力。但一直到丘程离开小区，我们的身高都处在不相上下的境地，为此我还企图威逼利诱我爸给自己买“成长快乐”，力求日后再见，秒杀对方。

但此时此刻丘程每往我身前走一步，我就被秒杀一回，他雨后春笋般的疯长是我吃多少瓶“成长快乐”都无法到达的高度。

他越走越近，我本能地想往后退，却被他一把抓住手臂。

他身上熟悉的洗衣粉味道瞬间刺激了我身上的某个开关。

“你当时为什么没有来送我？”

我听见他说话的声音以及一寝室的吸气声。

[2]

我盯着餐盘里的肉酿茄子和红烧里脊，丘程盯着我，眼神活像要把我切丝炸酱，做成红烧里脊。

偌大的饭堂，整齐划一地摆放着浅蓝色餐桌和固定的圆椅，这会儿正是饭点，乌泱泱一片人头攒动，我盯着丘程身后男生翘起的呆毛故作镇定。

丘程拿银色筷子敲了敲我的餐盘，终于松口：“算了，你不想说就不说了，反正都是三年前的事情。快吃饭吧，我刚都听到你肚子在打更了。”

我立刻往嘴里塞了一口里脊。当年丘程离开小区的时候，我并非不愿去送他而是没办法送。所幸丘程也没有坚持，他一开始揪着不放的原因，也不过是因为这场突如其来的重逢需要一个节点的缓冲。

毕竟，我们的共同话题除了开学也只有童年。

我兀自想着，抬头却发现丘程目不转睛地盯着我手中的筷子。

“你吃吗？”我晃了晃手中夹住的里脊，红褐色汁液滴落在银色餐盘上，却像滚进我嘴里，我喉间没忍住动了动。

丘程把筷子竖在餐盘中间，撑着脑袋突然勾嘴一笑：“你怎么还是这样？”

这样？是怎样？

我顺着对方的视线往收回的手肘看过去，眼神一顿，时间像是光速往回倒退。

小时候，家里有长辈，碍于礼貌都得在吃东西之前过问其他人的意见，但我心里的想法与表面功夫完全背道而驰，我一边笑着询问一边隐隐渴望他们都拒绝，好让我能独享美食，便会下意识地把递出去的手往怀里不着痕迹地轻轻一带。

连我父母都没有发现我的小心思，只有丘程知道，并且会在这种情况出现时，率先出口拒绝，横着脖子语气斩钉截铁，让旁人都不好伸出手。

然后，事后和我五五分。

我回过神，抬头正视对方。

不仅是身高，丘程连眼角眉梢都像遇春盛放，高挺的鼻尖，内双细长的双眼，还有笑起时露出的两颗小虎牙竟让他看起来……有那么点像模像样。

“什么像模像样，我这炯炯双眼、高鼻梁、大长腿，活脱脱就是标配版男神！”

我毫不掩饰地“嘁”了一声，吃饱喝足后一边拿筷子挑剩下的茄子，一边问他：“方世伟他们在（2）班，你也在（2）班吧？”

他咀嚼的动作顿了顿：“应该是吧。”

“嗯？”这个话题竟然还有第三个选项？“难道你不在（2）班？”

丘程端起餐盘：“也不是，我原本是分配在（2）班，但有一个认识的老师想让我去她班上，我还没回复她。”

我跟着他把残羹倒进盥洗池旁边的蓝桶中，忍不住好奇道：“走后门吗？”

丘程回头瞪我一眼：“那是邀请！她初中时带我参加过几次省里的作文比赛，我升高一，她也被调到若河，估计是还想带我吧。”

丘程的妈妈是语文老师，他从小语文成绩就优异，这点我倒是不怀疑，只是随口问了句哪个班。

“（17）班……好像是这个，我没认真听。”

我一把拉住他：“几班？”

他不明所以：“（17）班啊。”

我气血直冲天灵盖，痛心疾首：“（17）班啊！若河尖子班！多少人挤破脑袋都想进去，你竟然不去！更何况……”

“何况什么？”

更何况……还能看见陆朝浥。

我越过他快步跨上阶梯：“更何况楼层低，学校对尖子生总是照顾周全，连几步阶梯的时间都省了。”

“你忘了（2）班在一楼吗？”他慢悠悠地跟在我身后，“况且我可不想变成削尖脑袋往书堆里扎根的书呆子。”

初中时我就听多了这种话，一般都是出自表面风光洒脱，暗地里却咬牙刷题的学霸身上。

仿佛这样就能把自己和艰苦追赶排名的人区分开，并借机告诉别人，老子不是用功，老子是天赋异禀。

可是我不想拆穿丘程，只是配合地问他：“那你想变成什么？”

他的脚步声和我齐平，抬头望着远处的寝室楼略一思忖才道：“我不知道，但起码不是自己讨厌的那类人。”

不是自己讨厌的那类人吗……

我正对着丘程往后退，他身后有隐曜的远山和湛蓝的天空，落日从他的发梢蔓延到我的脚尖、手上和微微眯起的眼皮上。

如果不知道自己想成为什么样的人，那就不要成为自己讨厌的人。

若河近几年各大高校军训晕厥人数剧增，若河当地政府不得不采取措施消解家长的不满，我正好撞上这个大好时机，既不需要去军训基地也不用经历一个星期的烈日烘烤，但我没想到光是在校三天的军训就够把我折腾得只剩半条命。

简霓站在我身边趁着教官转身的瞬间迅速摸了一把额头的汗怒道：“我的防晒霜都白涂了。”

“你别说话了，教官往这边过来了。”林安安红彤彤的双颊暴晒在烈日下，额头的汗水流过眉梢往她的眼角滑下去，刺痛感迫使她眯了眯眼。

我没忍住抬手替她抹了一下，她半眯着眼冲我笑。

我收回手把汗珠在裤腿上蹭了蹭，这会儿才感觉脑袋沉重，喉咙一阵火辣辣的滚烫，我心里一跳，半合着眼努力转移注意力。

我第一次见简霓的时候是在和丘程吃完晚饭回寝室的路上，当时见她推掉旁人帮忙的请求，左膀右臂各挎一个大包，摇摇晃晃地进寝室。

真结实……

这是我对简霓最初的印象。而林安安与简霓完全是互补的性格，林安安生得白净，说话的声音都软绵绵的，带着一股子江南女子的温婉。

因为彭嘉彦被误分错寝室，导致四人房最终只有我们三人，而在她们默许下我便喜滋滋地把多余的日用品和行李箱放在空床位上，当时她们正背对着我整理床铺，简霓突然问起今晚吃什么。

在那一刻我才体会到，我的高中生活真的开始了。没有锣鼓喧天和声势浩大的欢迎，平淡得就像我原本就是住在若河一样，我难免有点唏嘘。

从初中生变成高中生，我一直以为这是我成长中质的飞跃，没想到连开端都平凡无奇。

我用力闭了闭眼待汗水滑过眼角才睁开眼，啊……转移注意力没用，脑袋还是一阵眩晕。

身后突然传来一阵骚动，教官脸色一沉，三步并作两步往后面跑。

这会儿朝阳正热，头顶上的热气包裹着每一寸肌肤，冷汗顺着我的下巴滴落在球场的水泥地面上，“刺啦”一声消散。

简霓趁乱撞了撞我的肩膀：“后面又有人晕倒了，一会儿就按我们昨晚说的，我数三二……不对，不是这个节奏，一会儿我数三……二……”

你倒是数“一”啊！

我心里呐喊，两眼一黑直接倒在她身上。

“我去！我还没数一呢！”

这是我在陷入黑暗之前听见的最后一句话。

医务室里有淡淡的消毒水味和……浓郁的奶味？我眨眨眼待眼睛适应了周围的强光才往身侧看过去。

丘程背对着我半伏下身子在桌子上捣鼓东西，听见声响才捧着一杯牛奶回过头，我这才看清桌面上的小型电磁炉和奶锅。

“来，把牛奶喝了。”丘程坐在旁边的床上把牛奶递给我，转身把电磁炉的插座拔了。

“医生说是低血糖硬要给你吊葡萄糖水，要不是我拦着，你这会儿肯定得瞎折腾了。”

我捧着牛奶微微一愣，立马垂眸乖乖喝牛奶。

小时候我特别怕医生，偏偏小区门外就有一个诊所，不管有病没病是何病因都逃不过扎针的命运。有一次，我低烧不退迷迷糊糊被妈妈抱去诊所打针，但就在医生准备药剂时我一眼瞄准时机撒腿往门外跑，速度快得夏女士连我的衣角都没碰到。

丘程总是隔三岔五地借此事取笑我，但当时替我回去取药的也是他。

我脸上一热，借着喝牛奶的间隙回避对方揶揄的眼神。整个医务室都是浓郁的奶香，我抿了抿嘴角的奶渍才想起问他：

“你的奶锅哪来的？”

“跟学校奶茶店的大姐借的。”丘程一边拆开脖子上的绷带一边顺着我的视线看过去，“我可是交了一百块押金的，一会儿还得还回去。”

我这才注意到他的左手手腕上绑着厚厚一圈绷带，他此刻正在继续往下拆手腕上的固定板。

“你的手怎么了？”白色绷带里面还露出一片深褐色药膏的影子，但医务室里的奶味太过浓厚硬生生地把药味压制住了。

丘程把短木板抽出后才重新绑上绷带：“昨晚玩滑板摔倒的时候手腕撑了一下地。”

大概是我的表情太过哀恸，他为了挽回伤势不得不解释一句：“不严重，一周就好了。刚好撞上军训我故意让医生绑成这样的，不然可逃不过那群老师的火眼金睛。”

他支着一条腿靠在墙上，左手搭在膝盖上问我：“还晕吗？在你桌上有巧克力。”

我摇了摇头，医务室里开着空调，后背上的冷汗变成黏糊糊的一片冰凉，我靠得别扭索性完全坐起身。

“你送我过来的？”

他晃晃左手笑了笑：“我可没办法送。我刚到医务室换药来着就看见教官身后跟着两位女生心急如焚地抱着你闯进来，医务室的药剂没了，季医生要出去一会儿便让我守在这里。”

估计都把简霓和林安安吓傻了，我当时脑袋眩晕一片，嘴巴张了好几次都发不出声响，简霓肩膀撞过来的时候我目光所及之处已经乱成一片黑白。

“你和陆朝浥认识？”

丘程冷不丁一句话丢过来，我傻兮兮地“啊”了一声。

他还想开口就见医务室门口站着一个人，逆着光身姿挺拔，摘下军帽的脸上挂着汗珠，神色却很淡然。

“你怎么样了？”陆朝浥的视线扫过丘程微微点头，把手上的红色塑料袋放在床头柜上。

我一脸讶异，一边拆塑料袋里的奶糖一边说：“已经没事了，不过你怎么知道我晕倒了？”

“我们班正在跑操，路过时看见了。”

我莫名觉得有点难为情。书上说的翩翩而落宛若美人状的晕倒都是假的，我至今都能想起自己“哐当”一声砸在简霓手肘上时的疼痛感。

“你就不能只看见我英姿飒爽走正步的样子吗，光撞上我出丑的样子。”

“不丑，”他把帽子戴回头上，“你好好休息。”

他匆匆而来匆匆而去，仿佛只是路过往里看了我一眼。

“你没醒的时候他就来过了，你们很熟？”丘程支撑着下巴看我，一脸若有所思，“你已经不喜欢吃巧克力了？”

我揉捏包装纸的手指一顿，一时不知道该回答哪个问题。

“你们很熟吗？”他似有所觉，重复了一遍。

“我们初中是同桌来着，他人挺好的。”我把包装纸塞进旁边的垃圾桶里，突然想起方才陆朝浥冲丘程点头的动作。

“你们认识？”我问。

“初中市区竞赛的时候见过几次。”丘程站起身伸了伸懒腰，念了一遍对方的名字，“他的名字蛮特别的，看过一眼就记住了。”

我顿时来了精神，与有荣焉地咧嘴一笑：“是不是很好听？听说是他爸爸取自‘渭城朝雨浥轻尘’诗句中的字，我第一次听说的时候，觉得特别惊艳。”

丘程往绷带上拉紧的手一顿，目光轻飘飘地扫在我脸上：“嗯，还行。”

我后知后觉地想起丘程小时候特别在意他的名字，光是他名字的由来就跟我解释不下四五遍。我这边在走神，丘程已经收拾好电磁炉和奶锅装进袋子里提着等在一边。

“能走吗？我送你回寝室。”

我应声掀开被子下床，刚跨出一步才想起桌上的巧克力，我把它塞进校服裤口袋，抬头的时候刚好看见丘程转头收回视线。

[3]

开学典礼当天是个艳阳天。我和简霓集会的时候绕道去了一趟厕所，到中山楼下的时候班级队伍已经排列成一纵队。林安安排在队伍的末尾冲我们招手，阳光从中山楼后侧边泼洒而来，在红绿色方砖的地板上投射成大片的阴影。我就站在阴影的最顶端，身后大半身子沐浴着日光。

“在这个阳光明媚，秋高气爽的早晨，我们迎来了若河高中 2012 年新学期的开学典礼……”

我听着校长冗长的典礼致辞昏昏欲睡，身后突然一热，简霓贴上来一边偷瞄着队伍前面的老师一边在我耳边念叨：“我一直对开学典礼的致辞怀有疑问，全国的校长致辞是不是都出自一人之手啊，每年都是那几句……而且每个校长的‘我只说三句话’都是长篇大论前的烟幕弹，一句话就顶我一篇考场作文……”

我听着简霓的吐槽，原本酸涩的眼睛渐渐清亮过来，有一搭没一搭地和她聊天。突然，一阵掌声雷动，我汗毛而立下意识地跟着鼓掌，转头的瞬间就看见陆朝浥穿着蓝白色校服上台。他脸上依旧是淡淡的神情，自我介绍后面紧随而至的就是新生致辞，俊秀的眉眼在阳光下裹上一层光边。

“我的妈呀，太好看了。”

我呼吸一窒，回头才发现这句话不是自己说的。

“你认识他？”我小声问道。

简霓甩甩头发：“整个汕尾就没有学生不认识他的。我初中班主任特别欣赏他，连口头禅都是‘你们要是能顶半个陆朝浥，我就吃斋念佛了’。”简霓掰着手指数，“长得帅、成绩好、会国画、逆天大脑的五好青少年。你知道吗，他有个外号？”

“不二神？”我的语气带着试探，心下却十分笃定。

这个外号的来源是因为陆朝浥几乎没考过第二名。连老师都开玩笑说要把光荣榜的“第一名陆朝浥”镌刻在印章里，一盖一个准。但我总觉得这个外号很傻，跟不二家的孪生胞弟似的。

“‘别人家的孩子’果然名不虚传……但是吧，我总觉得陆朝浥这人没什么灵魂，看着特冷淡。”

陆朝浥正在做最后的总结，台下明显比方才校长致辞热情多了，隔三岔五就掌声雷动。他脸上始终是不咸不淡的微笑，耐心地等掌声停了再继续。

“他不是冷淡……”我忍不住为他平反，他明明是一个会给我送奶糖的贴心男孩啊。可是我找不出措辞去解释，只能急得手舞足蹈。

“你别急啊，我就随口一说。”简霓抓住我挥舞的手，“你再挥老班就要过来了。”

“他真不是，他人特别好，他还给我补过数学。”

简霓哭笑不得，频频点头。

“但是他为什么会留在若河呢？听说华附已经向他伸出橄榄枝了，只要他志愿里有华附就算稳进了。”林安安突然转过头说道。

这个问题我没办法回答，这件事是整个初中师生都不得其解的谜。

简霓云里雾里地点头，片刻后突然一巴掌拍在我后背上：“补数学？”

“我初中和他同过桌……我没说过吗？”我揉着后背心惊胆战地反问。

“没有！”简霓斩钉截铁。

“你昨晚就说了医务室的那个男生，是你小时候的玩伴叫丘程。”林安安立马接上。

“对了，丘程……等会儿，那不是他吗？他好像往我们这边过来了。”

我顺着简霓的视线往右侧望过去，丘程从校门口晃晃悠悠走过来，旁边还站着三个人，我靠着模糊的视力艰难地辨认出是310室剩余的几人。

他的头发好像是棕栗色的，感觉在阳光下发梢带着光斑似的一闪一闪。

我莫名其妙地想，收回视线时刚好看见前方林安安的侧脸。

她侧着头，视线飘忽在丘程过来的方向，时而看人时而看地面。

“怎么了？”我问。

“啊……”林安安睁大眼，耳尖有点红，“我随便看看。”

丘程站在男生的队伍后面，陆朝浥刚好发言完毕准备下台，他随着人群鼓掌，手腕上的绷带异常明显。

“你的手没事吗？”我往他身边凑了凑。

“程哥怎么可能有事，出门再来三四个人都……”张世伟还没说完就被丘程一手肘撞肚子上，他弯下腰冲丘程发狠。

嗯？我看着丘程。

“就玩滑板的时候起了点冲突。”他不以为意地动了动手腕。

简霓冲他抱拳：“真壮士，从来都是轻描淡写的。”

丘程笑着冲她摆手。

9月份的阳光依旧热烈地拴着火星子，太阳越升越高，地砖上楼宇的影子越缩越小，迫使我完全暴露在烈日之下。

“哎，你过来一点。”丘程冲我钩钩手指。

“嗯？干吗？”队伍前面的班主任这会儿正往这边望过来，我立马缩了缩脖子，“过去干吗？老师看着呢。”

“麻烦。”他突然脚下一转，侧身面对着我。

我歪着头不解地看他，他自顾自左右移动了两步，突然拍了拍前面方瑞暄的肩膀。

“哎，大暄，往前面站一点。”

方瑞暄顺从地往前跨了一小步，丘程踩在他方才站立的位置冲我得意一笑：“不晒了吧？”

我缩在丘程的影子下，看着对方肩膀外围的一整圈阳光莫名有点站立不安，只能敷衍地应了一声。

教导主任正在做大会的总结，唾沫星子跟水花似的在半空中炸裂。我刚想收回视线，目光却是一顿，不由得在教导主任和方瑞暄身上来回扫射。

“怎么方瑞暄这么像教导主任呢……跟他爸似的。”我嘀咕一声。

“对啊。”丘程转头看向前面。

“是吧，你也觉得像吧。”

“我的意思是——”他笑了笑，“那就是他爸。”

丘程盯着我瞪大的眼睛看了两眼，突然挑眉一笑：“不然你以为我们是怎么被安排在一个寝室的，都是大暄的功劳。”

八点一刻，漫长的晨会终于结束。老师正在疏散人群，让大家从两边撤回教室。

“宝儿。”

嘈杂的人群中突然有人喊了一句。我浑身一颤，瞠目结舌地回头看丘程，他也明显一愣，似是没反应过来自己喊了什么。

许久之后，他才低声骂了一句，干巴巴地笑：“小时候叫顺口了，你现在叫夏橘是吧……我……”

我被对方突如其来的傻气蠢笑了：“你喜欢叫哪个就哪个吧。”

“宝儿”是我的小名，除了家人就只有丘程小时候叫过。

他别扭地咬了咬嘴唇，似是把嘴边话硬生生咽进唇齿里，半晌才尴尬地往后一退冲我摆手。

我盯着他的背影看了两眼，才笑着跟简霓和林安安穿过中山楼大厅往中间过道走。

有风穿过大厅，吹动着图书馆前面的灌木丛和乔木。图书馆墨绿色窗户上的天空中央有一道白色细线，白鸽扑扇的翅膀像一个小型页扇，忽而飞远又盘旋。

“今天天气真好。”简霓突然揽住我的肩膀说道。

[4]

新学期开始，高一（2）班的班主任是黄建国，一位正儿八经在开学典礼后在黑板上写下“开学快乐”四个字的中年男人。

他体型略显富态，啤酒肚紧贴扎进西装裤里的白衬衫，还未张口眼睛就先笑了起来。他视线往四周扫射一圈后便笑着站在一边，任由大家闹哄哄地抢占座位。

我和简霓坐在教室倒数第二排，安安因为被老师叫去办公室拿中考成绩单而被安排和同样迟到的方瑞暄坐在一起。我正打量着周围的环境，就见张世伟风风火火地拉着丘程坐在我们身后。

“哎，好巧啊，又见面了。”张世伟往前推了推桌子。我只感觉到身后被轻轻碰了一下，转过头刚想说话，就看见丘程单手拽着张世伟的后领往上提。

“我们换下位置。”

“为什么？我要坐在小橘子后面。”张世伟撑着手肘冲我笑。

丘程直接站起身把椅子往他身边一放，硬生生把他挤了过去。

黄建国轻轻咳嗽一声，见所有人把目光落在他身上，才开始讲解新学期的注意事项，顺带打打“早恋”的预防针。

简霓拿手肘碰了碰我：“我怎么感觉老班这是在暗示什么啊？”

“这程度都算明示了。”我如实道。

黄建国“打完预防针”后满意地拿起手中的成绩单：“我这边有中考的班级排名，有兴趣的同学下课和我要。”他顿了顿，“差点忘记一件事，后天有开学考试，大家做好准备啊，接下来我们把班干部选一下……”

教室里顿时一阵哀号声，黄建国泰然处之，间隙还根据毛遂自荐的人数和中考成绩单，陆陆续续选出了各科代表，最后只剩正班长和语文课代表未定。

“老师，我推荐彭嘉彦！”张世伟突然举起手高喊一声，“阿彦初中就是班长，有工作经验。”

“那行，彭同学可以吗？”黄建国转向坐在前几排的彭嘉彦。

彭嘉彦冷不丁被喊到名字，微微一愣才点头。

“还有个语文课代表，我来看一下……”

张世伟突然怪叫一声，转瞬之间就被丘程捂住嘴。

黄建国专心致志地翻着成绩单：“哟，我们班还有个才子呢，这满分120分考了115分……丘程！”

丘程眼皮一跳站起身，斩钉截铁地说：“老师，我不当课代表。”

“为什么啊？”黄建国撑着桌子看他，“多好的机会啊，锻炼自己也帮帮班里的同学……不过你这成绩有点偏科啊，文理跟分水岭似的。”

“那是因为……”

张世伟刚一出声，丘程伸腿就是一脚，张世伟趔趄了下倒在桌上把剩下的话咽回嗓子眼里。

丘程推托不得，只能先把职位应承下来。

张世伟懒散地晃着椅子，终于得偿所愿：“这下好了，都是自己人。”

我全程一阵咂舌，丘程是瞒着我偷偷跟王后雄拜师学习了吗？

我偷偷摸摸转过身，真心实意地冲丘程比大拇指。

他微微一愣，半晌才笑了一下。

黄建国安排好职位之后，突然提出要领着大家一起合唱的要求。

“《阳光总在风雨后》这首歌大家都会唱吧？”他一脸期待地看向我们。

集体摇头。

然而，他自顾自打开多媒体电脑搜寻歌曲："既然大家都会，那我们就一起唱这首歌。"

"为什么要突然唱歌啊？"有人在台下小声地把我们共同的想法问出口。

"生活得有点仪式感，这是我们彼此之间初次碰面，就像古代以诗会友一样，这也算是我们对彼此相识的一种欢迎仪式。"他撑着讲台脸上带着窘迫，这大概也是他第一次实施这种欢迎仪式。

"人生路上甜苦和喜忧，预备，唱！"他双手指挥着往上一抬。

"人生路上甜苦和喜忧，愿与你分担所有，难免曾经跌倒和等待……阳光总在风雨后，乌云上有晴空，珍惜所有的感动，每一份希望在你手中……"

稀稀拉拉的合唱到高潮才整齐一点。黄建国站在黑板前面随着音响里的原声笨拙地挥着手臂，但因为有点圆润的体型让他的左右摇摆看起来像是一只可爱的不倒翁。

大家一边开怀大笑一边认真地拍着桌子大合唱，在欢声笑语里渐渐接受这个小心翼翼向我们伸出师生情谊橄榄枝的中年男人。

黄建国安排好人员去搬课本后，就让我们各自熟悉。

教室头顶的电扇呼呼而响，窗外蒸腾的热气伴着长风吹进教室里，闷热氤氲一室。

我半趴在桌子上，把方才发下来的名字贴纸贴在桌面的左上角，我的位置靠近窗户，从窗外看过去能够看见教室外面高大的乔木和对面的教学楼。

对面的教学楼二楼是年级尖子班的教室，开着半边窗户的那间就是高一（17）班，陆朝浥的班级。

若河尖子班里卧虎藏龙数不胜数，无形之间的明枪暗箭就像武侠片里的高手对决，简霓曾经笑称其为当代百家争鸣之地。

我稍一走神，再抬头时对面窗户突然站着一个人，背着光正往这边看过来……有点像陆朝浥啊。

我正想眯起眼睛细看，就被窗户外面闪现的丘程挡住了视线。

丘程把手里高高一摞的语文课本放在窗户边上顶着，从下面抽出受伤的左手冲我抬抬下巴：“帮个忙，绷带散了。”

我站起身走到窗边，低头帮他重新系上绷带。

“你这都受伤了,还不注意点。”我往他手腕上缠了一圈,打了个蝴蝶结。

丘程深深地看我一眼：“你给我打个死结也好过蝴蝶结吧。”

“哦。”我利索地解开蝴蝶结，连打了两个死结。

“……”丘程无语，“我谢谢你。”

我摆手一笑：“客气。”

开学考试安排在周四，为期两天。

周末刚好足够老师批改卷子，周一直接就能得知成绩。时间紧凑得临时报佛脚的时间都不够，当然需要做这种事情的人只是班里的一少部分人，丘程就不需要，他一个语文考 115 分的人，不屑于此。

我百无聊赖地在课间翻着初中的历史小册子，眼角余光扫到教室门口时刚好和教导主任对上视线。我指尖一颤，差点把小册子撕了，好在他的视线最终停留在我的右上角——方瑞晅身上。

方瑞晅低着头站在走廊上，乖乖地听他爸爸给他上“政治课”，我只能依稀听到“努力学习”“像你哥一样”之类的话，刚想细听就见教导主任伸手拍了拍方瑞晅的肩膀让他回教室。

我这时候才相信，他们真的是父子，不是长得凑巧。

丘程这时候正在玩手机游戏，我一侧身不料手肘直接砸在他手机上，随后我就听见“游戏结束”的机械声。

丘程：“……”

我讨好地把他桌面上的课本垒整齐：“哎，方瑞暄的哥哥什么来头啊？感觉方主任一直拿方瑞暄的哥哥跟方瑞暄做比较。”

丘程点开手机屏幕漫不经心地玩“连连看”：“就是个学霸。”

我看着他。

他眼都没抬，“啧”了声：“他哥高二那年跟着高三生一起高考，考上了中大，读了两个月之后觉得没意思又回去高中复读。”

中大？没意思？又不是写小说！

我激动地拍桌子：“方主任没打断他的腿吗？”

“没呢。他复读后考上了清华，现在在美国搞科研。”

我瞬间缩回身子，太谦虚了，这哪是学霸，这得供起来与文曲星并驾齐驱！我越想越气，转身就叫住方瑞暄。

“你还不好好学习！”

“啊？”方瑞暄回头不明所以地看着我。

丘程终于抬头看我一眼，刚好和方瑞暄一头雾水的眼神对上，顿时哭笑不得。我瞪他一眼，他反倒莫名其妙地伸手碰了碰我的手腕：“哎，你看我。”

“干吗？”

“你为什么不好好学习啊？”丘程伸手往自己身上指了指，“我这么厉害，你也应该好好学习啊。”

我毫不吝啬地甩他一记刀眼：“那是人家方瑞暄的哥哥，你是我什么人？”

“我是你的人啊。”

我愣了几秒，感觉后黑板上的时钟跟我一样暂停了走动，窗外喧闹的同学都变成了慢镜头在互相推挤。

我张了张嘴恼羞成怒地破口大骂：“丘程，你神经病吧！”

“我的意思是……我是你哥。”他猛地站起身，面红耳赤地解释，“我们从小一起长大，我又比你大一个月，可不就是你哥嘛！”

终于找到理由，他如释重负长出一口气：“更何况，学习又不是寻亲，你还带攀亲带故呢？你怎么不滴血认亲啊？”

我顿时哑口无言，转回身自己生闷气。我虽然不是逞口舌之快的人，但被堵得毫无还手之力还是挺让人郁闷，这导致我完全顾不上背诵历史知识，光在一旁思索方才应当如何理直气壮地怼过去。

罪魁祸首却突然拿笔帽戳了戳我的后背，我佯装不耐烦地转过身：“干吗？”

“喏。”他摊开掌心递到我面前，四指上下摇晃。

“做什么？”我的视线在他手腕的绷带上一滞，突然觉得自己赌气的样子挺幼稚，正想服软就见他把脑袋枕在手臂上讨好地露出小虎牙。

“滴血认亲啊。”

第二章

我没想到会在若河遇见你

/

XIHUANNI,
MEIZIZI

[1]

开学考试两天都是阴天，我坐在教室填涂答题卡的心情就跟窗外黑压压一片的乌云一样，沉重得能拧出水。所有课程中我最怕的就是数学，数学对我来说跟大魔王没两样。

我晃着米菲的黑色签字笔，在答题卡上一笔一画地写上“解：设未知条件为X”……我单手支撑着脑袋抿嘴又把题目重看一遍，实在没想出下一个步骤该怎么走，索性撂下笔朝试卷干瞪眼。

座位与座位之间隔开了手臂宽的空间，但我一眼瞄过去还是大致能够看到简霓在一笔一画地把几个打乱的答案写在草稿纸上，嘴里正在念念有词，笔尖随着嘴巴里的念叨按顺序在答案上点来点去。

教室后面的秒针在飞速地做圆周运动，林安安垂着头在密密麻麻的草稿纸上耕耘，身后的丘程很安静，这会儿估计睡得正酣甜。不怪我多想，前几科结尾的半小时丘程都是这么干的，连语文都没放过，简直丧心病狂。

为期两天的开学考试，除了让我再一次认识到自己智商有限，成绩没办法起死回生之外，唯一的用处就是我能够借着没有笔芯的理由去买小卖部那一支胡萝卜签字笔。

周一，若河恢复了正常上课秩序，前两天的魔鬼测试像风一样快速消失在我的脑袋里，我甚至忘记了那个“X”后面自己有没有再七拼八凑地写下去，只顾着眼下站在饮水机前面慢悠悠地喝水。

身边突然站过来一名短发女生，她利索地从裤兜里掏出水卡往饮水机的感应区一放，愁眉苦脸地冲旁边人道：“我这次铁定考砸了！英语作文没写完，数学最后一道大题只做了一半。”

数学大题连看都没看一眼的我，默不作声地往后一退。

“我也是，我妈还不知道会怎么训我呢……你说说，大家都是人怎么别人的脑袋长得跟联想电脑一样。”

我刚想绕过她们回教室就看见短发女生双眼发光，眼睛瞪得像铜铃。

“你说陆朝沿吧！哎，我听说他都不用做开学试卷，人家做的是衡水中学的卷子。”

衡中？那个魔鬼学校？

我心里忍受着暴击后的蜂飞蝶舞，表面上依旧淡定地拿着水杯回教室。

简霓刚好走出教室门，突然伸手一把拽住我：“你干吗去了？”

“打水啊。”我晃了晃手上的水杯，“这特大号保温杯还不够明显吗？”

“我还以为你被老黄训了，这小脸铁青的。”简霓拉着我回教室放下水杯就往小卖部走。

我垮下脸：“一会儿数学成绩出来，我估计连脸都没了。”

“有什么大不了！姐姐带你去买烤肠，别为区区的成绩折腰，我们的宗旨是：三分天注定，七分靠气运，剩下一百四十分听天由命。”

我笑道：“你这 150 分就没一分靠自己。”

早读后的课间正是小卖部热闹的时候，放在货架上的三角蛋糕和软面包已经被一抢而光，为了果腹我们只能退而求其次走到零食区。

“你喝酸奶吧？”

“喝。”

简霓从货架上取下三瓶酸奶：“给安安也带一瓶。再来一包薯片……这鸡翅看着也挺好吃的……”

我哭笑不得地看着简霓在货架上左右衡量，嘴上又在念念有词。

“你的选择恐惧症是不是都靠谚语解决的？”我把鸡翅塞她怀里，“请你吃鸡翅。”

“夏橘，我果然没看错你！”

她转身抱着零食去收银台。我绕过小卖部中间的面包架，确定连牛角包的包装纸边角都没有才彻底死心。

我刚抬头就和排长队结账的丘程对上视线，他左手插着校服裤兜，右手拿着一瓶纸盒牛奶，正好整以暇地看我对着面包架咽口水。

“你喝什么？”我走近后他才问道。

我指了指简霓怀里的一堆零食：“酸奶。”

“你应该喝‘初元’。”他突然返回到货架前又拿了一瓶牛奶，并伸手把简霓怀里的零食接过去一并支付了。

“为什么要喝‘初元’？”简霓好学地问。

我一看见对方勾嘴角就知道他要使坏便没有应答，倒是简霓不争气地入套。

“初元核桃牛奶，补脑。”

果不其然，我瞪他一眼，刚想回击就被简霓拉住手肘。

“丘大少慷慨！”简霓转头冲我眨眼睛，“吃人嘴软，你先憋着。”

我呵呵两声走出大门。

小卖部里面的冷气很足，这会儿一走出门热浪就迎面而来，简霓急着去洗手间便把袋子塞进我怀里，我只能跟在丘程身后回教室。

我从袋子里掏出酸奶，还未拆下吸管就被丘程截和重新塞回袋子里。

“空腹别喝酸奶。”他动作自然地把手上的吸管穿透浅薄的锡纸封口递给我，“喏，甜的。”

我慢半拍接过，他已经自顾自喝另一瓶牛奶。

我晃着塑料袋走在他左侧问道：“语文老师刚才找你？看起来很着急。”

他咬着吸管想了想：“还是调班的事，（17）班的班主任，哦，就是上次我和你说过的，我初中的语文老师，让她来确定我的意思。”

“那你……”

“不调啊，（2）班挺好的，老黄人也好。”他长腿一迈，三步并作两步下了几层台阶，“况且，（2）班不是有你嘛。”

我一脚踩在下一层阶梯，闻言微微一愣，看着对方不慌不忙地下楼梯，转身把吸空的牛奶盒扔进两米远的垃圾桶里。

——你会回来找我吗？

——会，我发誓。

丘程扬着稚嫩的小脸信誓旦旦地把四指举过头顶发誓的模样仿佛就立在眼前，清晰到好像我一伸出手就能承接到自己年少时溢满眼眶的眼泪，滚烫的，小小一滴。

硕大的校服被风吹得微鼓，他正别扭地一边扯正校服一边往前走，我心里既开心又愧疚，我以为丘程和其他人一样，嘴上说着不在意，心里在干着急。

原来他是真的不在意能不能进尖子班。

说不上是因为什么，我为这种结果感到庆幸，好像这样的丘程才能和我记忆里的丘程重合在一起。

这个世界在变，可他没有变。

我停在长梯中间，看着丘程晃在半空中的半边校服衣角终于消失在转角才扬起腿追上。

[2]

若河高中的改卷效率让我叹为观止，早上第二节课间操结束之后，各科老师就开始发放试卷。

课程表的第三节是英语课，黄建国老师刚踏进教室，(2) 班便警铃一响，每个人都如临大敌。

简霓把三支签字笔依次摆放在桌面上，嘴里念念有词。

“你干吗呢？”我拿食指推了推离她最近的一支笔。

“别动！”简霓一把抓住我的手指，“这可是我考试用的三支笔，放尊重点。”

前面发放试卷的人已经走到眼前，隐约能够瞥见其中的红色字迹，我认命般趴在桌面上，伸手举过头顶接住试卷。

上天保佑。

我小心翼翼地打开一个角，往里看了眼。

只看一眼，我便“啪”的一声合上试卷，片刻又不死心地摊开再看一眼。

简霓刚把她自己的试卷一把塞进抽屉里，闻言慌里慌张地抻长脖子往我摊开的试卷上一看：“怎么了？怎么了？我的妈呀！”

卷面右上角的“141”鲜红闪闪，我正僵着手不知所措就听见身后传来丘程的声音。

“你怎么考的，怎么才 80 分？”丘程左右翻了翻试卷，“完形填空 15 道你错了 8 道？你是闭着眼选的吗？”

我呼吸一窒，木着身子往试卷的左边名字那栏看了眼——

丘程。

我：“……”

“还你！”我转身把试卷扔回丘程桌面上，一把拉过自己的试卷，“我就说嘛，文曲星都不敢这么保佑我。”

简霓笑倒在一边：“还好发现及时，我差一点就不拜笔仙改供着你了。”

我恼羞成怒，一掌拍在她手臂上。

各科试卷很快都被发放下来，没有被安排到课程的老师甚至通知班长特地跑了一趟办公室拿试卷，如此迫切的心情被简霓形容为——推挤着他们上断头台。我当时正好从办公室出来，穿过走廊从三楼回教室的路上，耳朵里一直充盈着四周鬼哭狼嚎的回声。

我一踏进教室就看见讲台上聚集着一群人，他们头挨着头在看东西。

“干吗呢这是？”我坐回座位上，桌面上整整齐齐叠着白色答题卡，中间还细心地用我的笔袋压着。

“没想到你这么贴心呢。”我翻着答题卡冲简霓抛媚眼。

经过英语成绩的打击，我已经能够坦然接受自己努力充足但天赋有限的事实了，特别是数学。数学对于我来说，考差是常态，考好——是见鬼了。

我翻到数学答题卡……哦，还是没见鬼。

“不是我。”简霓侧身而坐，双脚踩在椅子下面的横栏上，“是大神。”

“谁？”

“就是丘程。喏，他们正在欣赏开学考试成绩单上丘程的战绩，包揽语政史单科第一，单科分数在年级上都能挤进各科前十，特别是语文——全年级第一！”简霓竖起大拇指，“你这位小伙伴深藏不露啊。”

我微微惊愕：“其他呢？数学、物理和化学呢？”

“数学还好，其他两科跟前面比起来……不像是同一个人考的。”简霓双手搭在桌子上脚下微微用力使身体随着凳子前后晃动，她余光往教室门看过去，眼睛顿时一亮，“说曹操曹操到。”

丘程对一室的注目礼视若无睹，坦然地顶着一头湿漉漉的发梢回到自己的座位上。他刚从张世伟的抽屉里抽出纸巾擦汗，回头就看见我眼冒星星地看着他。

“怎么了？”

“原来你成绩这么厉害！”

他把纸巾揉团扔进垃圾桶里笑道：“还凑合吧。”

“同学，谦虚的时候就别笑得这么明显。”

他瞬间笑开眼，半晌才想起什么似的说：“你的英语、数学和历史都不行，拉分太大了，发下来的英语习题册我看过了，章节总结后面的短文可以背一下，历史要理清时间点，数学……就算了，下次你有不会的直接问我。”

我一愣：“哦。”

“哦什么，听懂没有？”丘程伸手拨乱打湿在一块的刘海，皱眉看我。

“懂了。”我乖乖点头，“不会就问你。”

简霓在一旁咂舌，视线在我和丘程身上来回环绕，最终停留在我身上，语重心长道：“多好的一尊百度文库啊，你要好好利用。”

我笑着转过身翻试卷，丘程的点评一针见血，我的历史因为时间点记错的原因已经吃过不少亏，英语的阅读理解和完形填空也是因为基础不够又缺乏语感，频频失分。我从抽屉里抽出英语的优化训练，翻到章节后面，果然看到半页英语短文。

张世伟抱着篮球晃晃悠悠地从前门进来，走到座位上时响亮地吹了一声口哨：“程哥，威风不减当年啊！”

丘程笑着和对方击掌：“阿彦和大暄呢？”

张世伟把篮球放在桌子底下拿脚尖顶着：“阿彦被老黄叫过去了，大暄帮他同桌去搬凳子，好像是凳子脚有点晃来着。”他支着脑袋不解地看丘程，“他的同桌是叫安安吗？她好像挺不待见我的，每次看到我都低着头不然就是视而不见，我有这么讨人厌吗？没有吧？”

“有。”丘程言简意赅，“十句里有八句都是骗女生的小花招。”

“我那是人格魅力！你看你妈就特别喜欢我。”张世伟站起身往我桌子上粘贴的课程表看了眼，“话说你这次成绩你妈要是知道，估计又会让你转回海城上高中，你这好不容易才脱离苦海可别又掉下去了。”

我低着头看短文，把不懂的词汇标记上符号，看似认真但因为张世伟聒噪的声音已经多次被打断思路。我憋着一股气，正想回头让他放低声音，突然反应过来他所说的话。

我怔忡片刻转身望向张世伟：“你刚说什么？”

张世伟正低头在抽屉里找下节课的历史书，闻言如实道：“程哥中考的成绩原本是稳上海城重点高中的，但他妈妈在里面教语文攒着招压迫程哥学习呢，程哥就故意失误改了志愿随我们逃来这里了。”

张世伟拍着大腿笑：“是不是很帅！这世道有人冒着作弊的危险多考几分，他倒好，生怕自己考太好，这当时在我们初中群里可轰动了。”

丘程没理会对方的夸大其词，在一旁看书。

我垂下眼，手上还握着方才做标记的签字笔，笔尖正好压在中指的虎口处，带动整个手掌微微疼痛，一股无名火瞬间蹿上我的脑袋。

“你来若河……”我转头看向丘程，“是因为什么？”

若河的体育室里有一批凳子附有椅背，座椅比一般的椅面宽大，丘程眼下的这一把正是开学时从体育室搬的。他舒适地靠在椅背上，双腿在桌子底下懒散地伸着，自在地晃着凳子腿。

“他刚不是说了吗，为了逃避我妈。”

一盆冷水直接把燃烧正旺的火盆浇成黑漆漆一片。

我抬脚推开椅子，跑出教室。椅子在地面上划出刺耳的声响撞在丘程弯在桌底的膝盖上。

“神经病吧。”

我听见他蹙眉骂了一句。

大人们最喜欢说的一句话就是“童言无忌”，小孩子说的话是做不得数的。没有分量，轻飘飘的，像一片随时会被吹起又飘落的蝉翼，那么薄的一层东西，指腹一捻就碎了，丘程怎么会记得呢？我又怎么会相信。

上课铃声一响，我站在中山楼的大厅，头顶的铃声震得我脑袋一阵共鸣。从操场匆匆赶回教室的人群步伐稳健地从我身边越过，我蹲下来狠狠闭了下眼睛。

真像傻子，不管不顾跑出来的样子肯定跟个神经病似的，丘程还指不定怎么嘲讽我，我揉了揉脸，踩着铃声回教室。

“夏橘。”

我抬起头，一眼就看见陆朝浥站在我回教室的过道上。他头发剪短了，光洁的额头露在外面，衬得他五官越发俊朗。他脸上是百年不变的淡然，目光却直直看进我心里。

“你怎么了？”他问。

我脚尖在地上点了点，傻笑着掩盖自己方才蹲在地上的窘状：“我锻炼呢。”

我作势挥了挥手又觉得这个动作暗含此地无银三百两的意味，顿时恹恹地收回手。

陆朝浥突然伸进校服口袋里掏出一样东西伸到我眼前，摊开手心。

“吃糖吗？我不爱吃甜的。”

我盯着他手心里的两颗大白兔奶糖看了看，心里顿时融成一摊水。我恨不得敲锣打鼓宣告一番，看看这才是学霸，丘程那就是背信弃义的小人！

“那我帮你吃。”

“嗯。”

“谢谢。”

“嗯。”他笑了一下。

我眨眨眼，把糖揣进校服口袋里拔腿跑回教室，进门时眼神没敢在丘程身上停顿，倒是简霓冲我一阵挤眉弄眼。

“你眼睛痉挛了？”我把桌面上多余的课本整齐塞进抽屉里。

她凑近我小声道：“你是不是喜欢陆朝浥？”

我“唰”的一声站起身，膝盖撞在抽屉底下，顿时吃痛地躬下身子揉膝盖。

历史老师正好抱着教案进教室，见状莞尔一笑：“这位同学客气了，不用行如此大礼。”

教室里顿时一阵哄笑，我红着脸坐下，剜了简霓一眼。

“你自己不知道，你刚才和陆朝浥说话的时候嘴角都要挂上眉梢了，那叫一个开心。”

我垂眉回想：“有吗……等等！你怎么知道我刚才遇到陆朝浥了？你

看到了？”

简霓眼神往后一瞥：“不仅是我，还有你身后的那位……刚才你不管不顾地破门而出，丘程站起身追出去的时候，刚好遇到了陆朝浥。陆朝浥不愧是学霸，反应极快，紧跟着你身后就跑出去了。”简霓拿手掌拢在嘴边，压低声音，“他给你什么了？隔太远我没看清楚。”

校服口袋里刹那焦灼一片，我莫名心虚地移开视线：“没什么。”

“啧啧啧，你老实告诉我，你是不是……”简霓锲而不舍地追问。

我立马义正词严地回答：“不是！”

“那就是了！”简霓一语定论，“当你面对一个问题迅速做出回答而不犹豫的时候，一般就是肯定答案了。”

我翻开课本一脸茫然：“这是什么歪理啊？”

简霓从笔袋里拿出荧光笔高深莫测道：“道理都是说来听的，往往事情的发展都不按道理来，歪理才管用。”

[3]

若河的每个语文老师上课必备环节就是抽查昨天学习的知识，好巧不巧，昨天学的是曹操的《短歌行》，我盯着课本后面的“朗读并背诵全文”七个字跟硬生生吞了一把黄连似的。

早读铃声响过，我翻开课本一字一句地读过去。

“慨当以慷，忧思难忘，何以解忧，唯有杜康……”

简霓在一旁补作业，闻言抬头问：“为什么是杜康？曹操跟杜康有什么奸情？”

我顿了顿，这稍一打岔我已经忘记下一句要背什么了。简霓合上英语作业，转身把本子还给丘程。

“谢了，不然一会儿老黄抽查我就死了。”

丘程没应声，我重新打开课本背书，突然听见简霓做作地大喊一声：“丘程，橘子问你杜康是谁？”

我合上书皮笑肉不笑：“我没问。”

自从昨天我跑出教室之后就再没和丘程说过话，不是刻意为之是因为真的没有必须要说的话。

丘程手指灵活地转着笔，眼神往我脸上小心翼翼地扫了一眼：“这里的‘杜康’代指的是美酒。”

我装作没听见继续背课本，简霓耸耸肩转回身。今天的早读课轮到语文课代表带读，丘程有气无力地拿着语文课本站在讲台中间。

“大家翻到87页，曹操的《短歌行》……”

“对酒当歌，人生几何……”

我合上书跟着教室众人的朗读声默背课本，但早读课的朗读速度太快，我总是跟到一半就彻底被打乱步骤，更何况还有张世伟在身后捣蛋似的拖长音。我索性放弃早读，自己垂着头默背。等我磕磕绊绊地把整篇课本背下来的时候，教室里突然响起一阵哀号：

“怎么还是《短歌行》啊，这都第几遍了……”

“这你就不懂了，丘程还不是怕今天语文老师突然抽背……”

我在草稿纸上默写的笔尖一顿，白纸上很快便晕染出一小片黑点。我抬头看向丘程，他这会儿正摸着鼻尖安抚众怒，在撞上我的视线时尴尬地把课本一合。

“大家自行背书吧。”

简霓突然站起身绕到丘程的座位上冲对方使眼色。丘程局促地拿着卷成书筒的课本站在过道上。

“程哥，你站着干吗？”张世伟合上课本，狐疑地看着他。

我故作镇定地继续默写，硬是把《短歌行》默写出毛笔书法的节奏，刚想另起一行重新开始，余光便瞥见课本的边角出现一只手指头。

丘程拿食指和中指夹着一片绿箭口香糖从边角推到我手边。

“交个朋友吧。”

我盯着包装纸上面的句子愣了两秒才抬头看对方。

“什么意思？”

“伸出两国交好橄榄枝的意思。”丘程把脸贴在桌上从下往上看我，“你会背了吗？我都在上面带读好几遍了。”

他可怜巴巴地看着我。

我忍着偷笑的冲动拆掉口香糖的包装纸扔进嘴里，接受了对方伸过来的橄榄枝并回赠一个笑脸。

“就是不知道老师今天会不会抽背。”我嚼着口香糖脑袋突然一闪，莫名其妙地笑起来。

“怎么了？”

我摇了摇头，看着他松下一口气，起身和异常兴奋的简霓换回座位。

我吃口香糖的次数并不多，不仅是因为生物老师说过吃口香糖会让咬肌变大，还因为以前少不更事闹过笑话。

小时候我和丘程坐在小区的休息座椅上吃零食，我误把口香糖当软糖咽进肚子里，丘程目瞪口呆地说，口香糖咽下去会让肠子打结搅在一块。我被吓得号啕大哭，他却咬咬牙咽下另一块口香糖说要跟我一起等死。

“两个人一起死就不可怕了。”

我在恍惚间把这句话写在草稿纸的下方，回过神后才另起一页继续默写古诗。

当年说要跟我一起赴死的人，这会儿正在我身后玩“连连看”呢。

上午的最后一节课是物理课，我在学习如何判断电流方向时，简霓已经合上课本盯着后黑板的时钟倒数下课。

“还有五分钟。”

“只剩四分钟了。”

“三分钟了。”

我垂下身子小声问她：“你这么着急干吗？”

“吃饭啊。”简霓理所当然地应道，“老师说了，人是铁饭是钢，一餐不吃饿得慌。”

“没让你别吃饭，我是问你今天干吗这么着急。”

她掰着手指头义正词严地数：“今天中午饭堂的荤菜有里脊肉、炸鸡翅、肉酿茄子……还有番茄炒蛋，不快点就没了。”

我拧开杯子喝了口水：“番茄炒蛋是凭借什么跻身荤菜世界的，它连点肉渣都没有。”

“大概是……子凭母贵？鸡蛋它妈不就是肉吗！”

中午，我在铁架上取饭盒时，简霓已经在漫长的队伍里如愿抢到满意的菜先行去找座位了。我一边刷饭卡一边在乌泱泱的人群里找简霓，抬脚往中间走的时候，刚好遇到捧着餐盘的陆朝浥，便顺理成章地和他坐在一桌。

他低着头慢条斯理地吃饭，我戳了戳饭盒里的白米饭，想说话又怕打扰对方吃饭，抬头时就看到简霓坐在不远处冲我挥手，她身边坐着林安安，对面是丘程和张世伟。

四双眼睛齐刷刷地望向我。

陆朝浥把餐盘边的清汤推给我：“你要不要喝汤？”

我收回视线，傻兮兮地笑：“不用了，我喜欢吃饭。”

他应了声又低下头安静地吃饭，我顿时如坐针毡，感觉时间被延长了好几倍，以龟速一点一滴在流淌。

他突然伸手把口袋里的糖果递给我，我已经对他这个动作形成条件反射，不等他开口便自顾自拆开包装纸，把糖果扔进嘴里。

“嗯？今天不是奶糖。”

“奶糖卖完了，只有水果糖。”他收拾好餐具起身无奈道，“你还是要吃饭，不能总吃糖。”

“我知道。”我乖乖点头，“不过你身上怎么总有糖，你家不会是开糖果店的吧？”

我这句话显然是玩笑，没想到对方认真地停下回答。

“我家不开糖果店。”

嘴巴里的橘子味硬糖中间有夹心，甜腻腻的糖味裹着我的舌尖，没有抢到里脊肉的暴躁心情瞬间被安抚。

我刚想继续聊下去，眼角余光却瞥见简霓冲我摆手，动作夸张得跟雨刮器一样。

“我去找我朋友了。”我往简霓的方向指了指，见他点头才捧着饭盒离开。

简霓和林安安撑着脑袋好整以暇地看着我，一副从头到尾目睹了全过程后的八卦表情。我盯着简霓餐盘上的里脊肉一阵肉疼：“你打这么多里脊肉都不吃吗？暴殄天物是要遭天谴的！”

简霓拿筷子扒拉着餐盘：“这不是我打的，是丘程说他打多了分给我们的。”

丘程这会儿刚好从旁边的奶茶店出来，嘴里咬着一瓶维他奶。我一时还没从他为什么进奶茶店买维他奶的疑问里出来就见他冲我招手，简霓无言地和林安安对视一眼，拍拍我的肩膀就带着我的饭盒跑了。

这会儿正直正午，校道上的人很多，阳光热辣辣地笼罩着整个校园，我和丘程坐在球场旁边长长的石墩上看向远处篮球场上奔跑的男生。我一时猜不透他的心思，只是撑着脑袋故作认真地看球。

“你是不是对陆朝浥有企图？”他问。

我手肘一歪，脑袋差点磕膝盖上，幸好丘程眼疾手快伸手接住我往下砸的下巴。

“啊？”

我惊魂未定地坐直身子。简霓也问过这个问题，但不知道为什么这句话从丘程嘴边溢出来的杀伤力比上一次还大。

丘程收回手没有说话，我们瞬间又回到一开始安静看球的状态。

相顾无言的寂静维持了很久，久到我撑着眼皮差点昏昏欲睡时，他突然侧头说：“哎，要不要我帮你？”

我眨眨眼，满眼疑惑，他眼睛闪了闪甚至带动嘴角笑了一声。

“与其放任你浑浑噩噩地学习，倒不如让你有明确的目标去学习。”他顿了顿，“我知道陆朝浥很努力，但我并不是不把成绩当一回事，中考只是迫不得已。”

我把视线投到远处跳起投篮的男生身上，有阳光从树梢顶上慢慢沿着草地晒上我的手肘，麻酥酥的像虫蚁啃噬又像是炙热的掌心伏在上方。

丘程以为我生气的原因，是因为陆朝浥，因为喜欢陆朝浥对学习认真，所以对他儿戏的行为感到愤懑。

我几度想开口解释，又觉得解释难免要把真正原因摆上台。

你小时候答应过要回来找我，可是你忘了。

我以为你回若河是因为我，原来不是。

这样羞耻的理由还不如不解释。

我低着头不吭声，心里既期待丘程像小时候一样对我好，又隐隐觉得我们错失的那三年就足够把感情打到冰点。

“说真的，我没想到会在若河遇见你。”丘程大大咧咧抻着长腿，手指搅着旁边冒出头的野花，“所以反倒很开心……就跟惊喜一样你知道吗？”

他不好意思地冲我笑了一下，摇曳的树影在他脸上轻轻晃动，光斑正好印在眉梢上——像缀着一颗星星。

“我也很开心。”我压低声音。

我的指尖在校服裤侧边的白色竖纹上一下一下地点着，脸上突然一凉，我侧头看过去，白色花瓣蹭着我的脸颊滑到鼻翼。

“我们和好吧。”

我的指腹狠狠擦过粗糙的校服布料。

他把拽下的白色小花束递到我面前，局促地摸了摸脖颈又重复了一遍：“我们和好吧，就像以前一样。”

我愣愣地抬头，他声音像一汪暖流，注入我原本空荡荡的心里，“咚咚咚”地敲出回音。

头顶的日光压在我眼睑上，我低头狠狠闭了闭眼才抑制住滚烫的热流。

时间能够改变很多东西，万物的生长，记忆的深浅，情感的厚度，所以久别重逢时除了欣喜还有惴惴不安的试探和焦灼。

丘程或许永远都不会知道，我内心里面自怨自艾地天人交战，可是在这个炽热的午后，微醺的风，红着脸的少年用一朵简陋的花束就安抚了我一直以来躁动不安的心。

我们和好吧。

像以前一样好。

[4]

教室前方两个角落各有一个壁挂音响，平时都是用来课间广播和下达通知，早读课结束之后广播里有一段漫长的轻音乐，一直以来都充当着我课间的催眠曲，但今天的音乐声播放到一半突然戛然而止，在一阵电流杂音之后，响起的是方主任的声音。

他言辞狠厉地批评了今早一众迟到的同学，又对其他走读学生加以警告。我睡眼蒙眬地撑着下巴听以下长长的迟到名单，当教导主任念到张世伟的时候，我诧异地把视线投射在他身上。

“你不是一大早就在教室了吗？”

张世伟习以为常地往身旁的空座位一指：“早上程哥出去了。”

“他一直都这样吗，写你的名字？”

“那倒不是。”他认真地想了想，“他之前写的是三年（2）班周杰伦。”

林安安这会儿和简霓从小卖部回来，她从袋子里拿出牛奶递给我，视线往我身后一扫又从里面取出同样的牛奶递给张世伟，连带丘程的桌面上也放了一瓶。

张世伟拆着牛奶吸管冲她道谢，她笑了笑往后一退坐回座位。

简霓吸溜着牛奶坐下，把手中的橘子汽水推到我面前：“别说我不仗义，喏，给陆朝浥送过去。”

我啼笑皆非地看着她：“姐姐，你让我一大早给人家送汽水啊？安安都知道要送牛奶。”

简霓煞有介事地放下牛奶，拉着我出教室：“这才特别啊，别人送牛奶豆浆的，你送一瓶橘子汽水，他一看就知道是你。”

我避开走廊上嬉闹的同学，悄无声息地看向她，我这会被认为脑回路不正常吧？

“哪怕我送汽水，他也不见得会收啊。”

简霓大手一挥搭在我肩膀上：“语文必修一，《我很重要》你学哪儿去了？人要有点自信，那谁还写《北大是我美丽而羞涩的梦》呢，你也可以把陆朝浥当成你美丽而羞涩的梦。”

简霓风风火火地把我推到（17）班的教室门前，我稍一趔趄才站稳脚跟，抬头就看见（17）班一众视线齐刷刷地望过来。

“呵呵呵，我找陆朝浥。”我干巴巴地搓手，感觉手上冒着冷气的汽水都快被我焐热了。

陆朝浥坐在教室后面，听见声响望过来的时候正好和我四目相对。他脸色有点苍白，眼睑上有显而易见的青黑。

“你找我？”

“啊。”我这会儿才觉得词穷，我总不能说我就是来给他送汽水的吧，这也太明显了。

“我就是刚去了小卖部，不小心多买了一瓶汽水，刚好路过这里……所以送给你。”

我心里有点忐忑，特别是教室里众人十万伏特的目光围剿让我恨不得掘土遁逃。

“谢谢。”他接过汽水很浅地笑了一下，插进口袋的手微微一顿，“我不知道你会过来，身上没带糖。”

我瞬间笑出声："我又不是小孩子，我回教室了。"

"等一下。"陆朝浥从窗户边探进身子抽出一张纸巾塞入我手里，"你的手湿了。"

我踩着上课铃回教室，简霓一路啧啧称奇地在我身边感叹，见到安安时一把抓住对方的手腕装模作样地演绎无实物表演。

"你的手湿了……安安，我跟你说，陆朝浥简直就是贴心的暖宝宝啊。"

安安在一旁哭笑不得，我冲她翻了个白眼坐回位置上就看见桌面纸杯里的现磨豆浆。

丘程拿课本撞了撞我后背："你刚去哪儿了？"

我答非所问："豆浆你买的？"

"嗯，你昨天不还抱怨整天喝牛奶吗？"

张世伟在一旁造作地看着丘程垂眉抹泪："我本将心向明月，奈何明月照沟渠。"

"滚！"丘程笑骂一声，侧头重复问我，"你刚去哪儿了？"

我突然有点难以启齿，倒是简霓毫不掩饰地实话实说："她去给陆朝浥送汽水了。"

丘程"啊"了一声，眼神意味不明地看向我："挺好的。"

"什么挺好的？"

"你不是很欣赏他吗，所以挺好的。"

我顿时哑然，局促不安地趴在对方桌面上小声道："我下次给你买。"

"你想什么呢？"他笑了笑，"我又不是没喝过汽水。"

我心里依旧发慌，正一筹莫展地等着他说话，他却已经收回视线，安静地低头做作业。

教室里渐渐安静下来，所有人都忙着找课本上课，头顶老旧的风扇摆头时会发出轻微“嘎吱”的声响。

这节课是数学课，我用水杯盖住左上角的名字贴纸，以防老师一时兴起提问时瞥见我的名字，视线却瞥见角落里丘程送给我的那杯豆浆。

我顿了顿把它往身边移了移。

第三章

课间操第五节体转运动，你回头看的是谁

/

XIHUANNI,
MEIZIZI

[1]

男寝室的位置在学校二号饭堂附近，寝室前面的灯柱垂着头在地面上照射出一米宽的圆形光圈，白色灯光由此向远处延伸。寝室前面的角落有一个矮小斜坡，两边围着灌木丛，光线昏黄暗淡，我和丘程靠在半坡阴影处微缩着身子。

我扯了扯脖颈上的挂牌，压低声音道：“要不还是算了吧，被抓到怎么办啊？”

“放心吧，不会被抓到。”丘程嫌弃地拉住我的手肘往上提，“你别这么畏畏缩缩，搞得我们跟干坏事似的。”

“本来就不是好事。”我嘟囔一声被他拽着往男寝门口走。

“哎哎哎，等一会儿啊，我还没做好心理准备。”

“我看你后事都快规划好了，别废话，一会儿我说话你就负责点头，懂了没有？”

这都是什么事啊……我抬头就对上丘程一脸认真的表情，我只能壮士出征般郑重地点点头：“懂了！”

“跟着。”

我亦步亦趋跟着他走到寝室楼门前。丘程镇定自若地以学校文学社“寝室卫生踩点”的理由搪塞宿管阿姨，宿管阿姨嗑着瓜子略一迟疑刚想询问，丘程突然趴在窗口上甜甜地笑出两颗小虎牙。

“拜托你了阿姨，一会儿我们没弄好会被社长训的。”

对方霎时笑靥如花，大手一挥，准了。

我惊魂甫定便跟着他上楼梯，丘程站在二楼平台上突然转身说：“我现在为了你连艺都卖了，你要怎么报答我？”

我停在下一步台阶上，楼道里明晃晃的白炽灯将他眼角眉梢的笑意加深了一层暖意，我笑着打趣：“你不是一直自称是我哥吗，帮我是应该的。”

丘程自从说过帮我之后，就拐着弯打听陆朝浥的基本信息，前几天知道他报名加入了学校社团的信息部便怂恿我也报名，美其名曰是“近水楼台先得月”。

但事与愿违，社团开会时我才发现陆朝浥加入的是若河学生会的信息部，我阴错阳差成为若河文学社的一员。

丘程自知信息渠道来源有错，便在知道陆朝浥晚修因感冒请假时给我想出“探病”的方法。

他大跨步连上几节台阶，闻言认真道：“陆大神一看就是把学习当成另一半的人，你估计会败给出版社。”

晚自习刚结束不久，走廊上有人扎堆聚集在一起聊天，有人在吃夜宵，从各个角落里时不时传出捶胸大笑的声音。

我靠在墙上，把手肘放在旁边的饮水机上面支着脑袋，假装看不见周身落在我身上的视线，终于等到丘程提着感冒药从310室出来，我才敢完全抬起头。

陆朝浥的寝室在302，等同于我要从长廊尽头往开端走。这十几秒的时间，我已经撞见好几个从寝室出来打水的男生，无一例外是张着嘴一脸讶异地把我当猴看。

丘程站在我旁边努力挡住大半往我身上投射过来的视线，我心里刚松下一口气就听见旁边一阵喧闹，随后四五名男生从楼梯口猛地蹿出来，楼下的脚步声参差不齐地响起，有越演越烈的趋势。

丘程抓住往寝室跑的一名男生："兄弟，楼下干吗呢？"

对方喘着气："突袭查房，宿管和学校几名领导快到一楼了，你……"对方刚喘匀一口气，抬头就和我对上，"哈！女的？"

我只感觉手腕一紧就被丘程拉着往回狂奔。我半晌才反应过来，有领导视察，我要是被发现谎称社团之名进入男寝还不得死路一条！

丘程一脚踹开310寝室门。

"啊！程哥你吓死我了。"

我只听见身后的寝室门"砰"的一声被关上后张世伟的惊呼声，刚一抬头，丘程突然转过身把我的脑袋往胸口一按。

"张世伟，你把衣服给我穿上！"

我闷在他胸口里，眼睛只能看见自己和他的鞋子，他校服胸口的校徽标志摩擦得我脸上一片通红。

张世伟从床上一蹦而起："小橘子？"他手忙脚乱地把床头的校服往脑袋上一套，"程哥，你带她来男寝一日游吗？"

一日游你姐姐啊！张世伟的脑回路是仿着木鱼造的吗？我闭着眼有一种强烈想要咬舌自尽的想法。

丘程三言两语地把当前的情况一笔带过，但没有提我上来给陆朝浥送药的事情。方瑞暄自觉地把喋喋不休想要询问到底的张世伟压进床铺里，彭嘉彦一边撩开窗帘边角往外看情况，一边让我和丘程一起藏进男寝的厕所里。

丘程蹲下身，把手肘架在膝盖上，狭小的空间里我们跟劳改犯似的一言不发地蹲在一边。我平时在作文上一本正经胡说八道的时候不少，但我从来没想过有一天会在男生寝室的厕所蹲着，且和丘程一起。

“被吓到了？”

“啊？”我转头看丘程，片刻又把脑袋埋进手肘里，“我就是觉得挺丢人的。”

我好像这会儿才意识到这次事情可能带来的后果，顿时心里一阵打鼓，耷拉着脑袋看他：“好多人都看到了，我会被叫家长吗？要是让我妈知道我是因为进男寝室而被老师责罚，她铁定得气死，我的一世英名也栽这儿了。”

丘程看了我半晌，突然伸手在我脑袋上安抚似的拍了拍，很轻，带着厕所洁厕净的味道。

“别怕，程哥罩着你。”

领导在五楼寝室视察，丘程确定消息无误后才把我送出寝室门。我转过身等他关门，视线漫无目的地往走廊一扫，顿时浑身一僵。

陆朝浥拿着水瓶站在不远处的走廊正望向我这边，走廊上的灯光有点暗，他就站在月光和走廊灯倾斜的光影中间，挺直背脊微微侧头站着。

陆朝浥眼前的寝室门倏忽一开，有人从里面递给他一本习题册又低声和他说了几句。他从头到尾都只是微微颔首，随后便转身回寝室，视线再也没有落在我身上。

丘程戳了戳我的肩膀：“不去解释一下？”

我回过神，把视线从远处的暗影中收回来，推着他往楼梯口走：“算了，明天再说吧。”

[2]

“钠的物理性质：银白色、金属光泽、密度比水小、熔沸点低，但它具有良好的导热性和导电性，这点基本知识你们都给我记住了，别到时候选择题又错得一塌糊涂，这可是送分题……”

化学老师敲了敲黑板，转身在黑板上板书。

我拿荧光笔在定义那一栏画着横线，简霓学着我的架势在课本上有模有样地画了双划线。突然，她眉间一蹙，往前翻了几页。

“照老师这么说，这一整本都是送分题啊。”简霓拿笔帽敲了敲课本，“你看，荧光部分几乎把黑体字都覆盖了。”

我停下手中的动作，无声地看了一眼简霓。

她立马举手投降：“好，好，我知道，形式嘛，反正也没懂几道题。”

我心里顿时一阵郁结，长叹一口气伸手遮住简霓的双眼：“看见了吗？”

“啊？”简霓的睫毛刷着我的手心，“黑漆漆一片，你让我看什么呢？”

“我们的未来。”

我刚放开手，就听见教案狠狠砸在讲台上，“啪嗒”一声把我的神经一下镇住了。

“考试不会，上课不听，你们能耐了是吧？”化学老师拿起讲桌上数学老师遗忘的直尺往台面上敲了几下，在震起的一片粉笔尘灰中往后一指。

“丘程！”

丘程揉着眼漫不经心地撑着桌子站起身，他额间带着小片的红印子，睡眼惺忪地揉了一把睡塌在一边的头发。

“你来回答一下，氩是什么？”

她刚才压根就没提过氩，这是明摆着为难丘程。

丘程一脸错愕，顿了顿试探道：“氩？氩……呀啦索？”

寂静。

“牛啊！”张世伟笑着大吼一声。

我微微一愣，笑得喘不过气。教室里的哄笑声顿时犹如烟火爆竹炸响一片，化学老师脸上一阵青红交加。

“也不看看你的化学成绩！还敢给我睡觉！既然不想听了，你就给我出去站着，什么时候清醒了什么时候进来。”

张世伟在一旁幸灾乐祸地把丘程的化学书塞进他手里：“程哥，出去好好听课。”

化学老师一记刀眼飞过：“笑什么笑，你也给我出去，脑袋都快塞进手机里了还当我不知道是吧。你们这一个个怎么这么不爱学习啊，你们看看人家尖子班……”

张世伟把拇指和食指一捻往嘴上做拉链的手势，拿过一旁的化学书逃之夭夭。

化学老师敲了敲黑板，摊开书继续讲课：“把金属钠投入到硫酸铜溶液中会生成气体和蓝色沉淀，化学方程式如下……”

我咬着笔帽从窗户外看出去，丘程和张世伟正靠在窗户边的位置。上午的太阳并不猛烈，阳光只蔓延到走廊外围的花坛边沿，丘程睡歪的头发有几缕翘在半空中，随着他侧身说话的动作微微晃动。

化学老师已经把延伸的方程式写到黑板的右下角，我再抬头时视线下意识留意到坐在右上角的林安安身上。

她紧绷背脊听课，视线却总是快速掠过窗外再落回黑板上，收回视线时才松下肩膀长出一口气。

我支着脑袋往窗户上的人影看过去。张世伟侧着头在和丘程说话，不知道被丘程提到什么，扬眉露出荡漾的轻笑。

课间，我晃着湿漉漉的手从洗手间回教室。校园的广播正好在播放第八套广播体操，广播部的学姐火急火燎地催促众人去操场集合。

我从课桌抽屉抽出纸巾擦手，视线落在丘程头顶翘起的发梢上，手指蠢蠢欲动。

“哎，你低一下脑袋。”

“嗯？”丘程微微垂下头。

我伸出掌心轻轻往他头顶压了压：“怎么压不下去……”

他猛地捂住发顶往后一退，一脸惊魂未定：“你……你干吗摸我的头？”

“你的头发翘起来了。”我若无其事地收回手，转身走出教室。

各班级班长例行点名完毕，广播体操才正式开始，我心不在焉地比画着手脚。

阳光隐蔽在白云身后，天空湛蓝一片，从树梢的顶端看过去能够瞥见中山楼顶端的挂钟和柔软如棉絮的白云。

我顺着半空中的白色弧线往下望，视线由远及近渐渐落在前面有气无力地做跳跃运动的丘程身上。

他挥着长臂，随意在脑袋上一拍，动作很是滑稽。我没忍住笑出声，他正在做第五节体转运动，转身的瞬间就把我毫不掩饰的大笑收入眼底。

我盯着对方半扭曲的身子笑得更欢了。

他笑了笑转回身，再转过来的时候，瞪眼皱眉，鼓着双颊做猩猩状，我猝不及防地被自己呛了一口。

“傻子。”队伍一解散，我就忍不住嘲笑他，“别说，你还挺像的。”

“像什么？”他拿指腹推了推我的额头反问，“像吴彦祖？”

“美得你。”

丘程刚想说话，眼神往我身后一瞥顿时一缩，侧身一伸手接过半空投过来的篮球。

他眯了眯眼，把篮球往地面上拍了两下举过头顶，手腕一转，带风的篮球往前一抛。

“哐当”一声，篮球撞在篮板上反弹落进篮筐。

周围还未散去的人群中有人大喊一声：“好球！”

篮筐下站着一名少年，半边校服裤卷在膝盖上，见状远远地冲他发威。

“丘程！”对方抛着篮球歪头哼了一声，“打一场。”

我一时没明白，打一场，打的是人还是球，丘程已经抓着我的肩膀原地转了 180 度。

“你先回教室。”他的声音从身后传来，放在我肩膀上的手刚放下就被我一把抓住。

我轻轻拽着他手腕上的白色绷带：“你傻啊，那人脸上就刺着‘来者不善’四个字了，你还过去。”

他笑一下，露出一边的小虎牙：“没事，他还不够我打呢。”

果然是打架！我这次直接拽住他的校服衣摆，态度坚决：“教导主任在身后看着呢，你别惹事。”

“我没惹事。”

“那你陪我去小卖部买水？”

他看着我没说话。

我咬咬牙，晃了两下他的衣摆示弱：“Ball ball you（求求你）。”

他微微一愣，低头轻笑：“你这英语吧，让老黄知道估计会气个半死。”

他转过身冲远处挥了挥左手上的绷带：“罗天，下周三放学操场见。”

简霓跑到我身边，一脸咂舌："我怎么觉得跟江湖约架似的。你家丘程不会吃亏吧？那红毛头一看就不像好人。"

"应该不会吧……等等，谁的？"

"你的。"林安安从旁边探出头笑，"你没听错。"

"橘子，你听我说。"简霓贱兮兮地咧嘴一笑，"因小失大听过吗？丢了西瓜捡芝麻听过吗？"

我摇了摇脑袋。

"兔子就吃窝边草你总算听过吧？"

"不是不吃吗？"

"吃！"简霓义正词严，"陆朝浥这人确实好，但是吧，咱们丘程也不差啊……"

林安安立马接上："智勇双全、高大俊朗、剑眉星目、行走的百度文库兼青梅竹马！"

我顺着简霓手指的方向看过去，丘程这会儿正和方瑞暄说话，高大的身影在人群中很是惹眼。

我哭笑不得地看着她们："什么跟什么啊？"

"我们刚才都看到了，安安，对吧？"简霓挽着我的胳膊冲林安安眨眼睛。

"对！"林安安接收到信号把小脸往我胳膊上蹭了蹭，语气带着钦羡，"他课间操第五节体转运动回头看的人是你，还做鬼脸逗你笑，刚才为你连架都不打了！简直煞羡旁人，震慑四方。"

"你俩这口条儿跟校外的小贩学的吧？"我不以为意地翻了个白眼，"胡说八道信手拈来，他那是无事可做觉得无聊，况且本来就不应该打架，被你们添油加醋地渲染一番整得我俩有啥不正当关系一样。"

“那可不！青梅竹马这设定放小说里，不是主线那也得是副 CP！”简霓道。

我抖开挂在我胳膊上的两人：“老黄说了，多读课文少看那些情情爱爱的。”

“专业术语叫‘课外书’。”林安安反驳我。

上午的第三节课是地理课，地理老师突击检查单元内容，临时举行了一场小型提问环节，第一个抽的就是“4”字尾的号数。我的号数是 24 也就是提问的正数第三个人。我顿时如坐针毡，手上忙着在抽屉里找课本，却在慌乱中抽出生物教材……我简直想骂人。

最后，我胆战心惊被老师叫起身，偏偏迎面砸来的还不是一道选择题，连四分之一答对的概率都没了。我无意识地抠着桌面浅黄色板面，故作镇定地思索，实际脑袋一片空白。

“等压线密集，风力大。”

身后晃晃悠悠传来丘程低压的声音，我立马一字不差地复述回答，地理老师微微颔首挥手让我坐下。

劫后余生的我拍着胸口往身后的桌上一靠：“还好有你提醒我，不然我小心脏都要被吓停了。”

“客气，但你地理练习册昨晚是不是没做？”丘程左手撑着桌子，拿笔帽戳了戳我的背脊。

“这你都知道？我昨晚做数学练习册废了半条命，晚修快结束时才想起忘记做地理了。”

丘程漫不经心地翻着地理书：“这道题出现在练习册 27 页第二大题的第四小问，是昨天作业的范畴，你如果做过就不会回答不出来了。”

我背脊一僵，颤颤巍巍地回头诚实地说道：“你高估我了，我做过也会忘。”

丘程：“……”

下午，地理老师突然让课代表放学后把练习册收上去，吓得我课间都不敢耽搁忙着补作业，地理练习册好几道题目的参考答案都是“略”，我正翻着课本对照地理题目比画左右拇指，在丘程路过时头也不抬地把桌面的水杯递给他：“劳驾，三分热七分冷。”

他接过水杯一愣：“什么？”

“就是温水。”我专心盯着习题上的气旋图比画拇指。

丘程往习题上看了眼：“反气旋。”

我：“……”

天要亡我。

他伸出指关节往我右手上敲了敲：“同学，南半球用左手。”

我的智商被他的指节碾压在桌面上动弹不得，我破罐子破摔地把脸贴在课桌上。林安安正坐在座位上解习题，从我的角度看过去刚好能看到她蹙眉思考的侧脸。

前阵子若河迎来期中考试，在那之后我才知道安安是隐藏的学霸，平时低调刷题，成绩榜上有名，期中考试还是班里的前三名。我对此毫无微词，甚至打心眼里佩服她，我要是同她一样整天刷题熬夜看书，估计成效凸显之前命先搭进去半条。

卧虎藏龙的若河高中，环顾一圈好像只有我是格格不入的废柴，没有天赋异禀又没有金手指加持，倾不了全力，认不了命却心存侥幸。

我转过身枕着窗外的日光发呆，感觉整个灵魂都被这种认知砸得支离破碎。

走廊上陆陆续续有人路过，宽大的窗户几乎把每一个人的五官掩映在我眼中，我眨眨眼立马抬起头往后门掠过的人影看过去。

陆朝浥！

我来不及思索一把抓住地理习题追出去。

陆朝浥手上拿着厚厚一本英文字典，看见我的时候急停扶住我的手臂。

“陆朝浥！”

“嗯？”他收回手，见我停稳才多加了句，“下次别跑这么快。”

“你去哪儿？”我跟着他往前走。

“图书馆还书。”陆朝浥扫了一眼我手上的练习册，“你在做地理？”

我立马垮下脸，委屈巴巴地嘟囔：“对啊，我觉得地理是文科里的叛徒，题目又难又偏还有没有天理了。”

“本来就没有天理，只有地理。”陆朝浥把字典和学生卡一并交给图书管理员，转身接过我的习题笑道。

我很少看见抬杠的陆朝浥，不免觉得惊奇。

他坐在图书馆的休息座椅上，耐心地画图和我分析地理题目。

“下面这道题选 D 不选 C，参考答案有误，但你也不用多琢磨，它是一道超纲题。”他握笔帮我把答案改上。

我捧着星星眼一脸崇拜：“你竟然连超纲题都会做。”

他脸上没有半点惊讶，连谦逊的痕迹都无处可寻：“这没什么，很多人都会做。”

“不是。”我摇摇头，“前阵子的期中考试，地理老师在我们班夸了你整整半节课，数学老师也说你解题思路新奇，期末考试之前我要跟你借笔用，要借你的运势。”

陆朝浥抬起头轻笑：“你下次遇到不会的题可以来（17）班找我。”

他吸了把鼻子，声音微微喑哑，显然是感冒还未痊愈的征兆。

“你要不要请假回去休息？”

“不用。”他顿了顿，把练习册合上递给我，“很快就好了。”

很快就好了。

陆朝浥在初中时总是会说这句话，他身体状况并不算多好，初中时有一次低血糖被老师送去医务室，医生给出的诊断是“过度劳累”。

所有人都把他捧上神坛，可是如果有一天他没办法考第一名，他不再成为人人赞耀的天才，他坠下神坛时却没有人会接住他。

“当学霸是不是很累？”我脱口而出，转念一想又觉得自己多此一举，没有哪个学霸会承认自己的艰辛，那等于变相地承认自己能力不足，哪怕他们真的觉得辛苦。

“我就是随口……”

“是很累。”陆朝浥把学生卡塞进校服口袋，他侧着身半边身子陷在阳光里，“比别人早起比别人晚睡很累，用别人玩游戏外出的时间做习题很累，画国画上补习班也很累，可是……夏橘，这世界上还有很多事情是没办法用累来衡量的。”

他垂眸看着地板。图书馆后面的走廊是一条笔直延伸出去的过道，两边都屹立着高大的建筑，让这条走廊看起来像列车行驶而过的隧道，我就站在隧道纤细的寂静里，看夏风如溪流从走廊口吹往我们身后的江川云海。

[3]

周五放学的若河就像放开闸口，学生们像逃脱牢笼般撒丫子往校门口狂奔。我刚走出校门口就被旁边卷起的一阵细风吓得鸡皮疙瘩蹿起，我稳住心绪才没让手中的手机掉落在地。

丘程背着单肩背包，停在我眼前：“回家啊？”

我愣愣地看着他跳下滑板，脚尖轻轻一踩就把弹起的滑板一手抱住。这是我第一次看见丘程玩滑板，不得不说男生玩滑板真的很帅啊，看看这周围的视线，跟聚光灯似的。

“你还没回家吗？”我往他身后看过去，刚好看到跟彭嘉彦说话的张世伟和方瑞暄以及……垂着头的安安？

他们周五下午都是在校门口坐校车回海城，周日下午再返校。张世伟曾经抱怨过这来回的四个小时漫长得像凌迟，但我竟然没发现安安的家也在海城。

“你不知道吗？林安安也住海城。”丘程顺着我的视线看过去，“好像初中还是同一个学校来着，但我几乎没见过她。”

我脑袋一闪像是一瞬间抓住了什么，又被它飞快地逃脱。

“谁啊？”

我一怔忡才想起来手上夏女士的电话还未挂断。

“没……”我一抬头就对上丘程黑亮的双眼，鬼使神差地改口，“丘程……就我们家以前隔壁邻居的小孩。”

丘程不置可否地耸耸肩，夏女士却明显兴致高涨，热情地邀请丘程去家里吃饭。

我吞吞吐吐地表示对方要回家，还没说完就被丘程抽走手中的手机：“夏姨，我一会儿就跟宝儿一起回去。”

丘程回答完，干脆利落地挂上电话。他重新踩上滑板灵活地停在张世伟他们身前说了几句，引得众人一阵喧闹。方瑞暄原本在跟林安安说话，见状也打趣地问我能不能一起去。

“不能！”丘程抢先撂下话，笑嘻嘻地溜回我身边。

我假装看不见林安安意味深长的眼神，目不斜视地穿过人群回家。

丘程一张嘴跟打翻蜜罐似的把我妈哄得笑意盈盈，他小时候在小区里就颇受欢迎，典型的别人家的小孩，夏女士没少借其督促我学习，听说了丘程这次开学考试的成绩后更是满意得不行。

“宝儿，你能在若河遇到程程是天大的缘分，你可要好好跟人家学习。”夏女士说着又把餐盘里的鸡翅给丘程夹了一个。

我眼睛都瞪直了：“妈，你不是说可乐鸡翅是做给我吃的吗？”

“吃吃吃，你就知道吃，学习就不见你这么积极。”她嘴上说着，转手也给我夹了一个，“你爸今天加班，这些都是你的。”

“本来就都是我的。”

“你这孩子，你以前不是为了程程……”

我心下一跳：“妈妈妈，我的亲妈啊，你再说话，你家宝贝程程都要饿死了。”

她这才注意到丘程一直没动筷，忙停下话语催促着他开餐。

饭后，丘程要赶回海城的班车。夏女士跟送嫁似的把一大堆干货塞进丘程书包里让他带回家，又细细叮嘱他下回过来吃饭。我百无聊赖地在楼梯口等丘程，待丘程走近才同他一起下楼梯。

我家的楼层不高，下楼梯不过几分钟的时间，丘程抱着滑板走在我身后。

“你是不是不喜欢我去你家？”丘程坐在小区花坛的休息座椅上，把滑板放在地上漫不经心地踩着。

我一时语塞：“没有，你脑袋胡思乱想什么啊？”

花坛周围还有小孩和大人坐在一块聊天，我盯着其中一人脚边闭目趴着的萨摩看，冷不防有小孩的玩具车撞在角落的红木花架上，声响激得萨摩闷声喊了一嗓子。

我的胆子瞬间被号走。

“哎，宝儿。”

“嗯？”我傻愣愣地应了声，就见丘程踩着滑板站起身，影子漫到我的鞋尖上。

“你要不要玩滑板？”

“我？”我难以置信地指指自己。

丘程第一次接触滑板就是在小时候和我一起放学回家的路上，当时广场上齐刷刷一排人在刷街，还有人在U形碗池里比赛，我至今都能想起他双眼发光一脸欣羡的样子。

他笑着转身急停一脚踩在地上：“嗯，玩不玩？”

“摔了怎么办？”

“不让你摔。”

丘程扶住我的手肘让我站在滑板上。

“你把一只脚踩在中间，一只脚往前滑。”

“我踩不住啊！”

“可以踩住的，你扶着我点。”

“然后呢？”

“试着往前滑……你别往我身边倒……身子低一点……不是让你把脑袋塞衣领里！”

周一上午连堂的两节语文课是我最喜欢的学习时间，因为只有在面对语文时我才能在知识的海洋里寻找到归属感，但我一直都有一个疑问，每个语文老师都喜欢问学生“这个文章表达了作者什么样的思想感情”，这件事作者本人清楚吗？

我一边踮脚擦黑板，一边专心琢磨语文老师留下的课后思考作业，冷不防手背上一热，我吓得汗毛直立瞬间原地一蹦，脖颈骨骼运动的速度都跟不上我回头的速度。

丘程盯着我抽搐般转身的动作看了两眼，下意识往身后看了看，发现没有异样才重新握住我手中的黑板擦。

“你这胆子小得我都不好意思称它为胆子。”

他抬高手臂轻轻松松地擦掉我踮脚也没能接触到的粉笔字。我回过神才发现自己整个人被丘程卡在他和黑板中间，他微微低头就能把下巴放在我的头顶上，我脸上一红故作镇定地从他臂弯里蹿出来。

“你作文写了吗？晚修要交了。”我说。

他拍掉手上的粉尘：“刚写完，你没写？”

教室后面有人在互扔篮球，不小心撞在教室门上发出雷鸣一响，我顿时一跳差点踩空讲台的台阶。

丘程从眼前的桌面上捡起半截粉笔往前用力一掷，砸在抱球的同学背上坏笑道：“哎，小声一点，不知道有人胆子小吗？”

对方嬉皮笑脸地往后一缩收起篮球，我冲坏笑的丘程一阵龇牙咧嘴。

我走下讲台坐回座位上，丘程从抽屉里拿出两瓶旺仔牛奶把其中一瓶插上吸管后递给我：“你的作文我看看。”

我咬着吸管，不太好意思把作文本递给他，但吃人嘴软我偏偏又找不出借口推托，只能磨磨蹭蹭地把作文本从桌面的课本底下抽出来。为了避免让对方看见上一篇关于“北大是我美丽而羞涩的梦”的读后感，我直接把本子反着翻到第一页——只写了三百字开端的作文那页。

丘程大致扫了一眼：“这篇作文其实不难，总分总的行文结构是最适合的方法，不容易跑题也能点题，而且这题目明显是写抒情文的节奏，你只要不偏题再把感情描写套进去就行了。”

我似懂非懂地点头，在他半监督半压迫下列草稿。丘程为了给我空位置直接收齐东西坐在张世伟的椅子上。我瞬间把嘴边溢出口的拒绝咽下肚，咬着笔帽断断续续地写着，偶尔走神就会被丘程的笔身敲中手指。

“这里，你可以换一种方式表达，直接表达它让你产生憧憬就行了，又不是绕山路走什么十八弯。”丘程在草稿中的其中一段点了点。

我一脸茫然：“怎么表达？”

教室外面的走廊上有人快速跑过却恶作剧般把半拉上的窗帘往后一拉，阳光瞬间扑射而入，我下意识地眯了眯眼，侧头时刚好与丘程四目相对。

彭嘉彦在讲台上和班级同学讨论数学题，有人嬉闹着拿教室后面的扫帚当吉他在唱《征服》。

丘程眼睛一眨不眨地看着我，我莫名放缓了呼吸，感觉他的瞳孔里有我的一席小小身影。

“……她让我对未来衍生出寄托和期待，让我突然很想去未来看一眼，看她在不在我的未来里。”

我停下笔，诧异地睁大眼：“谁？”

“没谁。”他回过神，从笔袋里找出修正液递给我，“最后一句重写。”

“画一下就行了，不用这么麻烦。”我刚想往方才写下的句子中间画横线，顿了顿却鬼使神差地只在旁边画了个猪尾巴的删除符号。

丘程猛地站起身，一言不发地拿着红色奶盒走出教室。

“我出去扔垃圾。”

我顿了顿把视线移到后黑板旁边的垃圾桶上，他是吃错药了吗？扔个垃圾还得跑隔壁班。

[4]

白色的羽毛高高飞起撞上教室的天花板，缓缓掉落在风扇外围略微生锈的外壳中间，简霓的视线从羽毛球上转移到教室前门一脸无辜的我身上。

若河最近掀起一阵运动风，首先是毽子和羽毛球，转瞬之间就成为全校众人课间运动的首要之选，每次我从中山楼前面的空地中间穿过时，总有一种躲避枪林弹雨的错觉。

但事实证明，我不太适合这个游戏，简霓和彭嘉彦在一旁拿扫帚戳风扇顶端的羽毛球却无意扫下一大片灰尘，呛得大家咳嗽不止。

“橘子，你是我见过最快完结这个运动的人。”简霓垂下脸，拍着头顶上沾染的尘灰，“这都第三次了，你也是厉害，每次都往风扇缝隙里打……我的妈呀！”

她一句话还未说完，就被窗户上蹿出来的人影吓得心脏突突直跳。

张世伟跳下窗户，三步并作两步从课桌抽屉里找东西，眼都没抬冲彭嘉彦喊道：“阿彦，找一下程哥，罗天在篮球场都要炸翻天了！他取个滑板怎么这么久啊？”

他把搬出的课本塞回抽屉，抬头刚好看见彭嘉彦脏着一双手脚边靠着一把扫帚，他顿了顿往手机屏幕上按了几下：“算了，你先洗手跟我去球场吧，大暄和体委在操场等着了。”

我电光石火之间才想起今天周三。

“小橘子！”

“有！”我条件反射地举起手，手忙脚乱地接过张世伟抛过来的手机。

“我和阿彦先过去，你催程哥快点。”

我盯着拨号中的手机屏幕，还未回过神就被简霓扯着走出教室门。

“干仗了，干仗了，我们快去找安安一起过去。”

我把手机贴在耳边：“人家是打篮球……”

“没差，这个年纪的男生，打篮球就是干仗的别称，而且我听说丘程打篮球时能帅人一脸血，人送外号——三分球小王子。”

什么鬼外号？我狐疑地看她一眼：“你怎么总能‘听说’到这些东西？我怀疑整个若河都是你的眼线。”

简霓还未回答，电话那边漫长的等待终于告终。

“有事？”丘程的声音漫不经心地落在我耳边，“有事说事，我这边在拆东西。”

这么嚣张？

我清了清嗓子：“你在哪儿呢？”

手机那边顿了顿，随后就听见丘程笑嘻嘻的声音。

“你找我呀？”

等我挂断电话，和简霓赶到球场时周边已经围了厚厚一圈观众，我们费了九牛二虎之力才挤到前面。张世伟正站在边沿和方瑞喧他们讨论战术，眼角余光瞥见我的时候，投来询问的眼神。我冲他点点头，他才放心地继续转身和其他人讨论。

“你们打什么暗号呢？”林安安从旁边的人群里探出头，视线落在我手上，“你手上怎么拿着张世伟的手机？”

“他刚让我给丘程打电话来着。”

张世伟的手机只随意套着一个透明的手机壳，落在手上的重量很轻，这款水果手机是最近风头正盛的手机型号，丘程也有一部，恰巧和张世伟一样都是黑色……

我装似不经意地问了一句：“你怎么知道这是他的手机？”

“上次英语课上他手机摔了，边角磕了一道痕。”林安安笑着指了指手机边缘的划痕，“他当时心疼了好久。”

我抹了把鼻子仿佛嗅到了秘密的味道：“安安，你初中在哪个学校？”

“海城中学啊，怎么突然问起这个？”

“随口问问。”我把手机一把塞进她手里，“那你帮我还给张世伟吧。”

她手明显一缩，怔忡片刻才移开视线应了一声。

“罗天之前也是海中的学生，跟丘程他们算是宿敌了，海中很多人都知道他们关系不好。”林安安说道。

罗天就是之前我看到的那个半边裤腿卷起来的、身材高大的少年，他看起来脾气颇大总是蹙眉厉眼，放在影视效果里就是周身散发着一股黑暗势力浓烟的叛逆少年。

“丘程怎么会跟他结怨？”我问。

“好像是因为篮球赛上有点冲突所以一直相看两厌，后来罗天又因为丘程班里的学委……”

“学委和丘程？”我忍不住插了一句，没想到林安安挤眉弄眼地冲我点点头，我都要为自己的聪慧鼓个掌了。

时间过去了十分钟，丘程还没有到。罗天支着一条腿坐在篮筐旁边喝水，他不耐烦地冲张世伟抬抬下巴：“喂！丘程到底来不来？要是不敢直说就行，别耽误大家时间。”

“怕你？我们……”张世伟视线往罗天身后看去，面上一喜，“程哥！”

我莫名被他兴奋的声音激起一身汗毛，滑轮滚动摩擦地面的声音，由远及近灌进耳朵里。

罗天身后的同学往两边避开空出一个缺口，丘程像是迅猛蹿出来的猎豹，脚下生风带着高速旋转的黄色滑板闯进众人的视线里。

“程哥，接球！”张世伟把篮球远远抛给丘程。

丘程右脚踩着滑板往前一滑，接住篮球的瞬间脚下一踩，亮眼的黄色滑板在半空中翻转一圈，他原地起跳把篮球投进篮筐，落地时一把踩住滑板往前一滑掉头急停。

行云流水的一系列动作把在场的人都镇住了。

“三分球！”方瑞暄喊了一声。

全场瞬间响起一片欢呼声。

“程哥，威武！”张世伟跑过去撞了撞对方的肩膀，“DBH 的新滑板太帅气了，跟个小旋风似的。”

丘程抬手拿食指摸了摸鼻尖，眼睛里都是少年意气风发的流光：“小意思。”

简霓在一旁跟着起哄，神情激动：“丘程这个动作炫技成分太高了，但是真的好帅啊！”

我笑着揉了揉方才被周身轰炸的耳朵却发现心口有隐隐发烫的预兆，像是血液突然激流翻涌逐渐漫上脸的感觉。

有点……好看。

篮球赛一触即发，我对篮球场上的规则一知半解，全程只是盯着丘程移动的身影。周身围观的人数越来越多，特别是女生的尖叫和欢呼响彻球场，整个球场像是燃烧正旺的火炉，夏风一吹就拉扯出长长的火光。

比赛进入白热化赛点时丘程刚从对方队伍中抢到篮球，但罗天的步步紧逼让他没办法带球上篮。他突然勾着篮球往左边虚晃了一下，罗天立马跟上，丘程的左脚却快速往后一撤，仰身往前一投。

撤步三分球。

篮球压哨正中篮筐激起场外千层声浪，丘程站在浪潮里突然回头，仰着脖子冲我笑。

他肩上挂着一脉落日，扬起的校服衣角和露出的小虎牙一样晃着光，身后是缥缈的远山和翻涌的云海。

美好得就像文艺片电影里的最后一个长镜头——落日球场的少年三分球投中后第一个望向我的眼神。

第四章

这题有点难，我们换一题

/
XIHUANNI,
MEIZIZI

[1]

篮球比赛结束之后，若河便迎来了一次大规模的流动红旗争夺赛，（2）班向来不在意这些东西，老黄也睁一只眼闭一只眼，只要没违反校纪校规也就任由我们。

但是晨会上，颁发流动红旗的校书记反倒先不乐意，来来回回都是尖子班之间的争夺，他连他们班班长的脸都认熟了。

会后各大年级主任便召开班主任会议，力图激发大家爱护学校、乐于助人的优良品质，激励重点就是从来没拿过流动红旗的班级，比如（2）班和（7）班。

“你们就拿一次，让我好向上头交代，别让其他班说我们既没有拿过第一又没有拿过好人好事的红旗，每个星期有五个名额呢，争取争取啊。”

老黄晃着啤酒肚憨憨地走在过道上。

“老黄估计被训了。”简霓指了指讲台，“他连水杯都忘了。”

每个学校都有无形的划分标准，（2）班在整个年级的期中考试排名是第八，说不上多好也不算太差，正因为这样才更容易引起校领导的注意。

在这半山腰上，（2）班进步是理所当然，退步就是不思进取，但你卡在中间不进不退，那它只能逮着你杀鸡儆猴。

老黄转述给我们的话估计是经过他自个儿筛选润色后的成果，他总是说，学习要努力，但学习不是一切，所以当其他班级已经提前进入备战模式整天哀号连连时，他依旧鼓励我们课间多出去走动。

“我不想以后你们回忆起整个高中，只有数不清的卷子和背不完的课本，这应该是你们最美好的回忆而不是梦魇。”

正因为他这样，所以和他同辈的老师已经升为高级教师或主任，只有他依旧是普通教师一名。

或许是大家都为老黄打抱不平，（2）班这次难得在班长的带领下齐心协力立誓要争气一回，但敌人实在太多，学校能打扫的地方就那么几块，我们只能另辟蹊径做好事，方瑞暄和张世伟甚至连球场的篮球架的清洁工作都霸占了。

我和简霓、安安连同班里的几个女生承包了教室前面花坛的过道，简霓用树枝充当简易的筷子把水沟里的纸团夹进黑色塑料袋里。

若河的秋天如期而至，学校里的高大乔木光秃秃一片，焦黄的叶子遍地飘零，我拉高校服外套的衣袖，把满地的枯枝烂叶堆积在一块。

“今天都周四了，你说我们能拿到吗？”

班里面平时文静腼腆的女生，这会儿拿着扫帚都忍不住担忧。

“能，我估摸着我们的分数不能挤进前三也能进前五。”简霓大大咧咧坐在花坛边上，“张世伟昨天不是还捡了二十块上交了吗？怎么着也能加个两三分吧。”

我们学校竟然还能捡钱？

“他哪儿捡的啊？”我把垃圾装进黑色包装袋里打上蝴蝶结。

简霓咳一声，压低声音：“丘程兜里。”

我：“……”

“特殊情况，特殊策略。”简霓摆摆手，振振有词，“一切为了老黄。”

中午午休，教室里所剩人寥寥无几，我出门打了瓶水就回教室继续翻手上的《意林》，周围有人趴在桌上午睡有人在做习题，丘程抱着篮球进来的时候我正好合上书。

他坐在简霓的位置上，把篮球放在桌下拿脚尖碾着。

“你怎么没回寝室？”

“我刚出去买笔记本来着，再过半小时就要上课了懒得回去。”

我从书包里拿出手机插上耳机线塞在耳朵里，他眼疾手快地抢过一个耳机。

“你听什么？”

“五月天的歌。”我侧头枕在手臂上，闭着眼，“你是不是喜欢周杰伦？”

“你听张世伟说的？”

“嗯。”我轻轻应了一声，感觉睡意悄无声息地爬上眼角。

他没有再说话，耳机线有点短，我往他身边靠了靠才安心入睡。教室后门有风涌进来，微微卷着我的校服衣领，有点痒，我睡意蒙眬地睁开眼，丘程右耳上塞着另一只耳机，手指点击着屏幕在玩静音的“连连看”。

“静音的游戏是没有灵魂的。”

他眼都没抬，支出一只手揉了揉我的头发：“你还能睡二十分钟。”

“不行，我十分钟后得醒来打扫校道。”

他按了游戏的暂停键，见我半合着眼便放轻了声音：“放心，我去学生会打探过消息，我们现在的分数排在第二，明天一天不做好事也不会跌出前五。”

我蹭蹭手肘，睡意沉沉：“真的？”

“真的，睡吧。”

微凉的指腹蹭了蹭我的眼皮，我嘟囔一声便沉入黑暗。

下午的最后一节课是体育课，跑道上的热气穿透我的鞋子直往我身上涌。

女生 800 米，男生 1000 米，我晃晃悠悠地跟在队伍后面，期间光是蹲下来绑鞋带就不下三次，终于在第四次时我被队伍远远甩在身后。体育老师吹着尖锐的哨子冲这边挥手，我刚在过道上蹲下身就被一道高大的阴影笼罩住。

“你怎么这么慢？”丘程喘着气半蹲在我面前。

烈日压着我的后背，我有点烦躁地抽了抽鞋带：“鞋带散了。”

他低下头拉住我的鞋带：“脚伸一下。”

我乖乖伸脚，就看见他利索地解开我原先绑好的蝴蝶结。

“你这样绑没用，跑一会儿就松了。”他垂着头，我只能看到他的发顶和用力的手肘。

“会太紧吗？要不要松一点？不过也不能太松，容易踩到鞋绳摔倒。”他自顾自地说着。

我站起身踢了踢鞋子摇摇头。

我跑在外圈，他快半步跑在前面，只是偶尔才侧头确认我是在跑。

“你跑步是真的慢。”

我喘着气乜斜他一眼：“我又没让你等我。”

“我不等你谁等你啊。”

他快速蹿到我身前，刮起一阵小旋风跑到不远处的台阶上冲我挥手。

远处的树梢在轻轻晃动像鱼尾摆动的轨迹，影子从我身后落在身前，我大跨步踩着影子向他跑过去。

解散后，我坐在单杠旁边的草地上吹风，（17）班和我们班是同一节体育课，我坐在树荫下乘凉时能够清晰地看见跑道队伍中间的陆朝浥。他抬头目视前方，步步稳健。

简霓从小卖部回来扔给我一瓶饮料，我往她身后看过去，没看见林安安的身影。

“安安呢？”

“回教室了，好像是有东西要写。”简霓拧开汽水瓶的盖子，猛灌一口瞬间舒服得直叹气，“大概是点歌吧，广播站不是开通了一个投稿点歌渠道嘛。”

我顿了顿，拧开瓶盖和对方碰杯：“哎，我们家的傻孩子。”

简霓心照不宣地看我一眼。

微醺的风从四面八方涌上来，操场阳光下少年奔跑的身影像是一道快速移动的剪影，其中一道剪影手腕上还戴白色腕带。

“哎，橘子。”简霓撞了撞我的肩膀。

“嗯？”

“你看陆朝浥！跟别人就是不一样，怪不得人气那么高。”

浩浩荡荡的脚步声由远及近，（17）班的男生队伍已经开始跑第二圈，带头的体育委员跑在最前面，累得连口号都不喊了。队伍末尾已经有人以散步的速度一边喘气一边和旁边的人聊天，陆朝浥依旧不紧不慢地跑在中间。

“嗯。”我收回视线，迟疑地回答，“大家都喜欢他。”

“那你呢？”

我眨眨眼:“他聪明,长得帅,为人亲切和蔼,待人友善,坚强勇敢……”

“等会儿。”简霓拿冒着冷气的饮料堵住我的嘴,“他在你嘴里,十全十美了,完全没有一点儿缺点了啊!”

“不是你说,他跟别人不一样吗?”

她中指和拇指圈成圆轻弹在我的脑门上:“我问的是……你对他的感觉!感觉你懂吗?”她把汽水瓶放在手上绕着掌心滚动,“况且,你上面所陈述的形容词是从语文老师的评语里摘抄的吗,跟正儿八经地朗读全文似的。”

简霓的能言善辩我早就领教过了,这会儿也没了争辩的欲望。我一个连语文作文都写不出来的人,喜欢对于我来说是一道超纲的大题。

“我也不知道……”

“这题有点难,我们换一题。”

“嗯?”

简霓把视线投向远处的篮球场:“我一直不明白为什么他们男生在日光下还能打篮球,不热吗?他们是都穿了隐形防晒衣吗?”

我也想不明白:“这道题下次问丘程。”

“你有没有发现,丘程现在都快成你口头禅了。”

“有吗?”我心里一跳,把手掌放在后脑勺上枕着,舒服地躺下,“可能是因为他是百度文库吧,我可以哪里不会问哪里。”

我缓慢地呼出一口气,从树枝缝隙投射下来的光斑落在眼皮上,痒痒的,像贴着一层温热的保鲜膜。

后来我总是回想起这段体育课解散后的时光,有风吹过,有篮球灌进篮筐,有白色球鞋踩在红色塑胶跑道上,尖锐的口哨声断断续续,时光漫长得好像可以来回往返很多遍,未来藏在白云后面是伸手也没办法触摸的距离。

可是，一切都充满希望。

周一晨会上，高一（2）班是最先到达中山楼下面的班级，两列纵队整整齐齐地站在左边的位置，校长还特此在会议前表扬了一番。

老黄站在队伍前面，依旧是一副笑眯眯的宽厚表情。校长冗长的演讲之后由教导主任宣布上星期的流动红旗班级。

第五名是高一（7）班。

第四名是高二（12）班。

我莫名地觉得紧张，局促地搅着手指。丘程撞了撞我的肩膀，冲我勾嘴一笑：“没事，稳了。”

我刚抬起头就听见方主任念道：“第三名，高一（2）班。”

体育委员带头吼了一声，引得大家侧目而视，我们毫无形象地在人群里整齐划一地鼓掌直笑。

老黄站在前面笑着摆手：“哎，低调低调，看把你们能的。”

“不知道的人以为我们拿了奖杯，其实我们只是获得一枚红旗，周五下午还得还回去的那种。”简霓搂着我的肩膀直笑，“但我开心，这是所有人努力的成果。”

一枚流动红旗确实没有炫耀的必要，尖子班从头到尾拿到手软都没有吱一声，我们却欢呼雀跃得像个小孩。

可是，我并不觉得丢脸甚至觉得庆幸，那是我对（2）班最初感受到的归属感，所有人为一件事拼搏的热忱和努力后收获的满足感，都和那天温暖的朝阳一样深深地印在我的胸口里，温热得、浓郁得像鱼汤里的第一口鲜。

[2]

期末考来临之前，若河文学社举办高一和高三“互赠礼物”的活动，对应班级、对应座位号之间交换礼物，旨在为高三的学长学姐加油鼓劲，但故事的发展往往会让人啼笑皆非。

除了一些普通礼物，还会出现很多匪夷所思的东西，胡萝卜、袜子、卷筒纸巾、增高鞋垫等，只有想不到没有他们做不到。

我负责的班级刚好是高一（2）班，我便直接省略掉开头客套的问好，在黑板上写清楚上交礼物的时间和地点之后就拿着名单坐回座位。

林安安从前面转过头小声地喊我，我刚抬起头迎面就扔来一张字条：高三（2）班27号的人叫什么名字？

我看了一眼名单，把对应名字写在字条上，名字后面还加了个括号：男生。

我撑着脑袋好整以暇地看着安安拆开字条后从脖颈一路红到双颊。

“哎！”丘程从背后拿脚尖轻轻碰了碰我的椅子，“中午去买礼物吗？”

“你帮我买吧？”我从钱包里掏出一张二十块的递给他，“我中午还得补数学呢，你就帮我去门口的精品店买个积木模型。”

“行，一会儿我去奶茶店，你喝什么？”

这会儿正赶上早读下课，有同学过来询问活动的情况，我翻看着名单随口应答：“随便你。”

有人询问能不能由本人亲自送，我也是第一次接触这个活动不知道行不行，正想着给部长发信息就看见丘程喊我：“宝儿，红豆奶茶行吗？”

“行行行。”我心不在焉地按着手机，周围的嘈杂声突然安静下来。

简霓敲着桌面瞪大眼：“宝？宝贝？宝宝？这是什么鬼称呼？”

张世伟唯恐天下不乱地开始起哄，被丘程扣住脖子往外拖。

“宝儿，是我小名。”我按下发送键，对上周围人意味深长的表情，“你们又不是不知道我和他小时候就认识。”

大家惊叹一声笑着离开。林安安搬着椅子坐在我身边。

“哎，你们买什么礼物啊？”

“笔记本、钢笔、零食，三选一。”简霓道。

林安安把脑袋放在我桌上，一脸纳闷：“男孩子会喜欢这些吗？”

“又不知道会送到谁手上，谁管他们喜欢什么呢，随便买件礼物写张吉利的便利贴就行了。”

我正想点头，电光石火之间想起什么：“你想给张世伟送礼物？”

林安安手指扒拉着课桌把半边脸埋进课桌下，只露出笑意盈盈的双眼。

“他过几天生日，我又不好明目张胆地给他送礼物就想让高三学长代送。”

简霓一针见血：“可是那样，他也不知道是你送的礼物啊？”

“没关系，只要他收下就好了。”林安安撑着下巴，“而且这样我还能把他买的礼物收藏起来……就是，我还得再买一个礼物给学长。”

“都不知道说你什么好。”简霓伸出指尖恨铁不成钢地推她的脑袋，“你这脑袋瓜怎么在这事儿上这么聪明啊。”

“哪有？”林安安小声反驳道。

张世伟生日当天中午，丘程要和他出去吃饭，我拉着林安安以蹭饭为由死乞白赖跟他们一块出去，校门口有一家饭店，穿过学校旁的长桥再走几步路就能到。林安安和张世伟步伐快我们半步走在前面聊天，我心有所觉一个劲地拽着丘程放缓步伐走在后面。

这会儿正是饭点，饭店角落里有两张空着的桌子。冰柜里的饮料只剩豆奶，点完餐之后丘程和张世伟便提议出去买饮料。

我靠在椅背上问安安：“你们刚才聊什么呢？”

“我也忘记聊什么了。”林安安拿纸巾反复擦拭桌子，“我当时脑袋一片空白，差点把上午做的数学步骤说出来。”

“安安——”我突然来了兴趣，“你什么时候认识他的？”

“初二。”林安安笑道，“我第一次看见他的时候是在周一晨跑，那天我刚好来例假，跑到后面的时候才发现周围人对我指指点点，我当时脑袋一空僵硬地站在原地，是他从后面跑过来一脚踹开前面哄笑的男生把校服外套绑在我腰上。”

她捧着脸认真说道：“我当时不认识他，但他直起身冲我笑的时候，我突然有一种很想认识他的冲动，想知道这个人叫什么名字，想知道他在几班，想知道他是不是本性善良，喜欢乐于助人。”

“因为他帮助过你，所以你一直记着他？”我好奇地问。

“不仅是这样。”她垂着脑袋，因为想不出稳妥的形容词而觉得沮丧，“我不知道怎么表达，有些人就是会有一种魔力，当你看着他们的时候会觉得开心，会想要靠近他们。”

“这是什么感觉呢？”我支着脑袋，苦思冥想。

安安抿嘴笑，眼睛亮闪闪地发着光：“大概就是，你以为你的生活里只有吃饭睡觉学习，生活平淡得一眼就能看到未来，但是有一天，你遇见一些人，你突然一下子觉得你未来的生活还可以有其他的东西。”

我支着脑袋走神，安安已经垂下头在一旁洗刷筷子。英文歌响起时，我们都愣了一下。

张世伟的背包放在一旁的座位上，手机铃声是从里面传出来的，安安掏出手机时电话已经挂了。

我捧着一杯热茶在慢悠悠地喝着，安安突然伸手拿过我放在一旁的手机。

她按开通讯录往下拉到张世伟的电话，半晌后张世伟的手机再次响起，在桌面上不停地振动。

她愣了一下，从自己的手机里又拨通了对方的电话。

我莫名其妙地看着她："你怎么了？"

"不一样。"

"什么不一样？"

"铃声不一样。"她摇摇头一脸笃定，"他手机铃声都是本机铃声，只有第一个电话不一样。"

那天中午的聚餐不欢而散，张世伟接了电话之后连饭都没吃就跑了。他的举动彻底坐实了安安心里的想法，但安安从头到尾都没有说话，吃饱喝足后就说要回学校。

学校外面的长桥架在波光粼粼的河面上，阳光在水面上映出涟漪，安安的长发被风吹起，一会儿飞在耳后一会儿散落在胸前。

我低着头跟在她身后，她反倒回头安慰我："没关系，反正下次大家也能一块吃饭。"

简霓说林安安在这方面特别聪慧并不是没有依据，看吧，装傻充愣和自欺欺人的功力简直登峰造极。

我有点愤懑地拿脚尖踹了踹地面："你为什么要这么坚持啊？"

她微微一愣，很认真地想了想，在她身后是成排的白色路灯和笔直延伸的大路，她的声音飘飘荡荡被吹散在秋风里。

"我不知道……我只是想试一试。"

中午两点，教室的广播准时响起，是别人投稿点播的一首五月天的《温柔》。

我哼着曲子站在饮水机旁打水，侧身就看见二楼走廊上的陆朝浥。他低着头正在和老师说话。

“大概是讨论物理竞赛吧。”简霓抽走饮水机上的水卡，“水要满了。”

我慢半拍才把水杯合上盖子。

“安安怎么了？”她喝着水问，“中午回来之后就一直在做数学题，我都怀疑她要把练习册做完了。”

我靠在走廊的栏杆上，意有所指道：“唉，道路险阻啊。”

我心里一阵翻腾的酸涩，当时跟安安去和高三学长交谈送礼物时，她溢于言表的欢喜模样还摇晃在我的脑海里。

简霓晃着水杯半晌才长叹一声：“可不是吗……哎，今天这广播也是够应景的。”

“什么？”

她指了指广播：“‘天边风光身边的我，都不在你眼中’这歌词简直是安安的心理写照啊！”

我哭笑不得，陪着简霓靠在走廊上一边晒太阳一边听完整首歌。

走廊上的人渐渐多了起来，距离预备铃响还剩十分钟，我躲开一位迎面冲刺过来的男生，刚走进教室就听见音响里的广播声。

“接下来这首歌，是一位匿名同学送给高一（2）班张世伟同学的礼物。她说，祝他生日快乐，年年岁岁平平安安。”

年年岁岁，平平安安。

我拈了拈落在指缝里的水珠，连《生日快乐》都听出《义勇军进行曲》的悲壮。

[3]

短暂的秋季像是牵线搭桥的媒介，待初冬的枝丫漫上秃枝寒树的木棉后便功成身退。冬天比想象中还要冷，中山楼二楼的露天平台上的风跟刀子似的刮着我的脸，我把校服外套的拉链拉到顶端，整个下巴埋进衣领里才感觉到胸口的暖意。

丘程从主任办公室出来的时候，我正靠着墙壁默数。

“你怎么还在这里？”他快走几步站在我身前，“我跟你开玩笑呢，你还真等我啊。”

我往手腕上看了眼：“六分零三十一秒。”

“什么？”

“我等你的时间。”我往楼梯口走，“你下次再让我等，超过这个时间我就走了。”

楼道里的窗户紧闭，有暖洋洋的空气在流淌，丘程搓着手一蹦一跳地下楼梯。

“我没想到你真的会等我。”

我没好气地看他一眼：“我们社会主义接班人，从来都不食言。”

他勾着嘴一笑：“你冷不冷？”

我拉高衣领声音闷闷地透出来：“冷。”

他突然往我眼前凑了凑。

“你干吗？”我问。

“我手是热的。”

“什么？”我瞪大眼警惕地后退一步抱着胸口，“你手热不热有我什么事啊！”

他脸上一僵，又往前走了两步把我逼退到旁边的墙角，眼见他抬起手要往我脸上伸过来，我猛地往后一缩，从他臂弯下窜出去，逃之夭夭。

室外的冷风卷进我的衣领才稍稍让越发滚烫的脸冷却下去，丘程喋喋不休地跟在我身后：

“你生气了？”

“我手不冷啊，你要不要试试看？”

“难道是你脸太冷了？不对……你这是体虚啊。”

你才体虚！

我怒气冲冲地跑回教室，却被告知老黄在会议室开会，这节课上自习。

期末考试安排在1月中旬，这会儿已经是12月底了，前几天陆朝浥抽空帮我补习数学时还特意把笔记借给我，我钻研了几天，气血耗掉大半，倒是安安对陆朝浥的笔记连连惊叹。

“他连对应知识的课本页码和注解都给你标明了，你再不好好学，多对不起人家。”

简霓自从上次期中考试回家被她爸教训了一顿之后，一改先前敷衍的学习方式，偶尔还能跟着安安上去问老黄题目，老黄非常感动。

“这种学习劲头很好，但是简同学你不能一道题反复问好几遍啊。”

“我能怎么办？一问就会，一考就砸。”简霓撑着下巴叹气，余光往我和丘程身上扫了眼，“怎么回事？”

“没事。”我回答。

“没事你躲什么？”她拿手背碰了碰我的脸，煞有介事道，“手测50℃左右吧。”

我心虚地低下头继续看笔记：“天气热。”

“热？你这结论，问过冬天的意见了吗？”

我放下笔，刚恼羞成怒地把数学课本拍在她肩膀上，前方突然应景地传来一声惊呼。

这声惊呼以体育委员为中心向四周扩散。

体育委员是彭嘉彦的同桌也是安安和方瑞暄的前桌，这会儿那边正热闹地聚集着一堆人，我往前张望了两眼，个个竖着耳朵一脸惊慌。

“2012 年 12 月 21 日，玛雅人预言世界末日，黑夜降临之后 22 日的黎明永远不会到来。届时地球很可能将进入光子带，人类将可能进入四维空间。”

人群里又是惊呼一片，所有人都屏住呼吸，一时之间分不清是在听新闻还是在听鬼故事。

方瑞暄笑骂着把脚踹在体育委员的椅子上：“你讲梦话呢！”

体育委员扶着桌子坐好：“天文学家和物理学家都说了，地球将发生磁极互换，也就是南极和北极的磁场发生颠倒的过程，行星届时就会撞上地球。”

他夸张地把拳头相撞在一块，形象生动地演绎爆炸现场。

方瑞暄碰了碰他的椅子刚想说话，目光忽而一顿，施施然闭上嘴。

“你选择题写了吗？”林安安偷空从书里抬头看他一眼。

“嗯。”他收回脚，清咳一声，“你看一下我做对没有。”

体育委员还想说话，被丘程一句话堵回去：“老黄要是知道你把他的自习课搞得乌烟瘴气，估计会赏你十张八张卷子‘尝尝’。”

我靠在他桌上和简霓笑成一团，丘程毫不留情地把笔帽敲在我脑袋上。

“你是不是又偷拿我抽屉里的旺仔了？”

我正大光明地吸溜着课桌上的牛奶：“读书人的事，能算偷吗？”

丘程：“……”

“鲁迅先生说了，不算。”

“你学《孔乙己》的时候，脑袋里装的都是旺仔牛奶吗？”

我咬着吸管讨好地笑：“我怕你喝不完，主动替你承担责任。”

他拿笔帽直接把我凑近的脸推远：“你英语试卷做完了吗？”

“完了。”我瞬间坐直身子，在压住桌面的一瞬间被丘程抢先一步抽走试卷。

“阅读理解二十道错十道，你这倒真的是完了。”丘程粗略地往试卷上扫一眼。

“你怎么就知道我错了，你眼睛还自带阅卷机功能呢……”

简霓撞了撞我肩膀：“友情提示一下，他试卷老黄刚改过，除了作文其他就是参考答案。”

我哑然，回头就见丘程冲我得意地笑。

“反正世界末日都得一起死，嘚瑟什么。”我不甘示弱地嘟囔一声。

他笑着在我试卷上画了画：“那麻烦你在世界末日来临之前把阅读题重看一遍。”

12 月 21 日当天是个阴天，仿佛要印证肆虐的舆论连黑漆漆的乌云都搅成一片。

所有的恐慌和热议炸翻天，连老师都忍不住在课堂上安抚大家躁动的心情。

“大家放心，死不了，死不了。”老黄拿着课本坐在讲台中间，“过了这个晚修你们就知道了，那都是唬人的。”

有人故作惊慌地喊了一句：“老师，会不会晚上睡着后就醒不来了？”

“我看你这脑子也别醒来了！”张世伟插嘴道，引得教室一阵哄笑。

老黄挥了挥手示意大家安静下来学习。

我做着数学题莫名有一种兴奋感，偷偷摸摸地侧头拿笔敲简霓的桌子。

“你说要是今晚真的是世界末日，那我还做数学干吗？”

“橘子，你刚才做历史的时候用得也是这个借口。”

我眨眨眼缩回身子，往后看了一眼。

丘程正在写政治试卷，眼都没抬：“你历史做完了吗？”

“没。”

“快做。”

老黄正提着杯子出去打水，我索性转过身趴在他的桌面上：“丘程，你说如果一会儿世界暗下来怎么办？”

“不会暗，你快做作业。”他把试卷翻了个面，示意我转身做题。

“万一呢？电影都是这么演的，天空一暗，爆炸声一响，所有人在转瞬之间就被强光抹杀成宇宙中一粒尘埃。”我煞有介事地捏捏手指。

他用一种关爱傻子的眼神看我，拿笔穿过我贴在一块的手指往两边扩开了好几倍：“暂且不说会不会世界末日，光你这体型就不会成为这么一小粒尘埃，怎么也得是块巨石。”

我直接一巴掌拍在他手上：“给你个机会好好说话。”

他笑着拿手挡住脸：“你智慧的结晶都不止一粒尘埃……惨了，我会不会鼻子变长，你哪还有智慧结晶这种东西。”

“丘程，你死定了！”

我话音刚落，头顶的灯光突然一闪，整个学校瞬间被拖入黑暗，山洪海啸般的惊呼声敲打在我的耳膜上。

我睁着眼睛一脸惊慌：“丘程，丘程！”

“我在。”他在黑暗中压下我起身的肩膀，“别动，一会儿撞了。”

走廊外的尖叫和奔跑声混乱成一团，教导主任拿着立体声喇叭在楼上大喊：“各位同学！不要恐慌，学校的电闸人为故障正在安排修理，请大家坐回座位上！哎，那位同学！你哪个班的？别在走廊上跑！”

回应教导主任的是楼道里参差不齐的怒吼：

“世界末日了！去他的数学！老子不做了！”

“我也不背了！政治课爱干吗干吗！”

“张婷婷，我想和你考同一个大学！”

……

教室里只有手机微弱的亮光，喧闹声此起彼伏地响起，我放在丘程桌面上的手背突然一热。

“跑吗？”他抓住我的手。

我看不清他脸上的表情却莫名感觉到一股热血涌向四肢。

“跑！”

老黄拿着应急照明灯从楼梯口出来，还未走进教室就在门口撞见我们七人，张世伟前几天刚买了一双新球鞋，斜边带着荧光色在黑暗中跟信号灯似的发着光，一眼被老黄认准。

“哎哎哎，张世伟你们干吗去？”老黄在身后大喊一声。

我们穿过长廊，跑到中山楼下面的空地里才稍稍喘气。

“还跑吗？再跑就是逃课了？”丘程放缓脚步问我。

“程哥跑啊，怕什么？”张世伟兴奋地在原地大叫一声。

“跑……听说学校旁边的广场有小型演唱会，我们去看演唱会。”简霓气喘吁吁地撑着安安的肩膀。

方瑞暄往前跑了两步回头说：“要快点走，一会儿校门该关了。”

我的耳边都是喧嚣声和心跳声，掠过耳朵的冷风和扬起的校服衣摆像一场疯狂逃行，在整个黑暗里震动。

我突然想起开学典礼当天，丘程叫住我时的表情。

“你那天想跟我说什么？”

他回头看我，头发被冷风吹散成乱糟糟一片。

“哪天？”

“开学典礼那天，你叫住我的时候。”

此起彼伏的脚步声在黑夜里响起，我顺着手腕上的手指往上看，他校服外套里面穿了一件白色帽衫，宽大的兜帽在半空中上下摇晃，半掩在头发里的耳尖微微泛红。

“我想问你要不要跟我做同桌。”

带笑的声音轻飘飘地落下来，少年明亮的眼睛在黑暗中像晶莹剔透的琥珀，周围都是黑暗，只有他在发光。

广场上的小型演唱会已经过去大半，穿着花棉袄的大爷在上面歇斯底里地唱《死了都要爱》。

“我们这课逃得有点亏啊。”

“谁说不是呢？”

我们穿着校服愣在河岸边，各自对视一眼，莫名其妙地大笑起来。

广场前面的大路侧边下楼梯可以在河道散步，沿着河岸蜿蜒而去的路灯上面是提前挂好的元旦灯笼和中国结，对面鳞次栉比的高楼周身绕着一圈黄色彩灯，倒影落在河水中摇摇晃晃成虚影。

我们坐在台阶上，丘程低头把我的校服拉链拉到顶端，他一抬头我就看见他印着彩灯的眼睛。

“宝儿。”他握着拉链的手不但没有松开，反倒抓得更紧。

“你是崇拜陆朝浥还是只崇拜陆朝浥？”他的语气很轻，狂奔后的声音微微透着喑哑。

我缩在衣袖里的手顿时一紧，又有点茫然地微微松开。

简霓他们在广场上看老年演唱会，整个河道只有呼啸的寒风和我们发紧的呼吸声。

“我是说——”他松开手，坐直身子，“如果有一个人比他更厉害，你是不是就会去崇拜那个更厉害的人？”

谁啊？你吗？

这个想法脱缰似的在我脑海里绕了一圈，把我整个灵魂都震慑住了。我怎么会有这种想法？哪里跑出来的？

“哦……是吧。”我顿了顿才抱着膝盖模棱两可地回答。

我仰起脖子让冷风吹醒昏聩的脑袋，但方才莫名其妙冒出头的想法就像破土而出的藤蔓，趋势猛烈，盘根错节地占据我的大脑。

丘程话锋一转：“那寒假我可以找你玩吗？”

“可以。”

我走神。

“你可以跟我出去看电影吗？”

“可以。”

我继续走神。

“我可以住在你家吗？”

“可……”我回过神，一脚踹在他的白色球鞋上，“丘程，你别得寸进尺！”

他突然一把抓住我的手腕，快速跳下台阶绕着河岸大步往前跑，我脚下一软，冬天的冷风裹上我的脚踝。

“丘程你神经病啊，我的腿要废了！”

“废就废吧，怕什么！”

……

2012 年所谓的世界末日，没有行星撞击地球，没有瞬间的炸裂和共赴死亡的情节，只有跑废的双腿和沉沉的黑夜。

而我人生中第一次逃课，抓住的是若河冬天里的冷风和一个模糊不清又蠢蠢欲动的念头。

[4]

期末考试前的最后一节课是英语课，老黄捧着一本英语书和银色保温杯进教室，语重心长地让大家要注意保暖。

“身体是革命的本钱，只有好的体魄才能好好学习，我听说尖子班里好几个人都感冒请假了，多耽误学习啊……好，今天默写抽曹逸和……夏橘！”

“嗯？”我一脸迷茫地翻着课本，侧头问简霓，“老师喊我了吗？”

她点点头：“这个单元的单词有点难，我小抄借你要不要？”

“哪儿呢？”

她张开手心，密密麻麻一片。

我连眼神都懒得给她，硬撑着握住半截粉笔上黑板。

“Number one，地震。”老黄捧着课本走下讲台。

我急急忙忙把听到的单词按照第一直觉拼写出来，一路畅通无阻，直到老黄念，“电流”和“祝贺”。

我借着余光瞄旁边的同学，把“电流”七拼八凑地写下来。

“congratulation……c 开头还是 k 开头啊……”

“c。”

台下有人出声提醒，我立马乖乖写上 c。

“o-n-g……”

cong……

“r-a-t-u……”

congratu……

“丘程。”老黄捧着课本在我身后不怀好意地笑，“你念这么大声，干脆自己上去写得了。”

教室里顿时一阵哄笑，我不好意思地抬手抹掉写到一半的单词。

丘程突然一脸认真地站起身问：“可以吗，老师？”

老黄一愣似乎没想到丘程会这么问，顿了顿才敲着英语课本说：“学习这事，同学也不能代劳。”

期末考试当天，我路过中山楼大厅刚好看到上周物理竞赛的光荣榜，若河包揽了前五名的第一和第五。

端正的黑色正楷字迹在红艳艳的“热烈祝贺”下面写着“第一名 陆朝浥”六个字。

我眯了眯眼，这六个毛笔字是陆朝浥自己写的吧。

考场安排完全是打乱分布，学校为了避免学生因找考场耽误时间，提前一天晚上把考场安排表贴在中山楼大厅的展板上。我的考场刚好安排在高一（17）班，我一进教室就看见在座位上专心致志摆放签字笔的简霓。

她站起身和我击掌：“考试加油啊。”

“安安呢？”

“她和丘程同个考场，在（14）班，你几号？”

“20号。”

我扫了扫她桌面上的数字，视线一顿。

“我俩竟然坐邻座！出师未捷身先死。”简霓心灰意冷地收起签字笔。

我放下笔袋，习惯性地往整个桌面扫了一眼，很干净，不仅没有名字标签连墨水的字迹都很少，我正想翻开资料袋里的古诗册子，眼神突然一顿。

透明的资料袋底下透出半边汉字，我移开资料袋。

加油。

考场的课桌都是反着放的，但这张桌子中间的文字也是反的，所以我才能一眼就认出是什么字。

我施施然收回视线，抓紧时间背古诗。

为期三天的期末考试，在所有人的欢呼和哀号中隐退在众人视线里，我在考场上竖耳倾听教室里笔尖沙沙声和翻卷子的声音时总觉得度日如年，期待已久的灵光乍现和妙笔生花依旧没有出现，每一秒都是难熬的不安。

别人考的是卷子，我考的是心理素质。直到最后一科考试结束的铃声响起，我才真正产生时间只过去三天的实在感。

最后一科是英语，监考老师收试卷时丘程已经在教室门外等我，我急匆匆地和简霓道别，从课桌抽屉里抽出资料袋时不慎把一个透明笔盒拖了出来。

全身漆黑的签字笔，笔帽的金色商标还有点起皮，显然不是新的，但却装在一个连底部价格都没撕掉的笔盒里。

窗外落日沉沉，余晖泼洒在教室红绿色方砖的地板上，我鬼使神差地摩挲着光滑的笔身，蹲下身往课桌抽屉里看了一眼。

抽屉里只有一团我扔进去的草稿纸和一张黄色的名字贴纸。

我歪着头借窗外一脉余晖才看清楚上面的名字。

陆朝浥。

我像是在恍惚间抓住了某个东西，它庞大又炽热像冬天里的日光一样沉沉地压着我的背脊。

丘程突然在身后喊我的名字，我来不及思索把笔盒重新塞进抽屉里。

♥

第五章

她们都很好，但我最好

/

XIHUANNI,
MEIZIZI

[1]

新学期开学，若河高中空了一整个寒假到处都是树叶和纸屑。我尚未从假期的欢愉里出来，导致开学第一天就迟到了，整个学校只有我一人还在慌里慌张地找班级。

考完期末考后的第二天，学校让每个人都回学校把下学期的分科表填了，我因为长期生活在数学的恐惧中，所以当听到文科数学会比理科数学简单后就在犹豫要不要弃理从文。丘程当时坐在简霓的位置上，我盯着分科表，他盯着我的分科表。

“你就不能自己填吗？”我捂住表作势白他一眼。

若河高中学文的人向来比学理的少，很多人再三纠结后都会选择理科，因为家长们潜意识里都会认为理科比文科有出息，没办法学理科的人才会退而求其次选文科——而我，就是因为学不好数学。

所以我难免有一种说不出的窘迫感。

“我就想看看你选文选理。”

丘程脸上没有嘲弄也没有讶异，他就这么看着我，等我终于下定决心选文时，他立马收回视线在文科的表框上打了钩。

前后不到三秒。

“如果我选理呢？”我好奇地问。

他一脸认真：“帮你纠正错误。”

我至今想起来都忍不住要把他的脑袋塞进水里的冲动，我三步并作两步跨上中山楼的台阶，分科表粘贴在大厅的展板上，这会儿上课铃声已经打响，大厅空荡荡一片。

我在高一（9）班，名单前面是简霓，后面是丘程和方瑞暄，我刚直起身电光石火之间又低下头往名单上看了眼。

林安安。

我稍微松了口气。填完分课表那天我走出校门才想起把手机落在教室抽屉里，校道里的人所剩无几，只有几位老师在行政楼整理资料。我从教室出来的时候，刚好看到从办公室出来的安安。

她站在走廊里拿着分科表对落日发呆，很久之后才在上面画了一下。她刚转过身，就撞见畏畏缩缩站在楼梯口的我。

“我不去理科班了，我想留下来继续和他做同班同学。”

她当时坐在台阶上问我：“我是不是很没出息？”

我摇了摇头，脑袋里莫名蹦出壮烈的字眼，好在控制及时说的是“勇敢”。

我觉得她很勇敢。

她就像守着宝藏的巨龙，做着“喜欢”的事却决口不提“喜欢”，既孤独又英勇。

我敛了敛神，背着书包往三楼跑。

（9）班在三楼走廊的尾端，我到教室的时候半合上的教室门隐隐透出老师点名的声音。

“我再念一遍，夏橘到了没有？”

“到了，到了！”我喘着气推开教室门，立马变成众人的焦点。

教室里有很多熟面孔，但我记忆向来不好，只觉得眼熟也叫不出名字。

老黄站在讲台中间似笑非笑地看着我：“我以为你叛变了呢。”

我不好意思地笑，刚抬起头就看见丘程从教室后面站起身。

他的校服拉链只拉了一半，一边袖口拉到手肘处，眼睛亮亮地冲我招手。

“哎，这儿呢。”

老黄敲了敲课桌：“那可是最后一张桌子啊，夏橘，你眼睛能看清黑板吗？”

“我可以充当她的眼睛。”丘程急忙喊了一句。

教室里张世伟带头一阵起哄。

“我……我能看到。”我垂眸低声应道。

他笑着摸了摸鼻尖坐下。

“你怎么这么晚？我还以为你跑去理科班了。”

“我昨晚忘记调闹钟了。”我把书包塞进抽屉里，狐疑地看他两眼，“你怎么……好像有点不一样了？”

他立马坐直身子，煞有介事地拨了拨头发：“是不是更帅了？”

“哦，那倒没有。”

我这才发现，他把头发染黑了，发梢绵密地垂下来，看起来很软，像翩翩少公子，但他嘚瑟的样子太欠揍了，我才不会夸这一句。

“不是吧……不是你说黑色好看的吗？”

“我？”我指指自己，“我什么时候说过了？”

“电话里啊，你不是说那个谁黑色头发好看吗？”他斜我一眼，愤愤不平，“要不是你，我才不会去整这些东西，麻烦死了，还硬被托尼缠着办卡。”

我“扑哧”一笑，终于明白他的意思。

寒假那会儿有一次我们语音对政治答案，当时电视正在播古装片，丘程问起时我便随口说了一句，当时纯属闲聊，没想到他会当真，更何况古代人可不就只剩黑发了吗……哦，谢逊除外。

“真不好看啊？”他迟疑地看向我，从书包里拿出手机，用前置镜头看了看发顶，“早知道不染了。”

我拉下对方拨乱头发的手：“其实挺好看的，适合你。”

“女生果然是善变的生物。”他嗤了一声又恢复一脸得意不行的样子。

简霓和安安坐在我们前面，旁边是张世伟和方瑞暄，除了彭嘉彦去了上面的理科班之外，我们又一次聚首在（9）班。

老黄这会儿刚讲完开学注意事项，慢悠悠地点了班里几个男生去搬书，剩下的人负责打扫教室和旗台前面的空地。

三楼洗手间的塑料盆破了，我只能拿着抹布跑到旁边地理室的洗手间拿盆接水。

地理室长期空置，讲桌上积满厚厚一层灰尘，从紧闭的窗户看进去还能看到飘忽在光影里的细小尘埃，微风吹动门窗发出轻微响动。

我心下一跳快速跑过，刚在楼梯口站定，侧头就看到下面平台上抱着一摞课本的丘程，他抬头看了我一眼，俯下身子把课本放在一旁喊住我：“过来。”

“干吗？”我挥着干抹布狐疑地走下楼梯。

“搬不动了，来搭把手。”

我猛然一停，距离他不过三四个台阶：“丘程，你让我一个弱女子帮你搬书？”

丘程背对着我坐在台阶上：“逗你呢，我就是觉得能够在文科班看见你，我挺开心的。”

这就够了。我握紧的手心里像裹着一整个夏天，灼热的汗水密密麻麻地覆在上面，我往下走了几步，坐在丘程旁边。

我故作镇定道：“你当时不是看着我填的表吗？”

“是啊，但我还是怕你去理科班。”他把手臂架在大腿上，看我迟疑着没说话立马沉下脸，“你不会是真的想去吧？”

“也不是不行……”

“就是不行。”他突然怒气冲冲地拉住我的手举过头顶，“你现在就给我发誓。”

“你幼不幼稚啊？”我哭笑不得地看着他。

他大概也觉得害羞，讪讪松开手，绷着一张脸说狠话：“我告诉你，你要是去理科班，我也跟着你去。”

我又没欠你钱，干吗阴魂不散地跟着我？我拍拍衣服上的灰尘站起身：“你为什么要跟着我？”

“我不跟着你，你就去找陆朝浥了。”

“那你为什么怕我去找陆朝浥？”

“因为我……”他话音一顿，突然起身下楼梯抱起课本，“因为我怕他影响你。”

我：“……”

“我发现你的英语成绩越来越烂了，这说明什么？”

他神情激动刚想拍拍手，后知后觉地发现自己抱着一摞课本空不出手，只能加重踩在楼梯上的力度：“这说明他不是你的良配，你还是好好学习吧。”

他终于想明白其中缘由，一脸释然地抱着课本上楼梯，转身直接消失在转角。

[2]

高一第二学期分了文理之后考试制度就改成“月考”，一学期有三次月考，看似比以前多了一场，但仔细一想高一的开学考试也是一场不容忽视的魔鬼考试。但相对于从前的九科，我还是更满意于现在的六科，这让我对第一次月考成绩都和颜悦色不少，倒是丘程在分科之后，语、英、文综突显的同时数学的短板也异常明显。

“你看吧，135 分和 80 分之间差了 55 分，55 分是张世伟这次的数学成绩，你损失了 55 分，间接等于数学白考。”我语重心长地在丘程的语文和数学卷子上来回戳。他的数学其实并不算太差，但其他科目太优异了导致数学的劣势噌噌地往上涨。

张世伟在一旁嗷嗷叫：“橘子，你们之间的事能不能别扯上我，是我想考这么差的吗？”

“抱歉啊。”我点头哈腰地赔礼，“主要是我们这一圈就你数学分最低，方瑞暄是体育生都比你多 5 分。”

张世伟大大咧咧地跷着二郎腿，哼了一声：“我这未来的大音乐家，不学数学也没事。”

分科不久后，方瑞暄就报读了学校的体育生。张世伟在一次音乐课上秀了一首莫扎特的钢琴曲把班级里的女同学唬得一愣一愣的，连隔壁班都有女生过来打探他的消息，他索性一股脑选择去走音乐生的道路。

“学习不是我的梦想，音乐才是。”他煞有介事地用十指在桌面上敲了敲。

丘程靠在椅背上一下一下地晃着，一语道破：“音乐生也得看文化成绩，就你这些分是在梦里上星海吧。”

“程哥，你不爱我了。”张世伟趴在桌子上哀号，眼睛往我前面一扫顿时骤亮，他立马站起身坐在安安前桌的空位上。

“哎，安安，你给我补习吧？”他敞开腿把手掌放在椅子上撑着，“大暄的成绩得归功于你吧，你也帮帮我好不好？”

林安安哪能招架张世伟无赖的央求，她从他坐在她前面开始就脸红了，此刻只能垂着头佯装做试卷。

“好。”

张世伟得偿所愿却没有起身离开，反倒饶有兴趣地在安安脸上扫了一圈笑道：“你长得挺可爱的啊。”

这一句半认真半似调侃的话一出口，我眼见着安安背脊绷紧在一块，仿佛稍稍一动就能听见骨骼的“嘎吱”声。

“张世伟，你够了啊，你再欺负安安，我就揍你。”我冲他挥挥拳头。奈何我的威慑力太小，张世伟不痛不痒地趴在安安桌上冲我笑。

“橘子，我让你一只手，你都打不到我。”

这是人身攻击！我拿起桌上的橡皮刚想扔过去，就被丘程半空截住。

“这是体力活，我来。”他把橡皮从我手心里取下，猫逗耗子般左右估量投掷过去的角度。

张世伟嬉笑着左右躲闪，安安突然鼓足勇气抬头。

“你也很好看。”她捏住半截习题册，认真地说道。

张世伟躲闪的动作一僵，愣愣地看着安安，待脑袋被丘程一举击中后才慌乱地站起身回座位。

耳朵都红了。

我看着他清咳一声假装若无其事地转头和丘程打闹，神色却不大对劲，像憋着一口气吞吐不得。

“我说错什么了？”安安无措地转头问我。

“挺好的。”我安抚地拍拍她的手背。能不好吗，铜墙铁壁都害羞了，这是好兆头。

简霓回来的时候手里捏着一张成绩单，她随手把白纸塞进抽屉里就精疲力竭地瘫在桌面上。

“你还活着吗？”我推了推她的后背。

简霓侧头从臂弯里看我一眼，两眼无神。

“有的人活着，他已经死了。”她生无可恋地长叹一口气，“鲁迅先生说的就是我。”

“这么严重？”

月考成绩出来后，简霓就被老黄叫去办公室。简霓的妈妈是附近一所中学的老师，跟老黄有点交情，隔三岔五就跟老黄打听简霓的消息，这次成绩一出简妈妈又迅速地给老黄打电话。

“我妈让老黄给我上‘政治课’呢，但老黄觉得我这次成绩有进步不应该受训，所以就象征性地鼓励一番，关键是我妈还怀疑我早恋，硬要我今天下午放学回家，说是要跟我促膝长谈。”她做了个抹脖子的动作。

我爸妈对于我学习这一块管得不多，只是偶尔收到成绩短信时会问几句。我先前还会担惊受怕，后来发现他俩完全不认为我是学习的好苗子，也就没有望女成凤的期望。

简霓做作地冲我伸出手，上下嘴唇一阵哆嗦：“小橘子……此次一去我可能……”

“你答应我……”我快速在水杯上摸了两点水珠往脸上一抹，握住简霓的手，“回来的时候在校门口给我带一份凉拌菜。”

她破涕为笑在我头上一通乱揉：“滚滚滚。”

我笑着整理被揉乱的头发，熟门熟路地在丘程抽屉里拿了一瓶旺仔牛奶。

“最后一瓶了，你喝吗？”我嘴上问着，手下已经开始拆吸管，插入锡纸口猛地一通吸。

他也不在意，低头把课桌上的试卷整理在一起：“你别老吃凉拌，一会儿又胃痛。”

月考之前，我和简霓她们晚上出去吃麻辣烫和凉拌。吃完后，我起初并不觉得难受，等到晚自修做历史试卷时才感觉胃部一阵绞痛，简霓说我当时捂住胃部面如死灰，丘程小脸煞白在一旁干着急。

“我事后回忆起来，真的很像丈夫在产房陪产的情况，主要你也是缺心眼，痛得脸都白了还叮嘱他别让医生打针。”

结果，肠胃炎被扎了两针。

“那次是意外，我平时身体可好了。”

丘程面无表情地扫我一眼，伸手往我脸上一抹：“再有下次，我就让医生给你多扎几针长记性。”

我后知后觉地发现方才抹脸上的水珠忘擦了，但丘程现在板着脸，我也不好在他抽屉里抽纸巾只能胡乱地在脸上抹了几下。

他一边翻开答题卡一边在草稿纸上计算总分。

“你算了也不知道排名啊？”我站起身把牛奶盒扔进垃圾桶，“我上去跟老黄借看年级大榜。”

办公室里的老师不多，但我一进门视线就对上化学老师精明的双眼，虽然现在文科不需要学习化学，但我偶尔还是会在校道里遇到她，每一次都只能胆战心惊地问好。

这次也一样，她不咸不淡地“嗯”了一声，我拔腿想跑却不想一转身就撞上了老黄。

“找我有事？”

我往周围看了眼，压低声音：“我想看一眼年级大榜。”

“年级排名明天就能出来了。”他拍拍我的肩膀，“对你来说，多一天有多一天的快乐。”

我冲他翻白眼，但谨记着帮丘程看排名的主旨只能一个劲央求。

老黄无奈，只能从抽屉里抽出厚厚一沓名单笑道：“那我得从后面开始翻。”

“不是我，是丘程。”

“丘程？”老黄把名单翻回正面，“他也这么着急？”

“我替他着急。”

“我说嘛……”他翻了几页，手指顺着侧边的名字往下滑，“这里开始是文科班的排名……丘程……56 名。”

“嗯？”我往名单上凑了凑，确实是 56 名。

56 名在若河高中已经算靠前了，但他可是丘程啊，语文 150 分考 135 分的丘程啊。

“会不会有错啊？”

老黄合上名单：“这一份已经是重新核对之后的结果。丘程这次的英语没发挥好，而且数学拉分太大了，他前面的人数学比他整整高 30 分呢。”他笑呵呵地拧开保温杯喝茶，“倒是你，这次英语考得不错，作文总算不会写成中式英语了。”

丘程每天晚修逼着我背单词，一周默一篇英语短文，再不进步我就去跳螺河了……等会儿，不会是因为我的原因，他才没考好吧。

老黄靠在椅子上，语重心长地拍拍我的肩膀：“但你其他科目进步不明显还要多用心，不过要注意劳逸结合，上次你胃痛我还以为是你废寝忘食学习造成的。”

我不好意思地挠挠脸：“那老师我回去了。”

老黄挥挥手，半晌突然想起什么又喊住我。

“夏橘啊，你多督促督促丘程学数学，他妈妈都跟我反映好几次了，既然不想去尖子班就好好把数学成绩提上去。”

我倏忽一顿，转头问：“什么尖子班？”

“他上学期的文科成绩本来在分科后可以进文科尖子班来着，但这孩子不想去，还跟他妈妈闹了一场。这次考试他妈妈也提了一下，校方那边打算这次月考后让他过去，但没想到他这次没考好。”他依旧宽厚地笑着，但脸上明显有欣慰的神色，“他愿意留在（9）班，我当然开心，但也不好让家长那边着急，你记得多督促他。”

我微微怔忡，茫然地抬头看他一眼。化学老师阴阳怪气地在一旁整理教案：“有些人吧，就会仗着自己有几分才能，可不就跟方仲永一样。”

我咬着后槽牙，全身一颤。

“丘程不是这种人！”

一股无名火在我体内燃烧得噼里啪啦直响，烧得我连尊师重道都忘了，堵了一句就跑下楼。

“哎哎哎，黄老师，不是我说啊，你们班的学生……”

丘程根本就不是能被我影响的人，他能够把单词表背得滚瓜烂熟，把历史故事串着讲，而且英语是他的强项他怎么会大意失荆州。

我跑回教室时，丘程正坐在椅子上和张世伟聊天，我一言不发地跑到他面前。

“怎么了这是？被老黄训啦？”

我没理会他的嬉皮笑脸，直接弯下身从他抽屉里找试卷和答题卡。

“你找什么呢？最后一瓶牛奶……”他声音戛然而止。

我把英语试卷和答题卡摊开低头看了看，面无表情地直接拍在他桌上。

“这是什么？”

他摸着鼻尖故作轻松地笑：“我就是考砸了。”

我脑袋里的火苗瞬间蹿起两丈高。我这人有个弱点，一着急就容易掉眼泪，吵架吵不赢的时候也容易哭，小时候也总是在和对方斗嘴时被气哭，我强压住鼻尖的酸涩。

“你的答题卡为什么和试卷上的答案不一样？你明知道答案为什么要故意涂错选项？”

丘程把试卷塞回抽屉里，张世伟愣在一边不敢说话。

“你别闹了。”

“是你在闹！你为什么不去尖子班？所有人那么努力地学习，你从来不当一回事。”眼眶的水汽把周围的景象氤氲成一片虚影，我憋着一口气，脑袋里都是化学老师的讥笑。

“你是聪明，你多厉害啊，别人竭尽所能才追赶上的成绩在你眼里跟玩似的，你是不是特开心啊……”

“橘子！”张世伟打断我的话，拉住丘程，“程哥，橘子开玩笑呢。”

这会儿正是第二节课的课间操，教室里大多数同学都不在，仅剩的几个人一时也没反应过来是怎么一回事。

丘程脸上的表情阴沉一片，任谁被破口大骂一场都不会若无其事。

简霓和安安见状立马跑过来拉我的手。

“橘子，你疯了吗？”

丘程动了动刚想往我身边跨一步，张世伟就眼疾手快地跑到我们中间干巴巴地傻笑："你们玩什么呢，这么逼真？过了啊，橘子，你知道程哥不是这种人。"

丘程直接挥开张世伟的手，面无表情地向我靠近。我心里一阵打鼓，方才大吼大叫的气势跟氢气球似的演变成干瘪的塑料团子。

我往后退，丘程往前走，我被逼得只能靠在后黑板的墙上。

"我不当一回事？"

"……"我撇开视线往后缩。

"我跟玩似的？"

"……"我退无可退，只能咬着下嘴唇看对方。

他看了我半晌忽然无奈地轻叹一声，直起身子用指腹压了压我泛红的眼角，语气带着若有似无的温柔。

"我要是走了，你怎么办？"

嗯？我微微一愣，反应过来后眼眶瞬间又红了。

"我都没骂你呢，你又哭。"他的手掌在我脑袋上一压，"你是声控水龙头吗？"

我吸了吸鼻子才可怜巴巴地把脑袋顶在他的手掌上。

"我就是觉得不甘心，你明明也那么努力，你比他们都厉害，你可以考得更好的，她凭什么说你是方仲永啊？她知道谁是仲永吗，她就乱讲？"

"谁说我啊？"

我低着脑袋不说话。

"不生气了？"

"对不起……"我别扭地道歉。

张世伟在一旁松下一口气："我们仨都要报警了，你俩之间的战争能不能别这么吓人啊，我都不知道拉谁。"

简霓和安安也终于放心地坐回座位。

我从丘程臂弯里钻出来，丢脸地趴在座位上，耳边一阵嗡嗡直响，脸上涨得通红。

太丢脸了，我能不能不要这个脸？

[3]

月考之后，若河便进入了 4 月。

若河是南方的小城镇，雨热同季是若河最鲜明的特点，天气转暖的同时降水量也剧增。而连绵细雨带来的潮湿和回暖天最让人苦恼。

教室外面的天空黑压压一片，薄雾笼罩远山，天地间恍若幻影。如毛细雨淅淅沥沥地砸着灌木丛的小泥地，水滴飞溅在固泥的白瓷砖上，留下片片污痕。

得，我们前几天的劳动成果就这么被毁了。

前几天世界卫生日，学校组织全校学生在放学间隙清理灌木丛和校道，积极响应全城的“卫生体检”。我当时爱国主义爆满，连灌木丛周身一整圈的瓷砖都擦洗干净，现在大雨突降，一夜回到从前。

张世伟坐在我的位置上和丘程聊天，简霓周围围了一圈人在看杂志上面的星座运势。

“希望这一周快点过去，我每次下课都要绕大半个教室过来找你。”张世伟卷起我的笔记本漫不经心地敲打桌边，我直接伸手抢过敲在他脑袋上。

“你别破坏我的知识宝库。”我把笔记放在桌面的课本下压平。张世伟尖着嗓子倒在丘程身上：“你看，她欺负我。”

“世风日下，妖魔横生。”简霓摇摇脑袋回头，“带着我的祝福麻利地滚回盘丝洞。”

“谢谢你的祝福。”张世伟羞答答地依偎在丘程肩膀上。

我忍着想打他的冲动别过眼，倒是丘程简洁明了，一脚踹在他的左脚上。

张世伟连连哀号：“程哥，你怎么每次都踹我左脚？”

“怎么，你还要求左右均衡呢，我再给你来一脚？”丘程作势抬起脚。

张世伟直接一蹦三米远，跑出教室。

这周换了位置，我们整组的位置变成第一组靠窗，而张世伟和方瑞暄原本坐在我们隔壁，但因为这一调换，他们变成第五组的最后一张桌子，张世伟每次课间过来都要跟丘程抱怨一次，我们已经见怪不怪。

简霓咋咋呼呼地翻着杂志：“处女座，本月运势……倘若有所追求，也要注意一下方式，不要太生硬。你要柔一点不要太刚了。”

坐在简霓前面的高大女生恍然大悟地点点头，安安坐在她旁边往杂志上凑了凑：“金牛座呢？”

“你问……啊，我知道了。”简霓刚想向她问什么，就看见安安红了脸。

“金牛座，不可急于求成，要温水煮青蛙，不过不得不说，还是要适当迈出步子，露出马脚让人有所感知。”简霓从书中抬起头，含沙射影道，“别说马脚了，我看你整个马蹄都露了，该明白还是半点没明白，跟个傻子似的。”

“才不是呢！”安安胀鼓鼓地反驳，“那叫大智若愚。”

安安自从上次答应帮张世伟补课之后，特地为他整理了各科的笔记，还拿零用钱为他选了一本文综习题册，但她怕太过明显，所以逼我们两人都去买了一本。

对了，我那本文综习题册哪儿去了？

我正在回想，简霓突然喊住我：“橘子，你什么星座的？”

“双鱼。”

简霓收回视线，在杂志上翻了翻：“双鱼啊……吸引力飙升，但要注意避免招惹不该有的祸端，关键还是要遵循自己的内心。”

“你要大祸临头了！”简霓合上杂志，义正词严地拍拍我的手背，“我这里有防范祸害的字符，五元一张，买不买？”

“滚。”我丝毫不买账直接推开她的手，“这东西你也信。”

“这东西怎么就不可信了！早上罗天还上来找你呢。”

丘程突然抬起头，我脖子立马一僵，简霓嗅到硝烟的味道，颤颤巍巍地转回头：“咳，我什么都没说。”

“罗天？”丘程摘下耳边的耳机，“罗天为什么找你？”

我故作镇定地翻着手上的课本：“他捡到我的饭卡，来还我。”

丘程何其聪明直抓要害：“他怎么知道你在（9）班？”

世界卫生日大扫除那天，我提着大包小包垃圾下楼时在二楼撞见罗天，他原本从我身边擦肩而过，半晌又退回来帮我把垃圾扔到一楼的垃圾车里。这件事我和丘程说过，但碍于他们之间的矛盾，我就没有把昨天我俩在奶茶店碰到一起喝奶茶的事情告诉他。

我纯属是为了答谢罗天，况且罗天其实并不是多么可恶的人，他只是长得凶了点儿。

“其实罗天人挺好的……你们之间是不是有误会啊？”我试探地开口，就见丘程直接板着脸收起手机看我。

“没有误会，纯属看不顺眼。”他把课本拍在桌面上，动静大得简霓都往前缩了缩脖子，“你们什么关系啊，你就知道他人好？”

“他帮过我，书上不是说好人有好命吗？”

“书上没说。”

“哦，是好人有好报，好人会长命百岁。”

他勾嘴嗤笑："王八也会长命百岁。"

我："……"

"夏橘！"

我正无计可施，坐在前面的同学突然回头喊住我，我立马站起身逃离现场。

但没想到对方说的是："陆朝浥找你。"

"四月桃花始盛开啊……"

简霓在一旁拖长音吟诗，丘程面无表情地转回身玩手机，余光瞥都不瞥我一眼。

上课铃打响，我拿着数学笔记本坐回位置上，煞有介事地拍拍本子："哎，我现在脑子越来越不好了，上次怎么就把本子落别人教室了。"

丘程没吱声。

"我同桌最近做数学做得好勤快啊。"

丘程还是没吱声。

"好饿啊，想喝牛奶。"

我撑着脑袋长吁短叹，借着眼角余光偷看他。

丘程正塞着耳机专心致志地做题。

我鼓起勇气直接拿开他的耳机，讨好地找话题："你听什么啊？"

他扫我一眼："听英语。"

"你听着英语做数学啊？"还能有这种技能，我拉长耳机线往耳朵一塞，没有声音。

丘程从抽屉里抛出一瓶旺仔牛奶："你之前都自己拿的，怎么现在这么客气？"

我抓紧机会认错："我不是怕你生我气，断我口粮吗？"

他憋了两秒还是没忍住笑出来，转瞬又义正词严地道：“你别跟罗天走太近。”

“我知道了。”我立马举手投降，“一会儿上什么课啊？”

“地理，但地理老师请假了。”不等丘程查看课表，安安就回头说道，“你们说，地理老师和历史老师是不是真的要结婚啊？这几天不是自习课就是其他老师代课。”

简霓咬着笔帽想了想：“陈萍和小兵在一起是众所周知的事，结婚也正常，就是不知道能不能看到他俩的结婚照。”

陈萍和小兵是我们学校里低调谈恋爱的一对老师，两人感情深厚，偶尔小兵忘记布置作业，地理课上陈萍都会帮他补充。有一次陈萍感冒，小兵在上历史课时还专门提了一句：“你们地理老师今天感冒，下午你们听话点，别为难她。”

大家拍着桌子起哄，他便不好意思地推推鼻梁上的眼镜。

“我以后结婚也要找小兵这样的好男人。”简霓托着下巴傻笑，“他给我的要比别人多，他要比喜欢别人更喜欢我，她们都很好，但他要最偏爱我。”

他要最偏爱我……我撑着脑袋借余光偷看丘程，他正低着脑袋做习题，大概在思考解题步骤，眉毛紧紧地皱成小块疙瘩，我挠着耳后半晌才垂眸收回视线。

[4]

周三下午，轮到我们几个值日，张世伟被安排打扫楼道，彭嘉彦刚好放学来我们教室串门，还未进教室就被张世伟拉住倒苦水。

彭嘉彦去理科班之后，原本的班长职位交给了一位从理科班转过来的男生。

值日向来由班长安排，原本在（2）班时张世伟仗着“关系户”总是偷懒逃跑，但现在换作别人他便不好频频逃掉，这会儿逮住彭嘉彦就哀号连连。

我靠在后黑板上，拿着扫帚饶有兴趣地看张世伟抱住彭嘉彦鬼哭狼嚎的样子，彭嘉彦全程只是笑着拍对方的肩膀。

“真像母子。”

“像什么？”丘程把半截粉笔扔进一旁的粉笔盒里。

学校组织各班绘制“五四”的黑板报，丘程作为语文课代表便担任了其中的文章撰写工作。

我回过神把扫帚放在角落的工具堆里，拍拍手：“你写完了吗？”

他身子往后仰了仰看黑板上的板书：“还差几行，没有粉色粉笔了，你帮我去讲台看下还有没有。”

我跑上讲台，搜寻了一圈最后才在桌下的纸箱里找到小半截彩笔。

“只有半截，够吗？”

“够了。”丘程跳下桌子，微微伏在板报的五星红旗旁边填字，“也不知道是谁想的，用粉色笔写文章，太不伦不类了。”

我靠在最后一张桌子上，歪着脑袋看他压弯的背脊和行云流水的字迹。

“宣传委员说，粉色既不会太浓烈又够诚意。”

“又不是写情书，还管诚不诚意呢……模糊，还缺粉笔。”丘程自言自语地吐槽。

教室里只剩我们两个人，我手掌撑着桌面微微用力，起跳直接坐在桌上晃悠着双腿。

余晖落在我双腿上像一层薄薄的金子，我沿着光斑从窗户看出去，落日挂在火烧云中间像一颗橘子味的硬糖。

“橘子。”

“硬糖。”我下意识地应答，片刻才反应过来是丘程喊我的名字。

“橘子……橘子……”他喋喋不休地重复，“我还是觉得宝儿好听。”他捏着黑板擦回头，“对了，我的抽屉里有杧果，今天忘记给你了。”

我弯下身在他抽屉里一阵盲摸，果然在角落摸到一颗黄灿灿的大杧果。

我翻转了一圈，中间还写着他的名字。

“你是幼儿园的小朋友吗，东西上面还要写名字？”

他擦掉“革命”二字重新写上“革新”，头都没回道：“你这个是最大的，我要是不写名字就被世伟和大暄抢空了。”

我抽出几张纸巾，直接坐在桌面上剥杧果皮，丘程正好回头在桌面的笔盒里找粉笔，见状突然靠在墙上一通笑。

“你觉不觉得这场景很适合一首歌？”

“什么歌？”

杧果汁流进指缝里黏腻得难受，我索性把纸巾套住手继续往下剥。

“如果你愿意一层一层，一层地剥开我的心，你会发现，你会讶异……”

我捏着杧果皮的手指一顿，丘程靠在后黑板上轻声哼唱的声音戛然而止，像是忘词般不得不讪讪闭上嘴。

“你听过这首歌吗？”过了会，丘程干巴巴地转头问我。

“听过啊，五月天写的嘛。”

万籁俱静。

我们在红橙霞光里无声地对视又同时垂下头，我继续剥我的杧果皮，他转过身把方才写上的“革新”擦掉又重写一遍。

时间在缄默里拖出长长的影子，它爬上我的腿，拽着我发麻的手指。我终于想起，我应该说些什么。

“你的‘心’还挺甜的。”我张嘴在杧果肉上大咬一口，笑着调侃。

丘程又恢复原先得意扬扬的小表情，小虎牙在嘴角闪着狡黠的光影：“因为我心地善良啊。”

我晃着双腿又咬了一口，时间终于恢复周转。

原本大家都只是猜测陈萍和小兵要结婚，没想到几天后历史老师小兵直接带着喜糖回来看我们。

大家起哄祝福的同时，班长还组织大家一起制作一本明信片图册，每个人都把祝福写在自己的明信片上，最后由班长收集整理成册子送给陈萍和小兵。

我的明信片封面是一张天空的卡通图，下面还坐着两个依偎在一块的小人。

我翻着明信片思索应该写什么。

“要不就写，新婚快乐百年好合？”安安问道。

简霓摇头晃脑地摆手：“太俗了，要新颖一点。”

我撑着下巴偷看丘程，他这会儿正在玩静音的“连连看”，放在书堆上的明信片行云流水地写着：新婚快乐，百年好合。

“俗，太俗了。”我直摇脑袋，被他空出一只手按住。

“哪来那么多废话。”他盯着手机屏幕狂按，“有这时间，你还不如多写几道数学题。”

丘程最近一反常态地刻苦学数学，他本身基础不差又和高年级的学长借笔记，数学成绩已经仅次于能够独立完成试卷的最后一道大题。虽然我不想承认，但在我毫无建树的日升日落里，他已经突飞猛进地开始打怪升级。

命运果然是不公平的。

我收回视线，余光突然瞥见另一张空白明信片。

“你怎么有两张？”

“哦，班长发多了。”他回答。

“那给我。”我刚想伸手拿过就被丘程眼疾手快抢先一步。

他嘿嘿一笑：“我有用。”

我心不甘情不愿地收回手，继续想祝福语。

十年修得同船渡，百年修得共枕眠？

不行，不行，太没诚意了。

祝福你们喜结良缘，早生贵子？

——跟催人计划生育似的。

希望你们……永远在一起。

嗯？我灵魂一震。左右不就是在一起吗！我瞬间醍醐灌顶坐起身，侧头就看见丘程手上握着铅笔望向我。

我问：“你干吗？”

他收回视线，有点尴尬地把桌面上的明信片一并塞进语文练习册里。

“没干吗，你这周的英语短文背了吗？”

我瞬间垮下脸，一字一句地把祝福写在明信片上。

“老黄上节课刚叫我去办公室。”

“老师怎么说？”

“teacher！”

我笔尖一顿，我刚说什么了？丘程一脸鄙夷地看着我：“你现在的脑回路是越来越成谜了。”

“都是老黄让我听写的原因！”

“谁让你默写不及格？”丘程摊开英语课本，“第二单元短文重背一下。”

我刚想张嘴，他就堵住我："不准一个字都不背就说不会。"

"哦……"我心如死灰。

"When I was young……开始。"

我靠着后面的墙壁，支支吾吾："When I was young……我不会。"

丘程："……"

我掰着手指数："我背了好几个字呢。"

安安刚好转身和我借笔芯，还未张口就被简霓捧住脸硬转过身。

"接下来的场面有点血腥，别看。"

她话音刚落丘程就面无表情地掰着食指，直接弹在我的脑门上，我猝不及防痛得天灵盖一颤，号叫连连。

第六章

你是我唯一想要回头的理由

/
XIHUANNI,
MEIZIZI

[1]

周日返校，若河高中校门口一整排小汽车，细细叮嘱的家长把一大袋水果和整箱牛奶递给自家小孩儿，场面一度催人泪下，只有我，独自一人背着沉甸甸的大书包蜷缩着身子从中穿过。

书包里装的还是夏女士让我带给丘程的牛奶。

上课铃声刚打响，教室里闹哄哄的，我把书包挂在课桌侧边的挂钩上，简霓一众人正在瓜分张世伟妈妈做的蔓越莓饼干，方瑞暄余光瞥见我，便在铁盒里拿了一块递给我。

丘程站在黑板上写字，我一边吃饼干一边看着他写字。

今晚语文背诵：

45、7、24。

“咳——”

我立马被呛了一下，拿起桌边的杯子灌了一口。

嗯？热的？

我举着杯子看了会儿，就见丘程邀功般得意扬扬地坐在我旁边。

“我帮你打的水，有没有很感动？”

“感动个鬼！”我指着黑板上的数字，“怎么又有我，我前天不是刚背过吗？”

他不急不慢地从张世伟桌子上拿起一块饼干扔进嘴里：“温故而知新。”

“你这是公报私仇！”

张世伟正在收拾桌上的饼干屑，闻言道：“你们之间还有私仇呢？说来听听看。”

“他俩估计都有私情了。”简霓吃饱喝足，恹恹地靠在桌上。

我恼怒地把手中的半截饼干扔过去，她笑着躲闪：“丘程现在可是我俩的组长，我们的成绩还得仰仗他呢。”

上个星期老黄在班里组织了学习小组，原本是自由搭配，但想跟先进标杆——丘程搭档的人太多没办法均匀分配，老黄便询问丘程的意见。我原本以为十拿九稳，没想到丘程说的是“都可以”，众人瞬间死灰复燃，课间频频过来问丘程文综题目，他们战斗力惊人好几次硬生生把我从座位上挤了出去，我一气之下就去找陆朝淝补习。

正规意义上讲这并不算私仇，但丘程当天把我从（17）班揪回教室时脸上一片青黄交加，并且当下就跟老黄说他负责的组员是我和简霓，所以，我才先入为主认为他因此生气。

简霓的话明显带着调侃，丘程倒是没多大反应，这会儿正取下挂在课桌侧边的背包往里翻找。

我把背包里成排的牛奶递给丘程，丘程正好把好几袋杧果干往我这边推。

“我妈让我给你带的牛奶。”

“我妈给你买的杧果干。”

我们互相对视一眼，同时有点无奈地笑了。

“我妈想给你买蔓越莓来着，我说你喜欢杧果。”丘程拿起其中一排牛奶举过头顶，“夏姨还给我买 QQ 星呢。”

“我劝了几次，她硬说你小时候最喜欢喝这种牛奶。”我拆开杧果干分给其他同学。

丘程突然狐疑地看我一眼：“不是你让买的吗？”

“我怎么知道你喜欢什么牛奶？”我理所当然地说道。

“我都知道你喜欢杧果干。”他莫名执拗地坚持这个话题。

我实在没明白其中的奥秘也没了争辩的力气，只能无奈地咬着一块杧果干翻课本。

“今晚背哪一篇？”

他乜斜我一眼：“全部。”

我嚼着杧果干看着他：“幼稚鬼！”

周一上午语文课并没有进行到抽背环节，语文老师上了半节课后因为家里有事便火急火燎地离开教室。

自习课刚进行没多久就有人提议上去放电影看，其中举荐体育委员上去的呼声最高，他便偷偷摸摸让同学把前后门关上，掏出手机连接数据线。

我昨晚的历史作业没做完，这会儿正好能够抓紧时间补习题，可我刚掏出习题册就听见一阵惊悚的尖叫声，我吓得灵魂出窍差点站起身，刚抬起头就看见幕布上一整张闪现的鬼脸。

他放的是恐怖片？

教室里前后门关着，为防止老师突袭连窗户窗帘都紧紧闭合，只有少量的微光透过窗棂漫进来，直把恐怖气氛推向高潮。

我低着头，翻阅课本的手指没忍住抖了抖。

丘程手上转着铅笔在数学卷子上画图：“动画片看吗？”

“嗯？”我满眼疑惑。

他从背包里掏出手机晃了晃：“我手机里只存了一部宫崎骏的《千与千寻》。”

他跟张世伟要了数据线就径直走上台，弯下身在多媒体课桌下重新插入数据线，幕布一暗，有人松下一口气有人哀号。

“程哥，你干吗呢？”体育委员站起身不满道。

丘程握着鼠标找影片，笑着露出小虎牙：“班里这么多女同学呢，看点轻松的。”

动画片轻柔的前奏瞬间冲散方才氤氲一室的阴沉，丘程手臂撑在桌面上和下面的人聊天。

“没有其他的，只有《千与千寻》。”

“哎，你们想看其他的，下次自己备着。”

虽然若河的初夏雏形刚现，但大部分人都已经穿上了短袖校服，丘程用力的手腕处有若隐若现的青筋浮起，校服衣领下散着一颗纽扣能够清楚地看到他白皙的脖颈，他挑眉一笑时眼角会向上翘着，看起来有些顽皮。

他们并不知道刚刚丘程与我之间的对话，甚至有人夸赞丘程细心体贴、照顾女生。

可是只有我知道，他是为了我。

我抓紧手中的签字笔，因为怀揣着这么一个莫名其妙的小秘密而感到窃喜。

丘程坐回座位时，我把牛奶插好吸管递给他。

“这是怎么了？太阳从西边升起了？”他吸着牛奶揶揄地看我。

我摊开课本直接做习题：“给你，你就拿着，哪来这么多话。”

“臣惶恐啊。”他接过我的课本往回翻了翻递给我，“《第一次工业革命》在这儿，你往哪儿翻呢。”

我的心不在焉瞬间被他戳穿。我把脑袋枕在手臂上，丘程支着膝盖靠在椅背上一边喝牛奶，一边在腿上的数学卷子上画辅助线。

教室的窗帘依旧紧闭，只有中间一道光线在他的下颚处晃动，不知道是不是因为窗帘幕布的原因，我好像看见有彩色的光影在半空中闪烁。他抿着嘴认真做习题，甚至没有发现我在臂弯里偷偷看着他。

电影里的白龙说：“我不能再过去了，千寻，照原来的路走回去就可以了，可是绝对不能回头看，一直到走出隧道为止。”

绝对不能回头。

教室里所有人都看着银幕上的白衣少年，只有我在状况之外看着丘程，前几天老黄刚提过高考在即，高三都在紧张地备考。

“你们以后就会知道，时间会推着你们往前走，高三的毕业典礼可能就是你们人生中的最后一次碰面。”

我下意识地伸手扯住他的衣角。

丘程咬着吸管问我怎么了，我突然说不出口，我不知道应该怎么告诉他，他也可能并不会了解我的害怕。所以我只是抓着他的衣角，像抓住被风吹散在半空的最后一朵蒲公英。

时间飞快地往前跑，你是我唯一想要回头的理由。

[2]

若河高中第二次月考来临时，我才发现时间真的会趁你不在意时快速溜走，周而复始的学习生活让我产生一种时间好像会停歇下来的错觉。可是当我在课间睡醒睁开眼看着走廊奔跑的人群、身边低头做习题的同学以及黑板上还未擦拭干净的数学公式时，我就会有一种恍然若梦的感觉，好像这些才是梦里出现的东西。

所以，当我从最后一场考试的考场醒过来时，我的第一反应不是还未做完的最后一道大题，而是确定这一刻不是梦境。

考试之后，我和丘程说过这件事，当时他靠着走廊的栏杆，夏天微醺的风裹着他的发梢晃动，他把大手放在我额头上问我。

“你是不是人不舒服？”

我说：“我梦见我们毕业了，后来再也没有见过面。”

“我们怎么可能不见面？”他支着一只脚踩在围栏上，揉乱我的头发，“无论你去哪里，我都会找到你。”

我笑了笑：“因为我是你最好的朋友吗？”

“不。”他扑哧一笑，坏坏地扬起脸，“你不是，狗才是。”

我一脚踩在他的白色球鞋上，面无表情地回教室，他抱着膝盖一蹦一跳地跟在我身后喊疼。

走廊的风带着燥热涌进来，天空像一张水蓝色的巨大幕布，绿植被烈日暴晒泛着油光，上课铃声慢慢悠悠地落在每个人耳畔，老黄抱着教案从远处喊住走廊上疾跑的同学却引来更大规模的逃逸。

夏天又到了……

这节课是音乐课，简霓和安安去小卖部买饮料，我抱着三本书先行一步去音乐室，上课铃声已经打响，可是音乐教室门外还是聚集着一大群人，断断续续的钢琴声从里面溢出门外。

我挑起窗户上的窗帘往里看，刚好看到陆朝浥背光的背影。他合上钢琴上的盖子，音乐老师满意地站在他身边说了几句话，半晌后我就看见他轻轻地摇头，不像是拒绝，倒像是无可奈何的推托。

他拿过一边的音乐书和琴谱往门外走，众人呼啸而散，只有几个胆大的女生上前夸赞他弹得好听。他点头道谢，就看见站在一边整理窗帘的我。

“你原来还会弹钢琴啊？你妈妈把你当百宝袋培养吗？”

陆朝浥就像个宝藏，我总能从他身上挖掘到源源不断的惊喜。

“我自己偷学的。”他笑了笑，像是想起什么似的微微一顿，“她不让我学这个。”

“为什么？”

“她觉得国画比较高端吧。”他轻描淡写地一笔带过。

我只当他是开玩笑：“我觉得你弹钢琴的时候很好看，就是……感觉你很开心，我希望你一直都很开心。”

音乐教室里放着舒缓的轻音乐，他站在我身前变戏法似的打开音乐书，里面放着一颗圆滚滚的奶糖。

“你怎么身上总有糖啊？”我拆开包装纸，含着糖果笑，“你都不喜欢吃甜的。”

他从我手心里把包装纸接过：“你吃糖的时候看起来很开心，我也希望你一直开心。”

楼梯口突然传来断断续续的嬉闹声，我侧目望去，简霓晃着两瓶水快速蹿出来，身后是恼羞成怒的安安。

她们急刹车一脸莫名地看着我们。

“你俩挡道了。”

丘程推开她们，抬头就对上我的目光，他顿了顿拍着音乐书走过来。

“（17）班也上音乐课？”丘程插着裤兜，靠在我旁边。

陆朝浥抱着课本不咸不淡地笑：“已经上完了。”

丘程拉住我手腕晃了晃：“那我们先进去了。你知道的，夏橘五音不全，

《黄河大合唱》都能唱出诗歌朗诵的韵味。”

“我哪有！”我反驳一句就被丘程剜了一眼。

陆朝浥突然伸手把我翘起的衣领整理好：“她唱得挺好的。”他冲我笑了笑，“我走了。”

“哦，拜拜。”我慢半拍挥了挥手，手腕倏忽一痛，丘程面无表情地拉着我进教室。

“这么舍不得？”他把课本“啪”的一声摔在课桌上，“要不跟他走得了！”

我偷偷瞄简霓，她和安安整齐划一地转过头，我只能硬着头皮道：“你不让我和罗天玩是因为你觉得他不是好人，那你为什么不让我跟陆朝浥玩？”

“……”

“不是你说，要好好学习吗？我跟年级第一接触不是好事吗？”

他一时哑然，梗着脖子说：“你可以跟我接触啊。”

音乐老师推门而入：“这么热你们都不开空调吗？哎，丘程把空调开一下。”

丘程憋着一口气，脸色难看地跑上讲台开空调。

简霓转过身幸灾乐祸地笑：“你怎么和陆朝浥撞上了？”

“他们班上音乐课，我上来刚好看到他就聊了几句。”我撇撇嘴，“丘程跟个定时炸药似的，回回都炸我。”

“谁让你回回都是导火线，你要是对他言听计从，他肯定供佛似的供着你。”

我目不斜视地拿起桌边课本直接砸在简霓脑袋上，简霓狂笑着躲在安安身边。

音乐课过后，丘程倒是没有再抓住陆朝浥为话头质问我，但他明显在暗地里生闷气，比如不再给我打水，也不过问我去哪里，但是我问的问题，他都会回答，好像一切都很正常，但我知道他越生气越正常。

后来，有一次，我在他课桌抽屉里找上次被安安逼迫购买的文综练习册，他当时坐在前面几张桌子和班级里的男生讨论昨晚的 NBA 赛事，我询问的时候，他只冲我点点头便又低头和对方讨论詹姆斯和科比。

他的抽屉有点乱，课本、练习册和试卷都扎堆在一块，我便打算帮他搬出来整理一遍，却不巧一抽课本全部资料都往我身上砸，我一边收拾一边瞥见语文练习册中间露出明信片的边角，我抽出一看。

“新婚快乐，百年好合。”

这不是给地理老师和历史老师的祝福吗？

我晃着明信片喊丘程，他漫不经心地抬头看一眼，突然快步跑过来拿过明信片就往教室外面跑，我不明所以只当他忘记交给班长，正赶着给地理老师送过去。

上课铃响起时他才赶回教室，手上依旧拿着明信片，但他一坐下就把它塞进背包里，只是脸上的神色有点复杂。

后来他便彻底正常，虽然我不明白他突如其来的转变是因为什么，但我总算不用再提心吊胆。

这个小插曲很快便被我抛之脑后，因为领导突袭视察，全校又进入警戒状态。

高中常常会有一种怪现象，有领导来的时候晾衣服的地方不能晾衣服，垃圾桶不能扔垃圾，而等领导视察的过程艰辛又漫长。

“唯一的好处，大概是饭堂的饭菜变好了。”简霓一边捂住嘴一边拿长长的扫帚清扫黑板上面的蜘蛛网，“哎，同学让一下，扫帚过去了。”

“哎哎哎，简霓你别晃啊，灰尘都撒我头顶了！”

张世伟猛地往后一跳避开从上方挥下来的大片蜘蛛网：“看这网格的宽度，这蜘蛛还是我们班的常驻嘉宾啊。”

简霓晃晃悠悠地从桌子上下来：“我感觉我现在灰头土脸的。”

“我来吧，我这边窗户都擦干净了。”张世伟伸手要接过对方的扫帚被简霓避开了。

简霓往后黑板角落涂墙的安安身上指了指：“你去帮安安吧，那么多地方，她一个人涂不完。”

我蹲在墙角刚用白色粉笔往黑色污痕上一涂，闻言立马站起身把粉笔抛给张世伟。

“腿好酸啊，你帮我一会儿。”

安安笑着抬头看着我俩一唱一和，张世伟无所察觉提着半盒粉笔就去帮忙。

丘程在旁边擦窗户上的玻璃，他撑着窗沿起跳，扶着墙壁和窗棂站起身，我看得胆战心惊。

“你要不站桌子上吧，这样多危险啊。”

他抓着毛巾往边角一抹：“没事，你帮我换下毛巾，这顶端的灰尘都够把张世伟埋了。”

“程哥，不带这样的！”张世伟在角落不满地抗议，安安侧头说了句什么，他瞬间又被转移了注意力，低头和安安聊天。

我靠在墙上盯着他们有一秒的失神。方瑞暄的体育生集训刚结束，他从窗户探出头问我：“墙壁涂完了吗？”

他顺着我的视线看过去，安安这会儿正低头在粉笔盒里找粉笔，方世伟见状便把手中的粉笔塞她手里，自己重新拿了一截。

“我去帮简霓。”

他移开目光去前门找简霓，我这时候才看见他后背的校服湿漉漉地贴在背脊上，说话还带着喘息。

简霓把抽屉里一瓶没有开封的矿泉水丢给他。

“你歇一会儿吧，一脑门汗。”她冲我指了指后面工具堆里仅剩的两把扫帚，“橘子，我们去清理下水道的纸团。”

她一边领着我从花坛穿过去，一边碎碎念：“这一天天的，他们老往那里扔垃圾。你看，还有半包辣条挂在灌木丛里，攒货吗这是。”

她用塑料扫帚把垃圾扫进畚箕里。我跟着她扶住走廊的栏杆跨在一边的小台阶上，前面有班里的同学在树下打扫纸屑，他一边夹起指甲大小的纸屑一边怒气冲冲地吐槽。

“这是哪路英雄用碎纸机整的吧？碎成这样怎么扫啊……”

简霓冲我挥挥手，意思是让我先收拾这边她去帮忙。我一手拿着扫帚一手扶住栏杆，看她把畚箕里的垃圾倒进袋子后一脚踩住畚箕往空地上铲起一大块泥土，直接盖在纸屑上面。

“这样就好了。”她往小土堆上跺了跺脚。

我们几个蒙了一圈之后忍不住冲她竖大拇指。

真行，我跳下台阶刚往她身边走两步，就感觉有雨滴砸在我的鼻梁上——下雨了吗？太阳雨？

我抬头往上一看，只看见水光闪闪的一大片水花，随后额头一阵钝痛，转瞬之间就变成湿答答的落汤鸡。

简霓率先反应过来，一脚踢开掉落下来的塑料盆：“神经病吗！也不看楼下有没有人！”

上面的男生估计也没想到会泼到人，探出脑袋直道歉。

水滴顺着下巴滚进校服衣领里，我下意识地浑身一颤，微微怔忡抹了把脸。

同学们围过来问我怎么样，简霓直接上手捏了捏我的脸：“楼上那俩傻子打闹都不看着点。橘子！橘子！你听得见我说话吗？”

“我是被水淋了又不是聋了。”我侧身跳了跳，“我感觉我耳朵里有水。”

我刚跳了没两下兜头一件校服外套盖在我脑袋上，丘程沉着小脸低下头把领口拉了拉。

“没事吧？”他蹙眉往我脸上碰了碰，“怎么眼睛这么红？”

“刚水花砸到我眼睛了。”我闭着眼揉了揉，安安拿着半包纸巾擦干我脸上的水珠。

丘程看了我几眼：“简霓，带她回去换衣服。”

他声音有点凉，怒气冲冲地转身就走。张世伟刚从走廊上跳下来，见状一把拉住他：“程哥，你去哪儿啊？”

“去教那俩孙子怎么做人。”

“一会儿领导就来了，这时候闹事是要记大过的。”张世伟连拉带拽地拖住他的手臂，“君子报仇十年不晚。”

丘程咬牙踹了一脚灌木丛，冷笑道：“十年？那俩孙子这智商都活不了十年！”

周围的人愣在原地，只有张世伟坚定不移地拖着他。

丘程很少在班里发脾气，他总是一副温和又聪明的样子，偶尔玩闹时才会笑骂两句，连罗天挑衅时都是一副“小爷我懒得搭理你”的表情，可他现在的脸色很难看，眼角都带着狠厉。

“大暄，你帮忙拉着点！”

方瑞暄听话地握住丘程的另一边肩膀：“这会儿人多，一会儿再打。”

张世伟一脸错愕，他这会儿得拖住两个人明显力不从心，只能蹬着脚大叫："橘子，橘子，你说句话啊。"

我恍然回过神，抓住外套上前碰了碰丘程的手腕，笑道："你给我买杯热奶茶呗，我要冷死了。"

我作势在原地蹦了蹦却抖下一摊水，我瞬间瞪大眼想起一件事："这不会是脏水吧？"

我浑身不自在地抖抖衣服，被丘程一把压住肩膀。

"傻子。"他依旧拉着脸，但好歹是放弃往上冲了，只是抓着我的肩膀转了个圈，"我带你回寝室。"

楼上打闹的男生颤颤巍巍地缩着脖子站在上面探头，简霓一脚踩住盆子，狐假虎威："看什么看，你俩今天不把我们下水道打扫干净，我明天就让程哥送你们一程！"

[3]

隔天，我已经完好无损地去教室上课，丘程昨晚晚修时不知道去哪儿打包了一份姜糖水，硬逼着我灌下一大碗，辣得我整个胃部都热乎乎的，像烧着一团火。我刚跨进教室，迎面而来的纸飞机就撞在我手上，白色的纸飞机侧边写着"泰坦尼克号"。

"给一飞机取游轮的名字，你可真行。"我捏住机身往讲台上的张世伟身上抛过去，但它没飞两秒就直线砸在地面上。

张世伟连跨两步蹲在地上，心如刀绞："阿泰！阿泰！你振作一点！"

我："……"

新的一天，新的神经病。

我从简霓桌上偷了一块吐司咬在嘴边，简霓反应过来后瞬间瞪大眼护住面包，警惕地盯着我。

“你今天早上让我们俩先走，我以为你早餐有着落了。”她顿了顿，忍痛割爱把面包袋往我面前移了移，“你最多能再吃一片！”

安安也转过身问我：“你没吃早餐？我还有牛奶，要吗？”

“我就是困，想多睡一会儿。”我把背包里的试卷和课本放回抽屉里问安安，“你怎么还有牛奶？”

“我本来要送给……”安安往身后看了一眼。

我顺着她的视线看见那个捧着“阿泰”哀号的傻子。

“我觉得张世伟他妈妈应该给你赡养费，看你把她儿子养得脂肪都把智商挤没了。”

“你别这么说。”安安笑着推我一把。

简霓在一旁学着她扭捏的动作调笑，安安一边警惕身后人发现一边捂住她的嘴。

“好了，好了，我不说了……对了，丘程去哪儿了？”简霓看了眼我旁边的空座位。

“他没来吗？”我仰身往他课桌侧边看过去，确实没有书包。

张世伟正在和体育委员研究纸飞机的机翼怎么折才能减少阻力飞得更高，我要是直接问会不会有点太刻意了？

可是，同桌没来，问一句很正常吧？

我正捧着水杯思索，张世伟却突然喊住我，自觉地走到我面前。

“程哥让我跟你说，他今天不来上课了。”

不来上课？

“他怎么了？”

“好像是有点感冒，他已经跟老黄请假了。”

张世伟转回身和体育委员继续讨论纸飞机的构造，我趴在桌子上百思不得其解，昨天被淋水的是我吧？丘程怎么会感冒？

还有两分钟上早读，我担心打电话会吵到他就给他发了一条短信。

早读铃响起时丘程正好回我信息：

——你没事吧？

——挺好的，你别瞎担心。

我正捉摸应该回什么，聊天框突然又跳出一条短信：

——昨晚的英语卷子夹在我的英语课本里，除了作文，你自己对照。

你也是操碎了心！我低着头趁老师来临之前回了一句：

——我知道了。

我刚把手机塞进书包里就看见方主任背着一只手，狠狠敲了敲教室门。

“都上课多久了！你们班怎么还没早读？”

有人颤颤巍巍举手道：“语文课代表今天请假了。”

“那其他课代表呢？上去带读一下，这一条走廊就你们班跟晒咸鱼似的懒懒散散，快点早读！”

他摆着一张脸背手离开，班长便组织历史课代表和政治课代表轮流带读十五分钟，后面时间自习。

“大家翻到‘历史必修 2’的第一课《精耕细作的古代农业》……”

抽屉里的手机方才振动个不停，我把历史书往前拉了拉，遮住我看手机的动作。

——你怎么都不问我吃药了没有？

——你都不关心我！

——你现在是连短信都不回我了吗？

——宝儿……我难受。

我啼笑皆非地划拉着短信看下来，这人生病了怎么这么多话啊，还带撒娇。

——教导主任刚过来了……你哪儿难受啊？要不要去医务室？

丘程秒回：

——不难受了，你好好上课。

幼稚……我把手机重新塞回书包里，翻开历史课本跟着朗读。张世伟依旧拖长音在旁边打乱节奏，我旁边的桌子空着，桌面上还放着丘程昨晚做到一半的历史练习册。丘程的书面字和粉笔字有点不同，他喜欢写连笔字，撇和捺时常拖很长，会和后面字藕断丝连扯在一起。但粉笔字明显循规蹈矩多了。

——又不是写情书，还管诚不诚意。

我突然莫名其妙地笑起来，笑得张世伟都顾不上捣乱频频问我在笑什么。我也无法理解自己压抑不住的笑意，就是觉得开心。

上午做完课间操回教室之后，我便趴在桌子上睡觉，早上是连堂的数学课，我浑浑噩噩地听了两节课，眼皮越听越往下垂，连课间操都是半闭着眼混过去。上课铃打响时，我正枕着酸麻的手臂睡眼惺忪地抬起头，入眼就是一整排红色的旺仔牛奶。

我眨眨眼猛地往旁边一看，空的。

张世伟和方瑞暄抛着篮球进教室，我揉着脸颊因为自己的小题大做而赧然。张世伟坐在位置上，一边擦脑门上的汗珠，一边把脚架在课桌下面的横栏上。

“丘程回来了吗？”我指了指课桌上的牛奶。

他刚咽下一口水，一边甩了甩潮湿的头发一边回答我：“没呢，那牛奶是程哥让我去小卖部给你买的。”

他冲我眨眨眼，一脸调笑："他说，你找不到牛奶会哭。"

我恼羞成怒地急着反驳："是是是，他再不回来我也会哭。"

"啊……"张世伟拖着长音笑，"那我回去告诉程哥。"

我讪讪住了嘴，张世伟在一旁笑得更欢了。

期末考试来临之前，高三先迎来了高考的最后一次晨会。丘程早上滑着滑板进教室不巧被突袭的方主任一眼看到，连人带滑板都拉上去了教导处。张世伟找老黄上去求情，好说好歹才让方主任把滑板还给了丘程，只罚抄二十遍《蜀道难》。

"扪参历井仰胁息……"张世伟往丘程旁边凑了凑，"下一句是什么？"

丘程眼都不抬，行云流水地默写"以手抚膺坐长叹"。他顿了顿，往张世伟纸上一看，果不其然，他拿笔尖点了点张世伟的本子："不是老鹰的鹰，下面是"月"字不是"鸟"字……你可真行，看着课本还能抄错。"

"我说上次语文老师怎么判我错来着，我还以为她眼睛疲劳。"张世伟晃了晃水笔还是写不出字，便顺手从方瑞暄的抽屉里拿了一支新笔。他顿了顿回头凝神细看，"哇，大暄，你怎么这么快啊？"

"你闭上嘴也能抄这么快。"丘程翻过一页，甩了甩手臂，过一会儿便会召开晨会，不过他们凑合起来七七八八也有十次，今天之内应该能赶完二十遍。

数学课代表在讲台上发作业，一边念名字一边丢本子，能不能接到都靠运气。

我明显感觉他对发作业这项枯燥的事情都感兴趣了不少，扔作业跟扔飞镖似的。

他喊到丘程的名字时，丘程正在低头默古诗，我正犹豫着要不要帮他接住，他突然头都不抬地伸手抓住半空的本子一把塞进抽屉里。

“强！太强了！”张世伟在一旁啪啪鼓掌，“程哥，我有一句话不知当讲不当讲。”

丘程一口回绝：“那就别讲。”

张世伟自顾自回答：“你看，老黄也就是走个形式，我们仨的字迹不同他肯定一眼就能看出来。”

“然后呢？”我没忍住替他问了一句。

张世伟拍拍桌子：“反正都不是自己写的，为什么不复印呢！复印多快啊！”

我顿了顿，说：“你还是闭嘴吧。”

丘程的滑板一直放在桌子下面靠着桌腿，我这会儿正无聊，他也不让我帮他抄课本，我便把目光放在他的滑板上。

“你滑板借我玩会儿呗？”我趴在桌上拿食指戳了戳他。

丘程看我一眼松开腿：“你小心点，别摔了。”

我刚俯下身抱起他的滑板，张世伟就在一边嗷嗷直叫。

“程哥！太明显了吧，我刚才跟你借，你都不借，这次也是！”

我抱着滑板，抬头看丘程，丘程拖着椅子往旁边挪了挪：“你拿你的。”

张世伟刚想说话，丘程漫不经心地把椅子挪回去道：“游戏里的那把剑我放储物室了，下回你自己去拿。”

愤愤不平的张同学瞬间被顺毛，连抄课本的速度都噌噌噌地往上涨。我不清楚他们玩的游戏，但知道张世伟对那套装备异常执着，上次为了让丘程给他还忍痛割爱把餐盘里的鸡腿拿出来贿赂丘程。

我扶着后黑板的墙壁踩在滑板上，这个滑板的底色是白色，中央刷着几个大红色的英文字母，既洒脱又狂野，压根不像我认识的二十六个字母。

我突然想起上次篮球赛上的黄色小旋风……张世伟说的上次是指前几天的美术课。当时还未上课，美术老师让我去画室拿颜料盘，丘程和方瑞暄一众人正在走廊上聊天，张世伟前段时间刚认识（15）班的一位女生也喜欢玩滑板，他便央求着让丘程教他个最简单又能要帅的动作，课间还拉着丘程询问动作和起跳技巧。

我颤颤巍巍地捧着颜料盘经过时正好被转角搬桌子的同学疾步撞在腰上，手一滑整个颜料盘里的颜料都洒在丘程的滑板和校服裤上。丘程宝贝他滑板的程度，连张世伟都连连称奇。所以，当时丘程蹙眉说“你能不能小心点”时，我连葬身之所都想好了。

“程哥，你别冲动，橘子她……”

张世伟话还没说完就见丘程沉着脸走过去让搬桌子的男生道歉，走到我身旁时，一脸想要看我有没有受伤又不好掀我校服的窘状。后来，丘程买了新滑板，黄色小旋风在球场一战成名之后就进了压箱底。

“我错了，人当然比滑板更重要啊！”

张世伟事后调侃，被恼羞成怒的我绕着走廊追杀了好几圈。

我这一晃神半个后脚跟一下踩空，措手不及被滑板带着往前滑了几下，直接撞在同学的椅子上。

“我的妈呀，吓我一跳。”对方推着桌子往前一缩，我惊魂甫定，赶快扶着他的椅子下来。

丘程揽过我的肩膀转身跟对方道歉：“不好意思，我家小朋友不懂事。”

对方也装模作样地摆摆手：“程哥，熊孩子闹，打一顿就好了。”

周围顿时一阵哄笑，简霓还抬手招呼我：“看这小脸吓得，过来姐姐‘呼呼’。”

我笑骂一声，刚想抱起滑板，丘程眼疾手快拉住我，踩着滑板往旁边一滑被张世伟稳稳踩在课桌下面。

“干什么？干什么？广播都响了还不出来集合！”方主任凶神恶煞地把教室门拍得震天响，背着手又去敲另一个班。

“你刚想什么呢，直接往人身上冲。”丘程从张世伟桌下划拉出滑板，脚尖往上一踩，滑板瞬间腾空而起被他一把抱住，“我还是先拿回宿舍，免得你贪玩。”

他笑着往外走，我兴致盎然地跟在他身后，企图说服他：“哎，刚那个动作，你教我吧。”

“你……还是算了吧。”他迟疑地推开我的脑袋。

“别啊，我们给彼此一个机会嘛。”

“我们还是放彼此一条生路吧。”

中山楼晨会，这是高三年级在校的最后一次升旗仪式，不仅老师，连整个高三年级都安静了不少。

奏国歌时，人群中突然有人说：“这是他们最后一次站在这里听国歌了。”

我霎时五味杂陈，没想到简霓直接道：“也不是，复读的话还是有机会的。”我的复杂心绪瞬间缩了回去，掐住简霓的脖子直晃：“你就不能说点吉利话吗？”

校长发言时在鼓励之余，还严厉警告了高三年级在最后几天不可撕毁教材、乱扔纸屑。

“我知道你们的心情，但要有始有终，严记校规，今天你以若河高中为荣，明天若河高中以你为荣……”

校长话音刚落，底下的人群突然一阵喧闹。

方主任拿过一边的话筒厉声呵斥：“吵什么！安静！安静！”

“快看上面！”

人群中有人兴奋地喊了一声，我刚抬起头就看见满天的纸屑犹如雪花从中山楼顶层飘扬而下。

老师安抚的声音、话筒电流的杂音，以及整个高三欢呼起哄的声响汇成一片。没有人在意撒下大片纸屑的学生是谁，也没有人害怕事后被抓住会如何，他们踩着一地的试卷残骸转身拥抱后面的同学。

“有多少人会借这场闹剧去拥抱别人呢？”简霓突然转身看着我们意味不明地笑，“毕竟这么名正言顺的机会太难得了。”

张世伟凑在高三群里看热闹，安安的视线从我们身上绕到中山楼，再从人群里匆匆掠过，像是无意又像是暗怀目的。

我捏住丘程肩膀上的一块纸屑，上面只露出半边题目和“羁鸟恋旧”四个字。

我晃晃试卷边角道：“你说，两年后我们又会去哪里？”

丘程不懂我的困扰，所以他只是把手臂架在我的肩膀上说：“两年后就知道了。”

他拉着我侧身避开旁边撞过来的人，周边的喧嚣渐渐平息下来，校长撑着讲桌又生气又无奈地看着方主任把队伍恢复原状。

我突然想趁着恶作剧结束之前做点什么，丘程的手臂就架在我的肩膀上，我一伸手就能抓住。

“哎，丘程。”

“嗯？”他低头看我。

我转过身看着他，心跳声一下一下地撞击着发闷的胸口，犹豫片刻又转回头用力地摇摇脑袋。

第七章

你能在我身上看到未来吗

/
XIHUANNI,
MEIZIZI

[1]

高一结束之前，老黄在一次课堂上讲到关于毕业的英语短文。

当时高考刚结束不久，中山楼另一边的高三教学楼已经人去楼空，只剩贴在教室门上的考生名单在风中微微蜷缩。

老黄站在讲台上看着下面一众走神或偷偷摸摸做小动作的同学，突然停下讲解的话音，把手中的粉笔往讲台桌上一抛，英语课本反扣在一旁。

大家都被他突如其来的动作吓了一跳，颤颤巍巍地止住话头。

老黄靠在讲台上食指慢条斯理地敲着第一排同学的桌面，问我们要不要写一封信。

“就是一封简单的信，什么都能写，等到高三百日誓师当天我再还给你们。”

张世伟高高举起手：“老师！我……”

“‘张密欧’，这次不用表演，你先歇一会儿。”老黄一针见血地回绝。

老黄经常有层出不穷的奇怪想法，上次课堂上还临时起意让我们角色扮演《罗密欧与朱丽叶》，张世伟自告奋勇上台半路忘词却串场《泰坦尼克号》。

“朱丽叶……你……你跳，我跳……”

全场大笑起哄：“张密欧！你快跳吧，我们在一楼摔不死。”

所以这次张世伟一举手，老黄就把他的表演欲望扼杀在摇篮里，他颤颤巍巍地收回手，伤心欲绝地摸了两把脸把老黄都逗乐了。

我从笔记本里撕了一张横线白纸，丘程撑着脑袋头都不抬地说道：“分我一半。”

“不是吧？”我把纸张从中间对齐折叠，拿直尺割开，“你竟然连一张纸都没有，你到底是有多穷。”

“你得压着。”丘程大概是见不惯我的大手大脚，探头从我手中接过直尺和割开一半的白纸，他垂着头一只手压着下面的纸张，右手用力一滑直接割开两半，“你不也没给我撕一张？”

“哎哟，丘同学你现在得寸进尺的功力简直炉火纯青啊。”我龇牙咧嘴地拿尺子弹弹他的肩膀。

他从笔盒里抽出一支笔在指间转着，冲我勾嘴一笑：“好说，你欺负我的功力也游刃有余。”

我悻悻然收回尺子，张世伟在一边咬着笔帽晃晃悠悠地往四周一扫。老黄端正地坐在讲台上写东西，头也不抬地点名道：“有些同学要是实在不知道写什么就把班里四十六个人的名字都写上。”

下面一阵哗然，“有些同学”恍然大悟地咬开笔帽开始写字。

张世伟一边写一边碎碎念：“我得把我们六个的名字黑体加粗。哦，对了还要加上阿彦……”

简霓靠在丘程桌上侧身往张世伟纸上看了眼：“你们都把大家的名字写上吗？那么多个名字我得对照着名单表写啊？”她收回视线无意地往丘程纸上扫了眼，霎时虎躯一震、双眸发光。

“程哥，你只写橘子的名字是几个意思啊？”简霓指尖有规律地绕着我的名字转圈。

我凑近看了一眼，半边白纸中间只有两个字，“夏橘”。我莫名觉得脸热，手里的纸上还是写到一半的班级同学的名字。

“就近原则。”他丝毫没有避讳，甚至把纸张大大方方地放在桌面高高摞起的课本中间，只拿笔袋的一角压着。

他君子坦荡荡，简霓反倒不好调侃，冲我摇摇头就转回身。

丘程借着前面阻挡视线的课本在偷偷摸摸玩手机游戏，我握着笔在白纸上漫不经心地点着，丘程哪怕稍微透露点不好意思的端倪，我也不至于在这胸闷气短地哀叹。

我按照班级号数顺序继续接着往下写，写完后才发现没有地方写其他的东西，只好在旁边空白处减了两个名字写上愿望。

张世伟在一旁大大咧咧地冲收集书信的组长展示他的作品，对方大概被缠得没办法就随意问了一句：“怎么丘程的名字这么粗啊？”

张世伟不好意思提方才他把对方名字写多一画后硬掰着拯救的事情，便欲盖弥彰地凑近丘程旁边钩住他的肩膀晃了晃。

“我和程哥那可是夏天共分一个西瓜的交情，他当然得特殊一点。”

丘程抖开张世伟架在他肩膀上的手专心致志地玩游戏。

我心血来潮地趴在桌上戳了一下他的手臂再指了指自己问他：“那我和你？”

他和张世伟是共分一个西瓜的交情，那我和他也差不到哪儿去吧？是吧？

丘程连着击破三组连连看，游戏界面“刺啦”一声乍现一堆雪花，他头都没抬：“心连心？”

我：？

他见我没说话，抬头看我一眼往下试探：“共住地球村？”

“你和你的‘连连看’过日子去吧！”我心里顿时一片澄澈，只能胸闷气短地暗自翻白眼。

“啊……”他突然停下手上的动作歪头盯着我看，“我和你？我们？你不会是对我有企图吧？”

我心里咯噔一跳，跟我的太阳穴一样起起伏伏。我佯装低头翻课本，理直气壮地说：“呵呵！我疯了吗！”

他笑着转头继续玩游戏，张世伟在一旁哀号方瑞暄的“暄”字太难写：“你就不能是宣传的‘宣’吗？还得加太阳。”

方瑞暄反讽：“那是‘冬日负暄’的‘暄’，你的脑袋能不能别像你名字一样简单啊。”

简霓作为吃瓜群众在一旁为方瑞暄的首战告捷“啪啪”鼓掌。

我撑着下巴一边看他们斗嘴，一边阻止自己的眼神往丘程脸上飘，暗自狠狠咬了一把下嘴唇。

丘程突然把草稿本往我手肘碰了碰。

“干吗？”

他笑而不答，冲我挑挑眉就转回头，我不明所以伸手拉过草稿本往下一看：

我和你是夏天你想吃西瓜，我就给你切好的交情。

我反复看了好几回，连结尾无意落下的小数点都没放过，丘程已经收回手若无其事地低头继续玩游戏，简霓这会儿加入大型互嘲现场，和张世伟唇枪舌剑地激战，安安在一旁充当和平使者。

没有人注意到角落的我们，没有人知道我的心情坐着螺旋桨飞上天空绕着白云兜风。

我小心翼翼地伸手抓住纸张的边角把它撕下来塞进抽屉里，顿了顿又扯过一旁的课本往上压着。

[2]

高一结束的暑假，丘程打电话邀我去海城爬山被我一秒拒绝，室外三十几度邀我去爬山？他估计是想找我去蒸桑拿吧，他在视频的另一边嗷嗷直叫，反反复复地问我，半个暑假过去都不想他吗。

“我为什么要想你啊，你有什么能让我想念的？”

他闻言在床上直跳脚：“哎，你请教我题目的时候可不是这样的，小白眼狼啊你。”

“小白眼狼专咬你。”

我把手机放在纸盒上斜靠着书桌，抱膝坐在宽大的木椅上嫌弃地看着他。视频另一边的他正在下床，屏幕上有时候是垂眉的半边脸，有时候又是他凑近的整个大脸，他捧着手机绕着房间转了一圈。

“你看见了吗？”

“什么？”

“我的房间啊。”他趿拉着拖鞋靠近书桌，一脸兴奋地拿起课本旁边手掌大小的小熊玩偶。

“我昨天跟大暄他们出去吃饭路过娱乐城，张世伟看见门口一整排娃娃机就走不动了，硬是花了四十二个硬币夹了一个娃娃。”

丘程坐在旋转椅上一边转圈，一边把小熊玩偶靠近屏幕让我看清楚衣领上的一串英文字。

“Anything is possible，李宁的广告语都覆盖到娃娃上了。”他傻兮兮地把小熊靠在脸颊旁边，一会儿看熊一会儿看我。

我有点嫌弃："这个不会就是张世伟价值四十二块钱的小熊玩具吧？"

"不是啊。"他低头把小熊塞进旁边的书包里，"这是当时一个玩娃娃机的女生送我的。你不知道她和她朋友带着一个巨大的环保袋，里面装的都是娃娃，一抓一个准，我都要怀疑她是商家雇的托儿。"

我抱住膝盖的手指一顿，心不在焉地看着对方瞠目结舌地比画着环保袋的尺寸。

"她后面还说要跟我交个朋友，下次带我抓娃娃……我又不是张世伟那傻子妄言靠抓娃娃的技术一战群雄，我要不是因为……你怎么了？"

大概是我的表情太过木然，他突然凑近镜头问道："你困了吗？"

我把半边脸埋进膝盖里摇摇脑袋。

他有点失措地揉揉脑袋："你不喜欢吗？"

"嗯？"我困惑地抬起头。

"你不喜欢小熊吗？我以为你会喜欢才收下的。"

"你……要送给我？"

"不然呢？"他理所应当地点点头。

我直起身靠在椅背上，稍稍拉远与镜头的距离暗自轻缓出一口气。

丘程毫无察觉地继续跟我介绍课桌上的魔方。

"我现在玩魔方可厉害了，上星期和阿彦比赛还快他好几秒……"

"对了，我妈昨天还说找机会一起去你家吃饭，不过我爸这阵子有点忙估计又得推迟了……"

"我明天跟人约了去广场玩滑板，是海城这边的一个滑板团队，听说他们要组织一场双人比赛，可惜你不会滑……"

……

他絮絮叨叨地跟我讲假期里的琐碎事情，偶尔讲到一半又串到其他事情上，不得不停下来思索前后因果。课桌上的时钟已经指向晚上十一点，我把房间里的白炽灯关了，只留着一盏窗边的小夜灯，丘程的声音缓慢地流淌在我周身，像小夜灯发出的昏黄又温暖的光亮。

“嗯……没了……好像都说完了。”他后知后觉地捧着手机靠在椅子上有点窘迫，“我是不是太啰唆了？我就是感觉我们已经好久没有说话了……”

一个月零六天。

“丘程。”

“嗯？”

“你想开学吗？”

“不想，开学有什么好的？”他摸着下巴理所当然道。

“我突然有点想开学了……想要见很多很多人。”

我垂下眼避开镜头，夏夜里的风带着助燃剂吹得我脑袋里的火苗“噌”的一声冒起两丈高。

我看不见他的表情，只能从手机对面传出来的杂音里判断出对方没有挂断视频，时间一下变得漫长又难熬，我渐渐被生拉硬拽成一团烟气。

“我……我是说……”

“啊？你说什么？我手机快没电了，我刚跑去拿充电线来着。”

我一怔，半晌才松一口气：“我说，我困了要去睡觉。”

我顿了顿，莫名气急：“你也快去睡吧！攒不了智商，还能攒点睡眠呢！”

但我没想到，隔天睁开眼，我就看到丘程自由自在地坐在我家的沙发上同夏女士聊天。

我睡眼蒙眬地站在原地有点分不清现实和梦境，倒是夏女士先反应过来催我回去换睡衣。神经系统刹那苏醒，我转身跑回房间，关门时差点把自己脑袋撞了。

“没想到你心里还装着粉红小白兔呢？”他趁夏女士转身回厨房的间隙揶揄我方才穿的睡衣。

我下意识地扯了扯 T 恤衣摆，我心里还装着大魔王呢！吓死你！

“你怎么过来了？”我靠在沙发上捧着一杯茶水喝着。

他扬眉坏笑：“我来看看你……的暑假作业。”

我嘴边的茶水“噗”的一声喷出大半，梗着脖子红着脸大气不敢出。

丘程若无其事地抬手接过我的杯子，从背包里拿出一瓶牛奶，插上吸管递给我：“空腹别喝茶。”

我微微一愣，看着他没说话，他自顾自塞我手里。

“你不来找我，我只能来找你。”他从书包侧边的小暗格里拿出一个圆形的书包吊坠。

上面是银色环圈，中间有一截黑色的细绳，下面的圆形吊坠在半空中摇摇晃晃地转着圈，我伸手抓住才看见里面凑在一块的两个人头。

“老黄让班长给每个人都做了一个，我挑的是我俩的合照。”他笑着露出小虎牙，“感不感动？”

期末考试的前一天，老黄让班级里一位记者站的同学用相机给每一个人都拍了一张照片，就在后黑板的五四板报下面，当时一群人跟看猴似的盯着我拍照，我心里拧巴成一朵花恨不得速战速决，待对方按下拍摄键就早早逃离光源集聚地连照片成品都没来得及看。

丘程拉着我拍合照的时候，我正挣扎着遁逃，被他钩住脖颈匆匆往镜头看了眼就躲开了。

照片边缘有点虚，但我们靠得很近，丘程一手扣着我的脖子，一手捏着我的下巴看镜头，笑得一脸春风得意。

拍糊了都好看的大魔王。

我捏着合照，表面镇定，内心仰天长啸。

“你当时还不乐意，我死命拽着你才拍了这一张。”丘程对于我当时闪躲的动作颇有微词。

“那我呢？”

“你什么？”

我把挂坠收进手心里握紧：“我的照片呢？”

丘程把背包换了另一个侧边，理所当然道：“这儿呢，我的送你，你的得送我。”

透明的圆形玻璃里只有我自己的一张小照片，拧着眉笑意僵在嘴边不上不下地对着镜头，浑身上下都透着别扭。

“为什么我的是合照？”

丘程捧着茶杯抿了一口，大概是茶水泡太久有点浓。他微微蹙着眉：“我反正记得自己长什么样，你就说不定了。”

“我记得！”我脱口而出。

他“哎哟”一声，嬉皮笑脸地看向我：“你连班级同学都会认错还能记得我呢？”

我嘟囔一句：“那不一样。”

“怎么不一样？”他一脸期待地等我回答。

我乜斜他一眼：“你丑得比较有特点。”

丘程到嘴的茶水憋了好几秒才没有喷在我脸上。他敢怒不敢言地看了我几秒，最后只能耷拉着脑袋靠在沙发椅上抱怨：“你就欺负我吧，也就只有我才不跟你计较。”

我窃喜地把吊坠郑重其事地塞进口袋里，调整了好几遍位置就怕一不小心压碎了它劣质的玻璃边角。

丘程走出阳台打电话，他半靠在阳台的横栏上微微弯着背脊的样子看起来随心又慵懒。

我的目光顺着他的轮廓周转，他直立时垂在裤腿边上打节拍的手指，他懒散时软着上半身手肘撑着栏杆用力的手臂。

你不一样，别人都是通关关卡，可你是大魔王，大魔王都是压轴出场，最难遗忘。

[3]

若河高中开学当天，安安一早就给我发了信息，我到教室的时候她正在和简霓啃着吐司。高二，我们从（9）班又换回原本的（2）班教室，又变成了高二（2）班，但人员变动并不大，教室里坐着的依旧是曾经那一群熟人，在过道经过时还能从他们手中捏一两块早餐的小零食。

“你俩怎么这么早啊？”我刚吃了政治课代表的一根虾条，一边咀嚼一边打着哈欠坐在她们身后。

简霓咬着吐司，含混不清道：“我昨晚就被安安拽回寝室了，别人一到开学恨不得丧失记忆，她倒好，提前一晚就背着书包乖乖返校。”

安安躲在她身后没说话，眼神不时地往我旁边的位置扫过去。

“这你就不懂了。”我把书包挂在侧边，从课桌抽屉里收拾几张废纸卷成长条扔到后面的垃圾桶里，“迫不及待想要回学校，是因为学校里有想见的人啊。”

简霓眨巴着眼问我："我不懂，难道你懂？"

我一时语塞，装傻充愣地拿起一边的水杯起身，被她们眼疾手快地左右夹攻给拉住。

简霓单刀直入："你是不是……"她冲我旁边的空座位挑了挑眉。

"啊……"我清了清嗓子，还没说完话就听见简霓震破天际的欢呼声：

"我说吧！她铁定是……"

我一把捂住对方的嘴冲安安使眼色。安安直接从透明包装袋里抽了块吐司塞她嘴里，下一秒，眼前的教室门轻轻磕在墙上，丘程叼着牛奶漫不经心地走过来，视线在我们动作迥异的三人身上扫了一眼落在我身上。

"你们干吗呢？"

"早……"我放开简霓坐回位置上。

简霓提起半块吐司冲我眨眨眼："我们玩呢。"

我心虚地应了一声没抬头看对方，好在老黄及时出现，丘程也就没有再追问的兴致。

老黄每一次开学典礼都穿着白色衬衣和黑色西装裤，衬衫的领口大概有点小，他时不时地就会抬手扯扯领口。

张世伟吊儿郎当地靠着椅子："要不我们众筹给黄哥买一件新的衬衫吧，我每次都怕他一不小心把自己勒死。"

我反驳："老黄说那是他结婚那年穿的礼服内衬不能换。"

"这有什么不能换的？"张世伟今天戴着小圆形的细框眼镜，随着脚下晃动课桌横栏的动作鼻梁上的眼镜慢悠悠顺着鼻翼往下滑，半掉不掉地挂在上面看起来更像不务正业的公子哥儿。

"你以为谁都跟你一样啊！"简霓冲他翻白眼半是调侃半是嘲弄道。

张世伟也不生气，把眼镜挂在手指上百无聊赖地转着圈。

“你近视了？”丘程接过他手中的眼镜凑近看了看。

“没呢，平光镜没度数。”

“那你戴这玩意儿干吗？”丘程敲敲镜框，感觉纤细得一捻就断。

“我有一个朋友说让我好好学习，我这不是硬件不够装备凑嘛。”

丘程挑眉把眼镜摔他身上，张世伟急急忙忙在半空接住。

若河高中迎来新一批的高一新生，高二年级的学生代表依旧是陆朝浥，大家对此已经习以为常，倒是高一的学弟学妹异常兴奋，鼓掌的频率都快赶上蝴蝶振翅的速度。

陆朝浥作为若河高中的“镇校之宝”，吸引一众学弟学妹纷至沓来，校长见状连眉间的褶子都笑深了几分，还间接让陆朝浥宣传了一把市里的“春蕾作文比赛”。

会后，老黄为公平起见在教室里先行举行了一场笔试，最终安安、丘程等五人被选进培训班进行为期一个月的培训，两个月之后的校内现场作文竞赛中的前三名将代表若河高中参加市里的作文比赛。

老黄慈眉善目地伸手压了压丘程的发顶：“加把劲拿个奖杯回来。”

丘程自从染回黑发之后老黄就对他满意到不行，认为这是他洗心革面、专心学习的预兆。

“你这头发不行啊，有点长。”老黄又拨了拨丘程的头发。

丘程往后一躲顺势道：“那我下午放学去理个发，晚修晚点到。”

他这明摆着是借机旷半节课，老黄无奈地叮嘱一句“注意安全”便同意了。

老黄绕过我们去另一组检查其他同学的英语习题，张世伟蠢蠢欲动地探过头。

“程哥，放学后带上我吧。”

丘程垂头理了理被压扁的头发：“不带你。”

他额间的头发有点长，抬头时稍稍遮住眼尾的视线。他拨了两下头发，突然“哎哟”一声捂住眼睛。

我方才正一脸防备地进入“忙碌做题没空抬头”的模式，就怕老黄看完丘程的卷子后要检查我的卷子，我的试卷可不是三言两语就能总结完毕的，这会儿老黄一离开我才卸下心防松开手上压皱的试卷，一口气还未喘匀就冷不防被丘程的惊呼声吓得差点一蹦两丈高。

我抓住他捂住眼睛的手肘着急地问：“怎么了？怎么了？”

“哎，我眼睛进东西了，有点疼。”他半睁着一只眼看我，拧着眉看起来有点可怜兮兮。

“你把手拿开，我给你吹。”

“那你轻点。”

他合着一只眼，眼角微微泛红，睫毛随着颤抖的眼睑微微战栗，我小心翼翼地将他的眼睑往上翻，凑近轻轻吹了一口气。

“还疼吗？”

“疼。”

我有点着急地往里面又吹了好几口气：“你别抖啊，一会儿睫毛掉进去了。”

他突然抖着肩膀笑出声，然后往后一仰拉下我的手腕。

“你再吹，我的瞳孔都要移位了。”

“幼稚。”我故作镇定地抽出手，“你知道狼来了的故事吗？你再多骗我几次，我就不信你了。”

他清咳一声笑道：“万一是真的呢？”

“真的也不救你。”

“那不行啊，你知道什么是真正的狼来了吗？”他趴在课桌上略带撒娇冲我讨好地笑，“是无论你撒多少次谎，只要你叫我的名字，我就会跑过去找你。”

他侧着头枕在手肘上，窗外的风卷着树间的蝉鸣绕到他身后蹿进我心里，像根羽毛似的把我全身上下到处挠个遍。

我笑着掩饰慌乱：“同学，你串场了吧，你讲的是公主和王子的童话故事？”

他直起身伸懒腰突然想起什么似的笑得一脸狡黠：“你还记得小学二年级那会儿你写的看图作文吗？就是把主角写成女仆……”

我一把捂住他的嘴，他挣扎着扶住桌子往张世伟那边躲。张世伟正在低头发短信，被吓得猛地抬起头，手机边角直接磕在桌子上。

“哎哟，我的妈呀，我以为老黄过来了。”

丘程一通大笑，不依不饶地说道：“老师当时就说你的思维擅长另辟蹊径……”

小学二年级的看图作文是最简单的王子和公主的故事，但我当时脑袋拧着一根筋硬是自创了另一个故事，因为我一直不明白一件事，为什么童话故事都是王子爱上公主斩杀恶龙的情节，为什么不能是恶龙爱上女仆？凭什么主角都得是公主和王子啊？

老师被我一番歪理震得愣在原地，教室里笑倒一片，丘程起先没反应过来，后来跟着所有人一起捧腹大笑。当时年纪小，认为有一是一，没有“一加二等于王”的结果，与众人不同的想法就是错误的，所以大家都嘲笑我的举动，但我最后觉得难过仅仅是因为丘程也不相信我。

丘程因为童年趣事笑倒在一旁，但我原本羞耻爆棚的心情突然被安抚了一大半。他每一次不经意间提起我们小时候的事情时都会喜上眉梢，眼睛盈满笑意，但他笑得好看，我也就原谅他了。

下午放学，丘程和安安去隔壁的多媒体教室上作文培训课，简霓半趴在我的桌子上抄后黑板上的地理习题。

她一脸困惑地眯了眯眼："气流下面那行字是什么啊？"

我转回身，那行字有点模糊，估计是被人为破坏过："看不清，但这题选 A。"

简霓空出一段位置，继续抄写下一题："你现在膨胀得很啊，丘程教过你？"

我笑着没回答，简霓便变本加厉地调笑我："你们现在……还行？"

"啊，还行。"

她借抬头看题的间隙斜我一眼："老黄说多少遍了，诚实做人！诚实做人！"

"我觉得现在挺好的。"我撑着下巴思索，"你看，能看见，能说话，还能上手打架呢。"

"你这心大得都能装天下了，平时怎么连个语数英政史地都装不下。"简霓老神叨叨地挥挥手，"反正有缘人迟早有一天会王八看绿豆对上了眼！"

"你才王八看绿豆呢！"我抄起一旁的课本拍在她手背上，"你就不能找个好点的比喻吗？"

"瞎猫撞上死耗子？"

回应她的是我的一记排山倒海掌。

安安还要半小时才结束课程，我们只好凑在一起有一搭没一搭地压低声音聊天。

丘程从后门闯进来的时候，我们正聊着体育委员为爱逐梦、立志要混进学霸圈的事情。

做贼心虚的我们还以为体育委员突然闪现，下意识地站起身，回头看见丘程撑着后门喘气时才安心把嗓子眼的心脏咽回肚子里。

“你吓死……”

“你喜欢泰迪还是金毛？”他快步走在我眼前，神情激动地一把抓住我的肩膀，我原本打算坐下的姿势硬生生被他提在半空动弹不得。

“什么？”

他的脸腾地红了，支支吾吾半天不讲话。我莫名其妙地看着他一会儿蹙眉懊恼一会儿咧嘴傻笑，嗫嚅了半天什么都没说就往外面跑。

“他进的是培训班不是精神科吧？怎么人突然就傻了。”

我和简霓对视一眼，莫名其妙地继续刚才的话题。

当我们从体育委员聊到高一年级学妹堵住陆朝浥问习题的事情时，安安的课程结束了，她抱着一沓资料塞进书包里。

“你们刚才上课讲什么了？”我问。

安安想了想：“就讲名著作品和写作技巧啊。”

“那丘程是怎么了……”我把课桌上的笔记本和试卷收拾整齐，安安把椅子推进课桌里，跟着我们往外走。

“丘程刚才上课上到一半突然跑出去，我们都被吓了一跳，老师还以为他有急事追出去喊了好几声，但他都没回头。”

“他不会是内急跑错地方吧？”简霓笑道。

我急忙维护他的个人形象，反驳了一句：“他又不傻。”

回寝室的路上，我们遇到好几个提着外卖从校门口回来的同学。若河高中没有明令禁止外来食物，但外卖不能送进学校，要从寝室去校门口提。这段路说长不长，说短又着实太委屈它，所以有时候中午我们直接提着外卖回教室解决，省得还得往返再跑一遍。

简霓看见别人手中冒着香味的饭盒就已经经受不住地在一旁哀号，哀号到一半才想起她原本要去警卫室拿快递。

我和安安刚互相对视一眼，就被她拖着原路返回绕到中山楼的那条走廊去校门口。走廊上还挂着上学期期末的成绩榜单，陆朝浥稳居理科第一，简霓往旁边的文科榜单的顶端名字指了指。

“就是这位同学了！”

“什么同学？”

“体育委员的逐梦信仰啊！”简霓顺着榜单往下看，“丘程上学期排十二名呢，这家伙进步神速啊。”

安安顺着走廊走的步伐突然一顿，狐疑地盯着排名上的名字：“文科第一的那个女生，她今天好像上台分享了文章来着……”

简霓眼睛一亮：“什么文章啊？我好把消息高价卖给体育委员。”

“《简·爱》里的一段情节……话说当时（14）班有一位男生还举手问老师什么是爱。”

我和简霓的八卦之火瞬间燎原，催促着对方讲细节。

作文培训班的老师原本就是（14）班的语文老师，据说是若河高中之前从市高中挖过来的金牌讲师，为人风趣善于和学生打交道，听到这个问题的时候也没有回避，只是说在我们这个年纪说“爱”还太沉重，应该说“喜欢”。

该同学直接顺着杆子往上爬：“那怎样才算喜欢一个人呢？”

“喜欢就是你能在他身上看到未来。”安安模仿着对方故弄玄虚的手势学了一句，但半路破功只好又换回正常音调，“底下的一众学生不依不饶地吵着老师讲，老师便额外进行了一个测试，让我们都闭上眼睛幻想一下眼前有一个带前院的房子，早上你从卧室醒来，院子里有一条撒欢的金毛，阳光正好照射着半边前院……”

我和简霓莫名其妙靠在走廊的墙壁上闭上眼睛听安安继续往下讲。

“有一个人坐在清晨的小木椅上，你看过去的时候，他正好回头看你……那是谁的脸！”

简霓拍着胸口喘气：“你能不能别一惊一乍的，吓死我了。”

“老师说，如果你心里有期待的人的脸，那说明你已经在他身上看到未来了。”

“那我万一想的是我爸妈的脸呢？这东西就是瞎扯。”简霓道。

安安冲她翻白眼：“你就不能浪漫一点？”

“我天生就没有这种东西……那你呢？”简霓揶揄地钩着她肩膀往前走，“你想的肯定是那个傻子。”

“都说了！那叫大智若愚……橘子！”安安回头叫住我，“你怎么不走了？”

我瞪着眼愣在原地，片刻才反应过来跟上她们。

夏天的傍晚总是沉沉的，憋着一口气似的让人发慌，我莫名其妙被胸口发胀发酸的感触打乱节奏，怀揣着沉甸甸的秘密一步一惊觉地追赶上她们。

[4]

校内作文比赛来临之前，若河高中先迎来了篮球比赛，张世伟借着训练的理由频频旷课，老黄难得拉下脸色怒目而视，张世伟瞬间乖乖夹着小尾巴重新做人，只能整天趴在窗户上对着远处打球的众人哀叹。

“打球难，难于上青天。”

“你再号，我就送你去西天。”丘程蹙眉看他一眼，“太没出息了。”

“你倒是不担心！老黄都答应让你放学后去训练！”

丘程痞笑一声：“你也可以啊，只要你别再拖欠作业，考试及格就不用课后留下来受训了。”

张世伟瞬间被对方一箭穿心：“程哥，你已经不是社会主义接班人了，你是恶魔。”

篮球比赛安排在第一次月考之后，相对于张世伟对篮球比赛掏心掏肺的期待，我恨不得有人能够把发放成绩的时间无限延长——直接一把炸了资料室也行。

那简直是我每一次月考后美丽而羞涩的梦。

这场梦境我刚萌发没多久就被历史老师一举击破，历史老师踩着铃声进教室，我一边喝水，一边如坐针毡，丘程对于我的焦躁和担忧已经见怪不怪，他唯一在意的一点就是……

“你能不能别掐我的手，你掐自己的行吗？”他抬起手臂晃了晃被我掐住的一块肉，“你自带502胶水特质吗，这么晃你都不下去。”

“我怕疼。”我松开他的手，换了一个地方掐着，“掐着你让我能安心一点。”

小组组长已经从第一排开始发放试卷，我腿有点软，感觉对方发的不是试卷是送我上青天的三尺白绫。

“怕什么，我之前整理的知识点你都背了，不会差到哪儿去的。”

“真的？”我半信半疑，抬手接过组长发过来的试卷一把压进臂弯里。

丘程笃定地抬抬下巴：“真的，不信你看看分数。”

我深吸一口气，移开手肘。

56分。

丘程：“……”

我：“……”

“你是我教过最差的一届学生。”丘程一脸震惊地翻着我的答题卡，“你这大题写得有两百字了吧，竟然才 2 分？”

我凑近一看，提出我的质疑：“你说，是不是老师改错了？”

丘程没说话，一边在抽屉里找试卷一边自言自语：“斯大林？我怎么不记得有关于他的题目……”

历史老师单手撑着桌子一边看试卷一边深深地叹息。

教室里一众人静坐在这叹息里苟活了半分钟后，终于看见他推了推鼻梁上的眼镜。

“咱们班的平均分是 74.5 分，文科班里排第四，我刚看了一下我们班同学的试卷……真是各有各的风采啊……丘程同学依旧是咱班的第一名也是年级单科第一，那些话我反反复复说过很多遍，现在也不重复了，你们自己课后有不懂的可以去请教他……我比较在意的是我们班有一位同学的卷子改得我是痛心疾首……”

我右眼皮一跳，预感出奇强烈。

“夏橘同学……”

不是我，听不到，我不在。

丘程在我眼前打了个响指，示意我老师正在叫我的名字。我惶惶不安地站起身，张世伟吊儿郎当地吹了一声口哨，丘程直接伸出腿踹了对方一脚。

“安分一点。”

张世伟缩着腿嬉皮笑脸：“我这不是看气氛有点紧张缓和一下嘛。”

历史老师和颜悦色地挥挥手中的试卷：“别紧张，我就是和你聊一下，你是怎么做到把所有关于罗斯福的大题都写成斯大林传记史的？套着罗斯福的皮囊内容写的都是苏联1936年的斯大林模式，别说，写得还挺正确的。”

教室里传出低声轻笑，大家憋着一股劲不敢笑出声就怕下一秒点的是自己的名字。

我没法回答这个问题，我上一秒还在质疑老师改卷的能力，但老师目光如炬地盯着我，我再不说点什么估计也下不了台。

“大概是因为……我比较喜欢斯大林。”

历史老师一愣，在全班的哄笑里才反应过来我说了什么，简霓抖着肩膀回头冲我比画大拇指。

“你也是性情中人啊……丘程！”历史老师哭笑不得地高喊一声。

“嗯？”丘程正低头帮我端正错题，这会儿被喊到名字突然有点发蒙。

“你觉得你同桌这道题答得怎么样？”

丘程站起身看看老师又低头看我一眼，我眨眨眼暗示他早点实话实说，好让我死得痛快。但他显然没有接收到我发射的信号，我们之间的默契在危难时刻卷着铺盖消失得无影无踪。

他板着脸一本正经地胡说八道。

“我觉得她回答得非常好。”

我？

历史老师饶有兴趣地看着他，他对丘程总是有大把的耐心。

“你说说看，怎么个好法？”

他拿起我答题卡的一角晃了晃：“她回答问题的思路和逻辑顺序都是正确的，只是看错题而已。学习最不怕的就是错误，错了才能加深印象防止高考再出错。而且我觉得夏橘同学大无畏的精神感动了我，这下我们全班都会注意把罗斯福和斯大林两个知识点区分开。”他顿了顿，嘴角要笑不笑地清咳一声，“这种精神实在是令人动容。”

你再说下去我就要动手了！

“那你能保证她下次不出错吗？”历史老师被气笑。

这种事情谁能保证啊！出个门还得看皇历凭气运呢！

“能。”丘程倏忽一笑，莫名心情愉悦地看向我，“她可是我的关门大弟子呢，对吧？”

我鬼使神差地点了头：“对。”

反应过来的时候历史老师已经笑着挥手让我们坐下，简霓幸灾乐祸地转头嘲笑我们。

“丘程，你刚才简直把护犊子体现得淋漓尽致啊，你也不怕历史老师抽你。”

丘程心情颇好地挑眉一笑：“凡事要以大‘橘’为重。”

他的重音放在“橘”字上，我只感觉一腔热血涌上脸。

“喏，我把对应内容的课本页码标在试卷旁边了。”丘程拉过我的试卷指着大题旁边的数字，“后面几个点是关于赫鲁晓夫的历史内容，就是喜欢种玉米的那位大爷，你下次可别再把他们混淆了，多丢我的脸啊。”

我一直安静地乖乖点头，直到听到最后一句就不乐意了：“你嫌我丢你的脸啊？放心吧，咱俩也没什么关系，他们不会觉得你教导无方的。”

我“啧”了一声抽回试卷，丘程笑嘻嘻地压住试卷的一角与我较劲。我发现他今天特别不正常，从头到尾都是中彩票般喜形于色的状态。

“怎么没关系啊，我都归你管了。”

我翻开他手肘的手指一顿，眨了眨眼才想起高中刚入学那会儿他就面红耳赤对我说过这句话。

我勉强地配合道：“是是是，你是我妈的宝贝程程可不就是我哥嘛。”

“哥？”

我抬高他的手臂抽回试卷："不是你自己说，你比我大一个月就是我哥吗？"

他迟疑地看了我两眼，皱着眉头不说话只是盯着我，仿佛是一个耍脾气却撑着一口气等待我先认错的小孩。

关键是我也没说错啊，我无奈地对着页码翻课本："哎，这话可是你自己说的，你还不开心了！"

他耷拉着脑袋，嘟囔一句："我不想当你哥。"

"那你想当我的什么？"

"当你的优乐美。"

我脑袋一僵，一头雾水地转身把手背覆在对方额头上："没发烧啊，胡言乱语什么？"

"还要当你的杧果干……旺仔牛奶和益达。"他眼睛亮亮地抬头望着我，眼波微晃，"我想充当你经常会想起的东西。"

历史课结束后，我的故作镇定以肉眼可见的速度碎成瓦片，我背对着丘程侧趴在桌面上，一边装模作样地紧盯手下的试卷，一边神游八百里之外。幸好丘程也没有追着在这时候打趣我，我听见身旁的椅子"刺啦"一声拉开后，他便离开座位了，我闭着眼终于长吁一口气。

教室里一阵喧闹，我迷迷糊糊地从半梦半醒之间清醒过来，入眼是课桌旁边高高一摞课本和吸气缩着肚子卡在过道的体育委员。

"你干吗呢？"我揉着眼抬起头猝不及防被窗外的日光刺了眼，施施然拿手背挡住眼睛。

中间的过道本来就不大，堵了一摞课本后显得更窄了，体育委员悻悻挤过去后才吐气道："方主任白天不让拉着窗帘，程哥怕你被晒到就把课本放在椅子上替你挡着太阳。”

我恍然如梦地左顾右盼，嘴里不确定地又问了一句：“你说谁？”

“程哥啊……你也别找了，他刚被地理老师叫过去搬练习册了，一会儿就回来。”体育委员捧着一个本子在低头记录，“对了，你知道程哥多高吗？我得统计篮球服的尺寸。”

“一米……”我犹豫不决地思索着该报一米八还是……这么一想他好像比高一那会儿又长高了……

体育委员一脸震惊：“夏橘，你心中对程哥有怨也不能报一米吧？”

“什么一米？”丘程刚好抱着练习册进教室，地理课代表连忙抬手接过让组长发下去。

“程哥！夏橘说你只有一米！”体育委员挑事地大喊一嗓子。

周围几个同学闻言都幸灾乐祸地笑出声，好在这会儿张世伟不在，不然又是一番腥风血雨。

“嗯。”丘程淡定地走近我们应了一声，“她说多少就是多少。”

大家齐声唏嘘，没有看成热闹一脸遗憾。

丘程笑着接过体育委员手中的笔，顺着体育委员捧本子的动作填上自己的身高和尺码。

他顿了顿突然侧身问我：“你觉得哪个号数好？我要选个篮球服的号数。”

篮球服后面都有相对应的号数，但我一直以为是随机分配的，这会儿也答不上话，倒是周围一群同学纷纷出主意。

“就写你自己的座位号啊。”前面的一名男生提议。

有女生反驳：“那多没新意啊，24 号吧！科比的球服就是 24。”

“你觉得呢？”丘程拿笔帽敲敲我的脑袋，问题滚了一圈又回到我手里。

我也想不出更好的想法，索性从数字里挑最吉利的："8吧，8号吉利。"

丘程毫不掩饰地笑了一声，顿了顿在本子上写了24号。

我："……"

问我的意见，填上别人的答案，怕不是想气死我。

[5]

篮球比赛定于周五下午，张世伟从周三就开始兴奋，（2）班除了丘程、方瑞暄、张世伟之外还有体育委员和一位高二从理科班转过来的男生，其他几名替补都是班级里仅剩的几名男生。文科班的男女比例向来悬殊，隔壁（4）班更是惨烈，不多不少正好只有五名男生，其中一名男生平时只喜欢吃零食不喜欢运动，体形很庞大，连男生体侧1000米都没能跑下来，（4）班女生个个恨不得自己披挂上阵。

张世伟提起这件事时，正撑着胳膊坐在教室靠走廊的窗户上，（4）班学名"小胖"的男生正好提着水杯经过，原本想抬脚把他踹下去，奈何刚一离地自己就有点站不稳，才临时改用手肘把张世伟推下窗。

方瑞暄正好站他前面，一把抱住他才让他免于以头抢地。

简霓一进教室就惊呼一声："哎哟，你俩玩爱的抱抱呢？"

张世伟回过神后直接跳出窗户笑骂着追出去："哎哎哎，就你，小胖你不厚道啊！你上次体侧还是我扶着你跑的呢！你恩将仇报！"

还带成语呢，估计也没多生气，丘程说过张世伟真正生气的时候连话都说不利索，但我从来没有见过。

"那个……"丘程双手抓着桌子往后仰着看我，"比赛那天，你来吗？"

我故作苦恼地撑着下巴："周五啊……我好像……"

"就这么说定了！我要喝脉动，你记得给我买。"他自顾自定下结论。

我原本就是逗弄他，眼下也没有反驳。

他长腿一伸，慵懒地把手心放在后脑勺枕着：“宝儿。”

我看着他。

他一动不动地看着我，突然勾嘴笑了一声：“没什么。”

张世伟在走廊里一阵疾风似的狂奔而过，后面跟着一位肉嘟嘟的男同学，安安偶尔低头看课本偶尔抬头看窗外，简霓挤在方瑞暄身边一边骂对方四肢发达一边帮对方玩“神庙逃亡”的手机游戏。

宁静就是在这时悄悄地蔓延在我的周身，我闭上眼周围都陷入一种奇怪的平静，我不用担忧月度考试成绩，不必再顾虑自己要考什么大学，上课铃声就像夏天里遥不可及的秋蝉。

然后，丘程伸手戳了戳我的肩膀，喧嚣犹如滔天巨浪冲向我身后破碎的平静。

他把滚到一边的签字笔放进我的手心：“上课了。”

上课铃声打响，月度考试成绩刚公布没多久，往后还有很多场数不清的考试，高考没有过去，我依旧需要思考自己要考什么大学。

可是……好像也没那么可怕了。

我当时还认真地思索着好几个丘程会选择的学校，暗戳戳想要询问他又胆怯不敢上前，但我最终没能知道这个问题后面丘程的回答，因为我们迎来了一场真正意义上的冷战。

篮球比赛前一天，陆朝浥曾经给我发过两条短信，第一条是空白短信，第二条说他按错了。我其实已经很久没有见过陆朝浥，偶尔放学后在教室等丘程时会在走廊碰见同样下培训班的他，尖子班依旧在我对面的教学楼，如果不是刻意过去，很少有机会能够遇到。

这个世界上没有那么多巧合，如果不是因为刻意为之又怎么会在一段时间里反复遇见对方，而缺少了人为制造的偶遇，我们见面的次数变得屈指可数。但是，我经常能够听到他的名字，他参加竞赛拿奖，他被高一可爱的学妹堵住去路问习题……他发烧请假在家。

“他早上就开始发烧了，中午吃了药之后硬是挨到放学才请假回家。”简霓站在小卖部的冰箱前面拿了一个伊利雪糕，“我突然有点心疼他，大概是因为他长得好看，换作张世伟，我肯定巴不得烧足他九九八十一天。”

我实在没办法忽视那两条短信，和简霓、安安打了一声招呼就跑出校门。

初中时，我曾经去过一次陆朝浥家里，当时是受任课老师之托去给他送市里评选优秀学生的申报资料，不过当时只有他一个人在家，所以这会儿大门一开，我和他的妈妈四目相对时气氛有片刻凝固。

他妈妈长得并不凶悍甚至很温婉，但眼神扫在我身上时总是带着若有所思的打量成分，看得我心里发毛。

陆朝浥除了最开始几秒的讶异之外便没有其他此时应有的情绪，他一脸镇定地带我进房间，从头到尾只说了一句“她是我的同学，给我送衡中的试卷”，然后他妈妈便笑着招呼我进屋吃水果。

“不好意思，短信是我不小心按到的。”他从课桌下面抽出一张凳子推到我身前。

他的房间并不小，但一半的位置都被课桌旁边高高的红木书架占据了地方，上面有各种各样的书籍。

“我不是因为那个……我听说你生病了，有点担心才来看看你。”

他把课桌上的书籍装进书包里闻言一笑：“已经退烧了，我一会儿跟你一起回学校。”

他声音有点哑，脸上带着异常的红晕，我趁他低头检查书包的间隙伸手碰了碰他的额头，滚烫一片。

“你怎么可能退烧了，你今晚得请假。”

他拉下我的手臂，有点无奈：“一会儿吃药就行了，我今晚还有补习要上。”

大概是因为生病了，他现下半点没有平时的距离感，相反让他看起来带着病态的温柔。

劝说不动他，我正打算拿陆母会担心的理由镇压他，但他非但不觉得这个理由有重量，甚至难得靠着书桌一通直笑，他笑到一半又觉得没意思，悻悻然收回笑意只摇了摇脑袋。

“没用的。”

我一时之间不知道他指的是这个理由在陆母那边没有用，还是我的劝说没有用。

这个世界上没有父母会不心疼自己的小孩，所以我怀着侥幸的心理催促他：“你跟你妈妈说一声，不然我去？”

我越过他准备推开半掩的房门，他先行一步抓住我的手，顿了顿有点无奈地走出房间。

陆母正在厨房准备果盘，厨房与卧室的距离并不远，我靠在门上能够清晰地听到陆朝浥的咳嗽声。

“我今晚请假不去学校。”他声音冷冷清清说道。

玻璃果盘底轻轻磕在料理台上。

寂静。

“你今晚补习是上数学吗？儿子，要不你再坚持一会儿？下学期的数学竞赛不是能够作为保送复旦的资格之一吗？你再忍一忍啊，把药带上。”

我的侥幸瞬间碎成一地残渣。

第八章

我想和你考同一个大学

/

XIHUANNI,
MEIZIZI

[1]

校篮球比赛的第一场就是高二（2）班对打高二（17）班，陆朝浥带病上场被方瑞暄的一记扣篮撞倒在地。我第一时间冲上去扶住陆朝浥，篮球赛上的肢体冲撞是难免的事情，所以并没有多少人注意到陆朝浥的异样，众人跑进球场围着丘程他们欢呼，（2）班打了一场开门红所有人都开心得不行，张世伟还不明就里开玩笑似的打趣我。

“橘子，你到底是(2)班还是(17)班的人啊，你怎么往他们阵营里钻！”

简霓第一时间夺过安安手中的矿泉水砸在张世伟湿漉漉的脑袋上：“少说话，多喝水！”

我站在陆朝浥身边，看见丘程伸手接过班级女生的矿泉水，面无表情地离开球场。

后来的情况就简单多了，他不说话，我不说话，我们明明坐在教室最近的位置却连一个眼神都没有交流上，我原本尝试过跟他说话，就在体育课上，我喊他的名字，但他只轻轻应了一声就转头继续和班级的女生说话，那女生是提议科比号数并最终被采纳的那位。

篮球比赛持续了一个星期，（2）班最终输给体育生云集的（7）班只拿到亚军，这一个星期里面，丘程和我说过的话一个手掌就能数过来，他不再带读我不会的课本，抽背时也不会三番五次地抽中我，没人催我做作业，我的学习又回到一筹莫展的境地。

简霓和安安最开始还会牵线搭桥让我俩说话，后面直接放弃。

“打仗还能有个休战期呢，你们这是战斗民族之间的互殴吧。”简霓拆开一包咪咪虾条嚼着。

丘程这会儿不在教室，她们俩直接大大咧咧地转过身趴在我的桌子上。

安安附和：“你俩闹矛盾这段时间，我和简霓都不太敢回头找你说话，平时没看出来丘程冷下脸的时候跟小阎王一样。”

“这回可不关我的事，你看我跟他说话他赏我脸了吗？我觉得他都不想跟我说话。”

抬头不见低头见，这种状态总是让我要分心注意自己转笔的力度，就怕一不小心转到他的桌面上还要尴尬地开口让他递过来。

简霓抽了一根虾条塞我嘴里：“他如果不想跟你说话，课间就不会待着不走了，他就是拧巴等你低头呢。”

“凭什么我低头啊，我也没做错啊……”我不小心呛了一口，伸手拿水杯发现没水，手臂刚往丘程抽屉伸过去摸牛奶，就在简霓不怀好意的目光下硬生生停在半空。

“低不低？”

“……”

“低。”

晚修时，我听取简霓的建议去奶茶店给丘程买牛奶，美其名曰，食物是打开话题匣子最好的钥匙。

“吃人嘴软，他总不能不理你吧？”

偏偏丘程当天晚上没有来上晚自习，晚修结束后已经十点，奶茶店里异常火爆，分开的两批队伍一边在等奶茶一边在等关东煮，轮到我时店里所剩的人不多，但奶茶店的姐姐告诉我今天没有牛奶，我慌里慌张地跑回小卖部买了一整排旺仔牛奶，再跑回奶茶店拜托对方帮我加热。

奶茶店的大姐姐笑着搅拌奶锅里的牛奶："这大夏天的怎么还喝热的？"

丘程小时候睡前最喜欢喝热牛奶，我这会儿只考虑到夜深喝冰的不好倒是没想到这茬。

我笑着只说是送朋友的饮料。

"你这倒是让我想起上学期的一件事。"她提起奶锅倒进旁边的杯子里密封好，"上学期有一个很高的男生来买姜糖水，说是朋友着凉了，但我这儿哪有姜糖水啊？我就让他去校外看看……你知道吗，他竟然提着一大块生姜回来给我。"

她哭笑不得地把剪开的空奶瓶扔进垃圾桶里，靠在一边感慨："还挺重情重义……话说起来他好像很久之前跟我借过奶锅……"

我的心像被放在奶锅里加热了一样咕噜咕噜地冒着热气腾腾的水雾。

距离寝室关门时间还剩十五分钟，我坐在男寝前面的长台阶上，校道里空荡荡一片，只有远处的高三教学楼还亮着几盏灯。我给丘程发的短信稳稳停在聊天框里面，没有回音，我索性把手机塞回校服裤兜里，盯着台阶下面的路灯失神。

怀里温热的牛奶萦绕着甜腻的奶香勾得我肚子蠢蠢欲动，旁边有男生经过，停在半道狐疑地看我两眼，我抬头才发现是罗天。

"你干吗呢？"

"等人……"我莫名觉得心虚，大晚上坐在男寝室前面等人总觉得带着点说不清道不明的意味。

罗天往楼上看了眼倒是没问什么，只让我早点回去休息就三步并作两步略过我身边进寝室。

我抬了抬手腕，五分钟。

我才等了五分钟却感觉像是等了上下五千年，我百无聊赖地拿后脚跟踹下一层的台阶，踹到第六次时我伸长的腿倏忽一停——有奔跑的脚步声，我一回头就看见丘程红色挂钩的白色球鞋以及他撑着膝盖用力的十指。

他一边喘息一边低头与我对视，夜风吹动他垂到眼睑的头发，我仰着脑袋仿佛能够感觉到他身上的燥热，像是庙里燃尽的最后一根香烛，晃晃悠悠地把他的样子映进我的眼睛里。

我们冷战的一个星期里，我几乎没有这样和他对视过，我眼睛莫名一热，讪讪转回头。

丘程大大咧咧坐在我旁边，两条长腿直接垂在下面的好几层阶梯上。他顿了顿解释道：“张世伟那孙子拿我手机玩游戏，玩完一盘才告诉我你给我发了信息。”

我保持着捧牛奶的姿势：“你其实也不用跑这么快……嗯？”

我下意识往回拉手肘，丘程却已经自顾自拉过我的手腕看了眼手表。

“没超过七分钟。”

“什么？”

他松开我的手把手臂撑在身体两侧仰着头：“你上次说超过 6 分 31 秒就不等我了，我怕你不等我。”

他的声音很轻，被风一卷就散了，散在我心里面。

我已经没办法顾及自尊心和羞耻心，他们在丘程面前变成一团软绵绵的棉花糖，我这才把陆朝浥的事情全盘托出，但我没想到丘程只是波澜不惊地点点头。

“你既然知道为什么还生我气？”

“不仅仅是因为你，我还生自己的气。”丘程懊恼地揉乱自己的一头黑发，“我好像不一样了……”

我不明所以，他生气的原因是自己不一样了？这和我有什么关系？

他凝眸瞥了我一眼又快速移开视线：“你不懂。”

什么就我不懂了？

我固执地看着他，企图看懂点什么。

他无奈地伸手捏着我的下巴，移开我看向他的目光：“哎，算了，不过你那天都没给我买脉动，明天给我买一瓶吧，嗯？”

我这才想起怀中的牛奶，一把塞他手里：“送你的牛奶。”

他笑着露出小虎牙，把吸管插进牛奶里一边喝一边抿着嘴角：“好甜，那我就勉为其难地原谅你吧。”

我们终于恢复到以前的状态了。

我看着他垂头一边旋转奶杯一边努力认清奶杯上英文字的侧脸突然有点恍惚，忍了再忍实在没忍住抱怨：“没有脉动，你都不听我的，我为什么要听你的？”

“嗯？我怎么不听你的了？”他喝着牛奶含糊地问了一句。

我心里顿时一阵烦躁，面上还得端庄得体，状似不经意道：“就那个‘24’你不就没有听我的？”

他皱眉想了一会儿才想起“24”是什么东西：“我没有听你的，可我是因为你啊。”

“我？”

“你是傻子吗，24号是你的座位号！”他蹙眉戳着我的脑袋，“我带着你跑了全场，赢了比赛，你还反过来质问我，你是白眼狼转世吗你！”

我一时没兜住，不甘示弱地伸手戳着他的手臂：“那你呢，你还不是心安理得地接过别人送的水！”

“那是你没给我送水。”

得，又绕回来了。

我们瞪着眼一时无言，片刻又同时转过头失笑。

远处教学楼的最后一盏灯火也熄灭了，整个校园都陷入绵密的黑暗中，只有台阶下面的路灯兀自在黑夜里罩出一寸流光。

我故作镇定地拍着校服裤站起身：“明天见。”

丘程大概没反应过来，我跳下台阶时他才在后面喊我的名字。

夏天的深夜，微风还带着白昼时的余温像一把小火苗拉出火光陪我跑了一路。

但我一点都不觉得热，甚至第一次喜欢上燥热的夏天，虫鸣喧嚣的长夜。

[2]

我和丘程第一次莫名其妙的冷战宣告结束，隔天我到教室的时候丘程已经坐在座位上了，他正在拆三明治外面透明的包装纸，见到我的时候直接凑到我嘴边。

“咬一口？”

他动作太自然了，仿佛昨晚所有的悸动都是一瞬烟雨，我只好摆手说已经吃过早餐，简霓一脸释然地回头看着我们俩。

“战斗民族的互殴结束了？”

我斜她一眼没应声，倒是张世伟在一边喋喋不休地问：“什么互殴？”

丘程靠着椅背咬了一口三明治冲我抬抬下巴：“自己拿。”

我伸手从他的抽屉里拿了一瓶牛奶，吸管戳穿银色锡纸时突然有一种酣畅淋漓的舒服感。

“你今天还让我听写吗？”

“哟，前几天也没见你背单词啊。”他侧头笑了一声。

我咬着吸管问：“你怎么知道我没背？”

他顿时不说话了。早读铃声打响，教室里一阵窸窸窣窣的轻响，大家加快速度吃早餐就怕被方主任一把抓住，站在讲台角落面对着墙壁朗读课文。

我们曾经拿这个问题跟方瑞暄探讨过，方瑞暄说平时他爸喝酒想开车回家，他妈妈就是以同样的方式让他爸对着墙壁大声朗读《中华人民共和国道路交通安全法》。

“你爸不会生气吗？”我们好奇地问，毕竟方主任在学校里一直是令人闻风丧胆的角色。

方瑞暄淡定道：“他比较怕我妈生气。”

自此我每一次见到方主任都会想起他“面壁思过”的举动，总是会忍不住憋着笑，引得他频频望过来。

时间就这样在日常的琐碎里快速又隐秘地流逝，我每一次盯着钟表等待下课铃响时总觉得时间呈现一种静止的缓慢，但等我以为高中生活里还有大把的时间可以浪费时，若河已经进入深秋了。

丘程如愿代表学校参加市里的“春蕾作文比赛”，陆朝浥因为要参加衡中和黄冈的一场智力活动难得这次没有代表学校出赛，所以最终和丘程同行的只有尖子班的两名女生。

老黄拍着丘程的肩膀嘱咐时，体育委员在一旁十分委屈地嘟囔：“凭什么得前三名去啊，第四名怎么了……”

安安跟我解释说，上次文科第一的女生是这次校内作文比赛的第四名，但学校规定只有前三名才能代表学校出赛，她便与市里竞赛失之交臂，“她好像挺难过的，体育委员每次课间从上面文科尖子班回来，脸色都不太好。”

“那女生知道她是体委奋发图强的信仰吗？”我不解地问道。

“或许吧。”安安顿了顿，“这种事情如果想知道就是知道了，如果不想知道那就是不知道了。”

最终作文比赛的桂冠被海城一位黑马摘了，丘程夺得第二。校方乐开了花专门拉了横条挂在中山楼前面庆贺，丘程倒是不以为意，一开始还闷闷不乐地埋头玩“植物大战僵尸”。

我安慰他：“第二挺好的，这说明你还有进步空间啊。你别不开心了，要是我，做梦都会笑醒。”

他食指不停地点击着屏幕，击退一只“僵尸”后才抬起头问：“那你有没有什么要对我说的？”

“说什么？”

“说点让我开心的。”

我咬着笔帽一脸纠结，能让丘程开心的话是什么话？

他低头继续玩着游戏见我不说话才坏笑地随口一说：“你好厉害，我好崇拜你，来，跟我说一遍。”

我乖乖地重复：“你好厉害，我好崇拜你。”

他手指一顿，手机屏幕上的“僵尸”歪歪斜斜地向他趋近，我紧张地指着屏幕喊了一声：“快快快，愣着干吗？”

屏幕一黑闪现“game over”时，他才咬着半边下嘴唇得意扬扬。

“那我努力努力，让你只崇拜我。”

若河高中的文艺会演安排在第二次月考之后，若河高中校长向来崇尚劳逸结合，对这次节目表演十分重视，严格把关筛选每一个班级节目。(2)班的文艺委员是一位文静害羞的女生，平时说话细声细语比起安安有过之而无不及，在讲台上喊了好几遍都不见众人安静下来。简霓转过身原本打算让丘程吼一声，但一转身就看见我握着签字笔在丘程手腕上画手表，丘程还在一旁兴致高涨地提建议。

“你家时针比秒针还长啊，把秒针拉长一点。”丘程抬起头，“怎么了？”

“打扰了。”简霓一脸认真地侧过半边身躯拿起课桌上的橡皮丢到方瑞暄桌上，“你喊一声，人家小女生镇不住场。”

方瑞暄简单粗暴地拿起课桌的橡皮一把掷在紧闭的后门上，“嘭”的一声，橡皮反弹滚在地上把教室里吵闹的人吓得一愣，简霓趁机让大家安静听文艺委员说话。

众人瞬间把目光都投射到讲台上，文艺委员手里抓着本子红着脸道：“通知里面说每个班级都得出一个节目，但不一定大家都能上台表演，得经过学校老师的审核……要求就是尽量新颖一点的节目，我想着集思广益，不知道大家有什么想法？”

“让张世伟上去弹钢琴啊！”简霓喊了一声。

张世伟懒洋洋地回绝：“你给我伴舞？而且这种活动校长肯定是喜欢班级同学参与度高的表演，个人秀什么还是算了。”

“世伟说得有道理，或者我们弄个杂技表演？”体育委员提议。

有人笑着道：“我举着火圈，体育委员你来跳吧。”

大家瞬间笑成一片，话题又开始往其他地方跑，最后拉拉扯扯几个回合后才定下演话剧的决定。

课后体育委员谄媚地坐在简霓的椅子上冲我笑：“帮个忙呗？”

我警惕地往后躲：“干吗？”

“让程哥写个剧本，人家小姑娘不好意思跟程哥提就让我来了。”

“那一会儿丘程回来你跟他提啊。”

体育委员一脸无奈往丘程的空位看了眼:“程哥最怕这种麻烦的事情了，你没看他刚才都没吭声吗？”

我清咳一声，拢了拢耳边的头发：“那你跟我说也没用啊。”

“怎么没用了？程哥对你多好啊，就差把你供着了你要是要求，他肯定听。”

“什么乱七八糟的！”我佯装生气地蹙着眉，心里却想着再多说一点，继续说别客气。

丘程正好拿着两个水杯回教室，一脚拉开椅子坐下，看看体育委员又看看我：“干吗呢这是？”

“臣有一事相求。”体育委员拍拍校服外套的长衣袖，扶手作揖道。

丘程把水杯递给我，拧开自己的杯子喝着水：“启奏。”

体育委员笑嘻嘻道：“程哥，你写个剧本呗？文艺委员的意思是网上那些都是烂大街的情节了，我们自己写的话哪怕效果不好，起码没有功劳也有苦劳啊。”

丘程的食指一下一下地敲着杯子若有所思道：“有什么要求？”

体育委员见他松口赶紧转身冲文艺委员招手：“有什么要求吗？”

文艺委员不好意思地笑了笑：“简单、温馨一点就可以了。”

“童话故事可以吗？演起来也简单。”

“可以。”

丘程合上杯盖倏忽一笑：“那现在轮到我提要求了，我要求不多，女主角是她就行。”

他们顺着丘程的手指望向我，我嘴里含着一口水刚咽下连嘴角的水渍都来不及擦，就目瞪口呆转向丘程：“你疯了吗？”

他们生怕丘程后悔马不停蹄地把我卖了：“行行行，你说是谁就是谁。”

我竟然就这么草率地成为话剧表演的女主角，张世伟知道丘程要写童话剧本时暗戳戳地敲丘程的聊天小窗户。

——程哥，让我当一次王子吧？反正你这次得负责旁白的控场，让我当男主角的话，我帮你保护小橘子啊。

——成交。

张世伟捧着的手机差点掉落在地，他原本就做好长期劝服对方的准备，没想到对方突然这么好说话。

他收起手机警惕地伸手敲了敲丘程的桌子，小声问道：“程哥，你不会要写一个‘身坚智残’的王子吧？”

丘程望了一眼课堂上正在画图形的数学老师，轻飘飘道：“你喜欢这种？”

“不是，不是！”张世伟大惊失色，高频率地摇着脑袋，“你原定怎么写就怎么写……”

他还想说话，讲台上的数学老师皮笑肉不笑地用直尺敲着课桌：“张世伟，摇什么脑袋呢，你是对我的讲课有什么意见吗？”

“没有，没有，老师您这……地球仪画得挺好看的哈。”

数学老师又气又好笑，让他坐下安静点才转头继续上课。

丘程漫不经心地继续在草稿本上画几何，我一脸认真地盯着黑板手上在做无规则运动。

“你要不换个主角吧？我真演不了。”

丘程瞥我一眼：“一个节目左右就十五分钟，旁白四分钟，其他角色六分钟，你也就占个五分钟，站着都能演完。”

我急了："那你为什么一定要我演啊？"

丘程手上转笔的动作一停，转回手上握着继续在草稿上勾画。我低头看了眼，是一只简笔画的橘子……得亏旁边标着名称，不然还真看不出。

他干巴巴地加深橘子边缘的曲线，一圈又一圈地旋转："闲得无聊呗。"

丘程的剧本不出两天就完成了，是一个很简单的童话故事，但与以往的童话故事不同——这次的主角是一位平凡无奇的女仆。

我饰演一位美丽又善妒的公主身边的女仆，因为爱慕王子被公主发现，献给被镇压在佘山的恶龙。恶龙并非无恶不作，只是他浑身长满黑色符文，丑陋至极，据说是他干扰人类的代价。

女仆应恶龙的要求陪在恶龙身边，答应恶龙每天用清晨的甘露为他擦拭爪子，用来消退他身上的符文，相应地，恶龙答应放她回家并实现她想和王子在一起的愿望。

有一天，恶龙震怒，大闹宫殿企图抓走王子，皇宫里包括公主在内的人四处逃窜，只有女仆逆向而行去找王子。最终恶龙按照计划被刺伤逃走，王子被女仆所救并答应娶女仆为妻。

文艺委员把剧本打印好几份，放学后把大家聚在一起讨论角色分配的任务。张世伟摸着下巴思索片刻问丘程："我是男主角吗？我怎么觉得那条龙才是主角啊。"

丘程含糊其词："你是王子啊。"

文艺委员的气场太小，简霓自告奋勇充当这次表演的导演，安安毛遂自荐扮演贴身丫鬟。

简霓笑道："安安，没有这个角色，你要不考虑当他的带刀侍卫吧。"

"或者你当主角吧？"我连忙提议。

安安连连摆手：“不行，你可是丘程钦定的女主角。”

钦定个球！他这是折腾我呢。

“我好不容易当一回主角，你对我的描述竟然是‘放在人堆里都难以分辨的路人模样’？”我怒气冲冲地把本子拍在丘程胸口，指了指我的眼睛，“看见了吗？熊熊怒火！”

丘程轻笑一声遮住我的眼睛，过了一会儿我就感觉到嘴边被塞进一根草莓味棒棒糖。

他问：“那现在灭了吗？”

我哼了一声转回头。

表演彩排的时间不多，但好在大家都积极配合，班长为了尽量让更多人参与到表演中连节目里的桌椅、橱窗、花草树木、门帘幕布都直接人为假扮，其他人也被分入道具组和后勤组。

白天要上课，晚上有晚修，我们能借助的时间只有中午和下午放学，但时间安排得太紧凑，渐渐地，便有同学想要退出或是借口要学习，进度拖了又拖，文艺委员又着急又生气，上课走神的频率高得连老黄都发现了。

“我一直都不反对你们去参加这样的活动，因为在我心里你们不仅是一位高中生也是一位小朋友，我希望你们能参与到开心的活动中，以此来减轻学习带给你们的压力。但是，它应该是一件让你们觉得开心的事情而不是一件沉甸甸的任务。”老黄笑呵呵地坐在讲台前面的椅子上，“哎，让我坐一会儿，你们可别跟校长打小报告啊。”

学校刚颁布了一条任课老师在课堂上不可接电话不可坐着讲课的条例，以此来维护为人师表、授业解惑的高大形象。所以，我们时常拿这个条例来调侃老黄，没想到这次反被他调侃。

底下原本死气沉沉的众人刹那呵呵一笑。

老黄释然地笑道：“这样多好啊，板着脸一个个跟个小老头一样，人们都说团结第一，但是等到以后你们就会知道一个活动里团结是最难的东西，所以别想着别人会如何，你只要看着你自己就好了，如果每一个人都尽心尽力的话，那么一个团队自然就会默契起来，学习也一样，别跟别人比较，你记住这个世界上能够一直跟你赛跑的只有你自己的影子。”

老黄絮絮叨叨地用课堂最后十分钟熬了一大锅鸡汤，话题越跑越偏，从文艺会演到即将到来的期末考试再到明年的高三。但是很奇怪，我们这个厌烦说教的年龄却能够忍受他每一次突如其来的心灵鸡汤，或许是因为在所有人都告诉我们，我们是大人要为自己负责时，只有他告诉我们，我们是他的小朋友。

文艺会演的节目彩排后面倒是整齐不少，其中有没有老黄的功劳我不得而知，但我知道一定有张世伟的功劳，毕竟他是要演王子的人，怎么能让这场戏搞砸了。

他不仅负责安抚人心还积极主动地给自己加戏，加得丘程青筋暴起恨不得上脚踹。

张世伟可怜巴巴地反驳：“我这不是为了凸显女主角的美丽嘛，你看看这词……”

“疾病是能传染人的，唉！要是美貌也能传染的话，美丽的赫米娅，我但愿染上你的美丽。”

丘程面无表情地念完一句话：“你胆子不小啊，直接抄人家莎士比亚的话剧台词。”

“你怎么知道我抄的？”

“这是什么？”

张世伟顺着对方手指的位置念道：“赫米娅啊。”

丘程嗤笑一声戳着他的肩膀：“你连人家女主角的名字都抄了！你还问我怎么知道的？嗯？张密欧？”

张世伟被丘程追着满教室乱窜，众人笑看真人版猫抓老鼠。

简霓偷偷凑到安安身边小声道：“你再认真看看这个人，怎么样？”

安安一本正经地点点头：“好看。”

简霓感慨万千：“是什么遮住了你的眼，不是上帝，是盲目！”

（2）班最后以“原创搞怪”的头衔入选了这次的文艺会演。

大家紧追紧赶地抓住空闲时间排练，楼上正对上去的理科（6）班在排练小品，偶尔还能听见凄凄惨惨戚戚的钢琴伴奏，张姓音乐小王子不乐意了，还抽空给我们的话剧表演最后的婚礼部分录制了钢琴曲。曲子不像是平时耳熟能详的曲子，估计是他自己瞎编乱造的原创，但好在不难听，大家便接受了。

只是，丘程对此意见颇多，认真来说他是对最后结尾剧情不满，但剧本是他自己写的，大家都不知道他在不满什么，倒是张世伟意味深长地说：“程哥这是没想到自己会当旁白呢。”

[3]

文艺会演当天，一大早各班就陆陆续续搬着凳子排在教室外面的走廊候着列队，学校在中山楼搭建了一个舞台，下面空地的最上面一排是学校的领导，下面按照年级班别依次排列。丘程作为旁白一早就在舞台后面候着，一共有十三个节目，我们班抽签排在第七个。原本大家还在庆幸有足够长的时间做心理准备，但没想到平时冗长的唱跳歌舞以 32 倍的前进速度加快，我们刚在后台把话剧排了一遍节目表演已经轮到第六个。

“别慌，我们能行的。”体育委员脑袋上扎了一团毛巾，身上罩着纸质白色无袖上衣，挨个给我们鼓劲。

我一脸茫然：“我们这节目还有客串沙宝亮？”

“显而易见，我是一朵花啊！”体育委员扶住脑袋上的一坨疙瘩，“大暄，你这给我扎的是通天宝塔吗，怎么这么高啊？”

文艺委员闻言赶紧过去帮他重新整理。

我站在后面静静地看着大家各自整理各自的服装，突然感觉到右手小拇指被轻轻钩了一下。

“放心吧，有我呢。”

耳畔温热的气息还未散去，丘程已经直起身子眼睛一眨不眨地抬头目视众人，左手却藏在我们中间的缝隙里偷偷捏了捏我的手指。

温柔得有点过分啊，我一本正经地用尾指钩着他的手指轻轻晃了晃。

表演一开始有点失误，比如体育委员头上的花在半路瀑布般地散落下来，半蹲着往前走时差点绊倒他自己。但因祸得福总是引得台下观众捧腹大笑，大家一笑我们便渐渐放开了，一路畅通无阻地往下演，一直到最后我刺杀恶龙拯救王子时，我才发现了异样——没有背景音乐。

张世伟过来拉住我的手，着急地冲我挤眉弄眼：“背景音乐被广播台吃了吗，下面就是结婚典礼了。”

台上的其他人也面面相觑，我侧头看向丘程，他蹙眉站在一边冲我比画手势让我们继续往下演。他早已完成旁白的任务，控场那边把他的麦克风关了，我不知道他有什么办法补救，但我就是莫名地相信他会有办法。

不过很快我们就知道他要做什么了，他跑进了广播台直接换了一首歌代替原本的背景音乐——就是（6）班的那首凄凄惨惨戚戚的钢琴曲。

我茫然地和张世伟对视一眼，都在彼此的眼睛里看到黑体加粗的两个大字——完了。

原本欢乐喜庆的婚礼瞬间变得诡异起来，台下已经有不少人开始念叨配乐是不是出问题了。

此刻除了硬着头皮往下演也别无他法，我只能和张世伟磕磕绊绊地拽着对方往前走，走到一半突然听见广播里丘程缓慢又低沉的嗓音：

“清晨的露水并不能消退我身上的符文，我撒谎只是想和你多待一会儿。很久很久以前，我曾经见过你，你小时候被害差点溺水而亡是我救了你……”

这是旁白里面恶龙的声音。

我们和所有人一样，被配乐里面丘程的声音镇住了。广播台里的麦克风连接了学校四周的小喇叭，丘程的声音晃晃悠悠地响彻整个校园。

“……我触犯天规篡改天命，被上天镇压在佘山，如若踏出佘山扰乱凡间就会永生永世诅咒附身，只能待在暗无天日的地狱。他们称我为恶龙，可我这辈子做的唯一一件违心的事情，就是那一天，我告诉你，我成全你。”

张世伟拽了拽我的衣袖，我才反应过来要集体谢幕退场，台下掌声雷动，对后面的反转赞不绝口。

“天啦！主角居然真的是恶龙！”张世伟目瞪口呆地拉住丘程，“程哥，你牛啊！硬生生把喜剧变成悲剧！”

“电脑里的配乐不能放，下载其他的伴奏来不及，我只能把（6）班的伴奏顶上了，不过他们表演在我们前面应该影响不大……”

安安在一边还缓不过神：“我突然有点感动，恶龙最后会不会死啊？”

“他不是说他再踏出佘山就会进地狱吗，估计是死了吧。”简霓道。

“这也太惨了，他才是一直喜欢女仆的……龙啊。”班里有女生说了一句。

“这只是一个故事，大家别当真。”丘程突然转头伸手在我眼前晃了晃，

“想什么呢你？”

“啊……”我回过神，“没什么。”

大家散场从后台回教室换下身上奇形怪状的服装，我和丘程走在最后面。

他走到一半突然停在走廊的石柱旁不走了，我莫名其妙地折返。

“你干吗呢？”

他靠在走廊的栏杆上，双手插着校服口袋认真地喊我的名字。

“其实结尾的背景配乐没有坏，是我删了。”

我的心猛地狂跳，但还是问了一句：“你为什么要这么做？”

“因为现在这个才是我想写给你的故事。”他别扭地转开头，一字一句，“我想告诉你，无论以后多么匪夷所思的事情，我都无条件相信你，如果你没办法把你的想法变成现实，那我就为你造一个。”

他迟疑地走上前问我：“这样你能原谅我吗？原谅我当时没有站出来相信你吗？”

整个走廊只有我们两个人，他的身后是中山楼高高搭建的舞台，有一个班级在大合唱，声音震天，几乎把丘程小心翼翼的试探卷进音浪里。

其实我已经不太记得那时候的事情了，只知道最后被老师以走题的形式判了零分又因为扰乱课堂秩序被罚站，后来我再也没有把自己的想法写在作文上，所有的作文都循规蹈矩得像复制粘贴。

可是现在，当年让我难过的小男孩把这个故事完完整整地送给了我。

他说，原谅他。

他说，他永远无条件相信我。

我像是被时间扼住喉咙，在他看向我的目光里几度张口都吐不出一个字，只能在钟表旋转的时间轴里愣愣地与他对视。

什么是一眼万年？

我生命中渺小又短暂的某一时刻，我曾经见过一个人，我以为那只不过是人生中转瞬即逝的一眼烟波；后来我发现，每当我想起蝉鸣的夏天，想起校服翻涌的衣摆，想起成排的教室，想起空无一人的走廊，想起摇晃的枝丫和微醺的轻风，甚至是一场在半夜惊醒而没有做完的梦，我都会想起他，想起他在天光中与我对视的第一眼。

丘程，大概就是我的一眼万年。

文艺会演之后就是紧张的期末复习，连张世伟都不得不减少打篮球的时间找丘程补习，但每一次都能在教室后面听到他的惊呼和哀号，下一秒就会看见他可怜兮兮地蹭到简霓身边，要求跟简霓暂时换个位置。

“程哥把所有的耐心和温柔都留给橘子，把拳打脚踢留给我。”

丘程眼都不抬：“主要是你太笨了，你所有智力的用武之地都完美地跳过学习，你也是厉害。”

“你看看他！看看他！还对我进行人身攻击！”

这样的闹剧几乎每天都会上演，方瑞暄最近在进行长跑无氧练习的体能训练，张世伟独自一个人太无聊总是隔三岔五就去骚扰别人，常常被人拿着课本追着满教室跑。

我们在紧锣密鼓地准备考试也在日常嬉闹里度过每一天的东升日落，当期末考试真正来临的那天，我们反倒没有备考时的紧张，但那一场考试还是在我脆弱的心灵里留下难以磨灭的印记。

丘程把脚下的小石块踹到旁边的大树下，毫不掩饰对于我的嘲笑。

“因为紧张去听了一早上偶像的音乐，最后考试时把歌词写进古诗里。”他侧身 90 度弯腰，对我深深鞠了一躬，“勇士，我敬佩你。”

我都懒得动嘴，直接上手拿书包砸他的肩膀。

他不依不饶地一边往前面跑，一边回头大声叫喊。

“空山新雨后！”

“私奔到月球！”

我简直想把他踹出地球。

[4]

2014 年 2 月，高二第二学期开始，教室里的气氛骤然一紧就像沸水煮沸之前加热冒小气泡的阶段，连老黄都不再动不动就借课堂时间给我们熬鸡汤，数不清的卷子连番轰炸在我们小小的课桌抽屉里，第一次月考之后学校还安排了家长会。

家长会是什么？就是一场家长关于成绩的讨伐大会，就像稀松平常的拉家常里第一句话是“吃饭了吗”一样，家长会招呼语就是“考第几名啊”。

但我担忧的不仅仅是这个。

教室里已经有人在摆放桌子，讲台的多媒体幕布中间用二号字体写着“家长见面会”五个大字，老黄的本意是嫌弃“家长会”太过严肃，才临时改成“家长见面会”。

简霓把第一排的桌子摆端正，把视线投射在远处被张世伟拉着跟他妈妈见面的安安身上：“张世伟跟他妈妈介绍他的补课小老师的姿态，看着怎么就这么不对劲呢。”

我钦羡道：“人家安安好歹成绩好啊……”

“你也挺好的，这次成绩不是进步了吗……话说丘程去哪儿了？”

“去接……”我刚想说他去接他妈妈，转身却看见夏女士亲热地挽着丘程的手臂往教室这边走，“我妈了……”

“积极响应主题，优秀！”简霓冲我眨眨眼转身甜甜地向我妈问好。

夏女士笑呵呵地揉简霓的头，看了我一眼：“你在呢？”

我：“……”

“我倒是希望我不在。”我望向丘程，“你妈妈呢？”

“路上堵车了，一会儿就到。”

丘姨在家长会开始后十分钟才到场，我只顾得上跟她挥了挥手，她就急急忙忙跑进教室里，自然也就没有预料之中的那一句“你考第几名”。丘程大概跟她提过跟我坐一桌，所以她直奔夏女士而去。

丘程靠在教室后门的墙上，看着我直笑：“你在紧张什么？”

“我没紧张。”我否定道。

“你刚跟我妈挥手时僵硬得跟雨刮器似的，这还没紧张呢？”

我靠着墙壁白他一眼却没有再吭声，我的脚尖在地上无意识地画着圈。丘程这次月考的成绩排名直接从两位数变成个位数，老黄翻看年级大榜时一眼就在第五名的位置看到丘程的名字，我这时候才意识到自己和丘程之间，光是成绩的这一道鸿沟就难以逾越。

家长会结束之后，一大波家长围在讲台旁询问老黄关于自家小孩的学习情况。丘姨和夏女士倒是先退出来跟我说话，丘程和张世伟被隔壁班的老师叫去帮忙，所以只有我一人站在教室外面。

“这是夏橘吧，我小时候还抱过你呢，一眨眼都这么大了。”丘姨拉着我的手，“你跟程程坐一桌，有什么要帮忙的地方就尽量使唤他。”

夏女士这时候完美地展现了什么是亲娘拆台的威力：“哎，我看她这次成绩进步不少平时肯定总麻烦程程呢，但她不是读书这块料，半吊子书生，倒是程程这成绩单够漂亮！”

“他还是太闹腾了，上次不让他玩滑板还跟我们闹呢。”

“男孩子闹腾一点好啊，而且不耽误学习就随他去吧。”

“耽误啊，我看他这次的成绩文综差了点，估计到不了上海交通大学的录取分数线。”

我一直站在旁边心不在焉地点着头，听到这才慢半拍地抬头问了一句：“上海交通大学？”

“是啊，他很早之前就决定考上海交大了，但我觉得……”

教室里闹哄哄一片，走廊里有家长斥责小孩的声音，丘姨在一边和夏女士讨论大学到底看专业重要还是学校的口碑重要，可我的脑袋里反反复复只有一句话——丘程要去上海。

家长会安排在周五下午，结束的时候已经到放学时间了，夏女士拉着丘姨去逛街，我坐在教室里等丘程，老黄终于告别最后一位家长，一边收拾东西一边问我怎么还不回家。

“我等丘程，他去帮李老师搬东西了。”

老黄抱着一堆资料，走下讲台，片刻之后我就感觉丘程的位置上坐了个人。老黄把丘程的椅子转了圈像我一样面对着黑板报而坐。

“老师。”

“怎么了？”

我盯着黑板上面的白色粉笔字发呆：“你的高中同桌是个怎样的人啊？”

老黄顿了顿，靠着椅背笑了一声：“老师高中的同桌是我们那会儿的年级第一，我当时学习还行，但跟他一对比就差远了。他是整个年级都敬畏的人，一开始还没人愿意跟他坐在一块，跟你们现在总想着跟学习成绩好的人一起坐不一样，我们那时候个个心高气傲，最怕就是输人一等，但我当时好强，总想着要考过他，只是一次都没成功。”

我侧头看着他：“那你会讨厌他吗？”

老黄笑呵呵地摇头："我也以为会，可是恰恰相反，毕业时我反倒最舍不得他。毕业典礼那天，大家拥抱着告别的时候，他和我说，谢谢我一直没有放弃，因为我没有放弃他才有动力一直往前跑。"他看着后黑板的眼神有一种我没办法理解的钦羡和安宁，他拍着我的肩膀站起身，"所以，你要知道你曾经一定在某一刻，某一瞬间在别人眼中是启明星一样闪闪发光的存在，你的某一个举动，某一句话曾经拯救过此刻像你一样失魂落魄的人。没有人是完全没有用处的废物，除非他自己放弃自己。"

我第一次被老黄的心灵鸡汤感动得酸了鼻子。

我靠着身后的课桌想要使劲把自己缩进装满教科书的抽屉里，这样平淡无奇的我也会让丘程在某一个瞬间觉得是发光的吗？会吗？

老黄已经抱着资料离开教室，空荡荡的教室里只有我一个人，等到放学铃声再次打响时丘程才从教室后门进来。

"我刚遇到老黄，他说你在等我。"他拿起课桌侧边的书包冲我招手，"走吧，夏姨和我妈这会儿都到餐厅……谁欺负你了？"

我一边拉上书包拉链一边避开他伸过来的手："我这是困了，没人欺负我。"

"那要不我先送你回家？"丘程问道。

我不过是随口一扯的借口，他这么认真地问我要不要先回家倒是让我为难了："那倒不用，先吃饭吧。"

我刚把书包挂上肩膀，丘程就伸手把我的书包接过去背在肩膀上："你里面装什么呢？这么重。"

"练习册和一些试卷。"我看着他抬手掂了掂重量又一路嘟嘟囔囔地下楼梯，"这种重量得把肩膀压垮了，本来个子就不高，再压驼背就更矮了……"

“丘程。”我跟在他身后跳下中山楼前面的台阶，“你想考哪个大学？”

他想了想：“我以前想考上海交大。”

我踢向路边石块的脚一顿：“以前？”

“对啊，只是录取分数线挺高的。”

我连忙道：“你肯定都能考上。”

“我担心的是自己吗？”他笑着伸手压住我的脑袋，“对你来说估计有点难，但没事，还有一年呢。”

我微微一愣停下脚步，丘程走在我前面，他身后是若河高中的电闸门和半片橘红色天空。

我问：“那如果一年后，我还是考不上怎么办？”

高三教学楼旁边的停车场有人在摆放自行车，对方在摆放最后一辆自行车时误把车头撞上前面车辆的刹车扶手，一整排自行车像多米诺骨牌一样笔直地往后倒下去。

丘程笑着收回视线，回头面对着我往后退。

“这个简单。”他双手插兜歪头一笑，声音温柔地融化在晚风里，“那就挑一个你能考上的大学，我跟你走。”

第九章

是因为你，
我才会成为一个很好的同桌

/

XIHUANNI,
MEIZIZI

[1]

若河高中晚修开始时间是七点，但是大部分人都会拖到六点五十五分才从寝室门出发，所以每一次我们从寝室出来都能目睹到大型“地震演练”似的逃亡现场。

一群人急急忙忙推开寝室门一边跑一边单脚跳着穿鞋子，轰轰隆隆的跑步声从楼上蔓延至楼下，宿管阿姨顶着一双参悟人生的慧眼慢悠悠地站在寝室铁门旁边赶鸭子上架般吆喝：“还有没有人！我要关门了！你们这群小女生一天到晚也不知道在干吗，总要拖到最后一刻才……”

“阿姨，我走了，爱你哦！”简霓拉着我们挤出半闭合的铁门，回头大喊一声。

“哦哦，好，阿姨也爱你啊！”

我们就是上架的最后一批鸭子。

几乎是踩着上课铃声到教室，幸好值班老师还未下来。

教室里依旧是三五成群聊天戏耍。我累成一摊水泥似的趴在课桌上，屁股刚触碰上椅子就被丘程单手拽着后领提起来。

“你刚激烈运动过，不能马上坐下。”他义正词严地拍拍自己的肩膀，

“借你靠一下？”

我累得说不出话，伸手把他的肩膀往左边一转坦然地把额头靠在他的后背撑着。他大概没有想到我会真的靠过去，肩膀一瞬间绷紧在一块。

“你倒是真不客气。”他笑了一声，站稳在原地。

我抬头拍拍他的后背：“小伙子挺结实啊。”

他背脊绷得更紧了，片刻才回头瞪我：“别动手动脚。”

我懒洋洋地坐在椅子上晃晃手脚挑衅道：“你能一动不动？”

“比一个？”他一眼看穿我的想法，往桌上的水杯看了眼，“输的人一会儿出去把两个水杯的水打满。”

我面对着他坐在椅子上，他的手肘撑着大腿微微低下头与我对视。我还没从“我们为什么要对视”这个疑问里跳出来，就看见他往我眼前凑了凑。

我瞬间屏住呼吸，这样的距离我能够看到他浅褐色的瞳孔里缩小身影的我自己，还有他的睫毛快速地刷过下眼睑又弯弯翘起。我整个人都在这样慢镜头的视觉里酥麻一片，我正想扭头认输时丘程突然往后一仰，先我一步站起身。

“我输了。”

我眨眨眼，一脸茫然，但下意识脱口而出：“你怎么输了？”

他捧着两个杯子嘟囔一声：“反正就是输了。”

丘程拿杯底撞了撞张世伟的桌子：“我的水卡呢？”

张世伟摸摸口袋：“好像在寝室里……你用大暄的吧。”

他转身从善如流地从方瑞暄的口袋里掏出水卡，简霓一边笑一边回头跟我吐槽：“张世伟的水卡，365天，天天都离家出走。”

我愣着没回话，她伸出手在我眼前晃了晃：“哎，你发什么呆呢？”

“没事。”我慌乱地低下头摸摸耳朵，从书堆里抽出英语试卷，“今天的答案你对了吗？”

“没呢，你找丘程拿啊，他下午好像对了。”简霓往丘程桌上的书堆里指了指，顿了顿突然道，“我觉得你还是别看他的了。”

“为什么？”我一边问一边从墨绿色的试卷堆里抽出一张浅黄的试卷，我摊开看了两眼，整个卷面除了试卷右上角的一只卡通猪是红色的，就只剩两道选择题被画了红线。

“怕刺激到你……还有我自己。”简霓笑着转回头，片刻又转回来，“对了，一会儿放学去小卖部吧？”

“你要买什么吗？”

简霓贱兮兮地坏笑两声：“明天是愚人节啊。”

我对愚人节的兴趣不大，初中时候倒是玩过几次，初三时用芥末饼干骗过陆朝浥，没想到他吃不了辣，一口咬下去瞬间脸色苍白地弓着背脊，我差点错手谋杀了未来的中考状元，后来我便不敢随随便便开玩笑。简霓倒是兴致高涨地买了一堆奥利奥饼干和芥末，准备明天一早大杀四方……但事与愿违，她大杀四方之前先被张世伟耍了一道。

“张世伟！”

张世伟刚在教室里哄骗体育委员喝下一口酱油饮料，就听到简霓在（3）班走廊怒喊他的名字。

“老黄说他没让我去办公室！你连你简姐都敢骗了！”

简霓举着拳头直接从（3）班怒气冲冲地跑过来，张世伟一边喊“饶命”一边跳窗跑出去。我正看戏看得不亦乐乎，体育委员突然蹭到我面前把一张字条塞给我，却被丘程半路截和。

“哎，程哥，那是给夏橘的信！”体育委员着急地去抢。

“什么信？”丘程用食指和中指夹着方形字条晃了晃，冷笑，“你写什么了？”

体育委员撑着桌子看我一眼，我无辜地耸耸肩，他双眸一亮转向丘程：“不是你让我帮你给夏橘的信吗？”

我眼皮跳了跳，知道这是体育委员在给丘程下套，一脸无语地抽出丘程手里的字条——果然一片空白。

“我？不可能。”丘程一口否认，“我的还在书包里呢。”

我就知道不是……嗯？书包里？

体育委员瞪大眼，刚想张嘴就被丘程一把捂住塞了好几个简霓做了手脚的奥利奥，辣得体育委员恨不得以头抢地，连跑带摔地滚回座位喝水。

我的脑袋像被昆虫触须轻轻挠了一下，止不住地发痒。

“我的意思是……我恶作剧的信还在书包里。”丘程快速扫我一眼，坐回座位上吃饼干。

“那个……”

丘程呛了一口，直接吐在教室后面的垃圾桶里，撑着膝盖咳嗽不止。

是简霓的饼干。

我把桌上的水杯拧开递给他，他辣得脖颈通红一片，眼底冒着浅浅的水汽。

“女生都是属蝎子的吗？刚才我才被骗着喝了一大口白醋……”

骗他喝白醋的是“24”，我顺在他后背上的手瞬间高高抬起，一把拍在他背上。

丘程闷哼一声，拿手背摸了摸嘴角的水渍，抬头就看见我面无表情地看着他。

“怎么了？”

“……”

他瞬间恍然大悟："她们都属蝎子，但你不是，你属牛奶味的。"

我的脸腾地就红了，他灌了一口水自言自语道："哎，我们抽屉里的牛奶好像没有了，下午得去买……你的脸怎么这么红？"

他拿手背碰了碰我的额头再摸摸自己："我好像也有点烫。"

"你那是辣的。"我缓缓叹出一口气。丘程从小就跟我贫嘴，但我每一次都没忍住闹红脸。

我施施然转身，就看见安安和简霓一脸兴奋地捧着一个长方形小盒子跑进教室。

"橘子！橘子！快快快……"简霓把箱子放在桌上冲我招手。

"这是什么？"

纯白色的硬纸盒，四个角用黑色小布皮裹着，中间用黑色字迹的笔写着连笔的英文句子。

"Happy……"

"Happy April Fool's Day！"丘程探头看了一眼，"愚人节快乐。"

简霓催促着我打开："没想到陆大神也会恶作剧啊，快打开看看是什么！"

陆朝浥？

我狐疑地捧着盒子打开侧边的开口，出乎意料的是里面既没有恶作剧的恐怖玩偶也没有夹着芥末辣椒的饼干，只有一张白色的绘画纸，我把它放在桌面上推开。

落日放学后的走廊和撑着教室窗户做习题的女孩，不是墨笔勾勒的国画风格，是一幅素描画，整幅画只有落日和投射在女孩身上的余晖带着彩色，右下角落笔写着：陆朝浥。

这么简练倒真的是他的风格，但这是我第一次看见他除了国画之外的其他绘画风格，心里只是一阵赞叹。

“我的妈呀。”简霓伸手碰了碰绘画纸，“这是你吧？连咬笔帽的细节都画得这么栩栩如生，而且这个角度像是从对面（17）班窗户看过来的。”

陆朝淴曾经在学校的要求下画过一幅山水图，就挂在图书馆大厅的玻璃展框里，侧面端端正正地写着“山重水复疑无路，柳暗花明又一村”。简霓当时还吐槽过这句话绝对是方主任让他加上去的，按照陆朝淴的性格就只会署名了事，现在看起来也确实是这样。

“画得真好啊。”安安羡慕的目光一动不动地粘贴在纸上，“我也想要这种愚人节礼物。”

我下意识地看向丘程，他已经自顾自坐在一边开始玩手机游戏。我把画重新卷起放进盒子里，催促着她们转回去。

“我……”

“嗯？”丘程低头按着横屏手机的屏幕，神色正常地应了一声。

我顿了顿，最后把盒子塞进侧边的书包里：“没……没事。”

教室里依旧闹哄哄，张世伟一进入教室就被简霓拿着芥末饼干绕着教室追杀，安安刚好站在讲台擦黑板被张世伟哀号着抓住肩膀：“安安你快救我啊，她要塞我吃芥末。”

“张世伟！你是不是个男人，有本事别躲在安安身后啊！”简霓大叫。

张世伟能屈能伸：“我没本事。”

简霓被气成一团易燃易爆炸的氢气团子，张世伟躲在安安身后所以看不见安安无声地冲简霓动动嘴巴：“放过他吧。”

简霓恨铁不成钢地把芥末饼干塞回袋子里：“你就这点出息。”

张世伟下意识从安安身后探出脑袋：“我就这点出息。”

老黄捧着教案进教室，保温杯撞在张世伟的手臂上：“去去去，都给我坐回座位去。”

台下有人提出质疑：“老师还没上课呢。”

“一会儿就上课了。”老黄话音刚落，走廊里的铃声骤然一响，他笑了一声，“还挺听话。好了，大家上课吧。哎，张世伟把瑞暄叫一下。人们说春困秋乏，你们倒好一年四季都犯困，都醒一醒，我今天说个事……”

我拿笔帽碰了碰丘程的课桌，压低脑袋：“别玩了，要上课了。”

丘程手指顿了顿，把手机锁屏塞回抽屉里。

老黄清了清嗓子：“是这么一件事，学校那边让我去邻校做个考察，为期一年，所以高三可能不能带着你们了，过段时间会有新的英语老师来带你们，你们要努力，好好学习……”

我和丘程对视一眼，所有人都是一脸茫然地看着老黄。

“我们不要新的英语老师……”有人轻声说了句。

张世伟目瞪口呆地站起来：“是因为我们的成绩吗？”

“我们可以努力啊，黄老师你别走了……”

“对啊，我们写四十六人的陈情表，去跟校长求情！”

有人已经忍不住低声抽泣，老黄是所有老师里唯一一个让我们觉得是自己人的老师，是他带领我们走进高中的巨大炼炉。

老黄瞬间慌了，下意识地拿保温杯直接敲在桌子边角，“砰”的一声大家都被他的气势吓住了。

老黄动作一滞，半晌才笑着说：“哎哎哎，我开玩笑呢，今天不是愚人节吗？”

我愣了愣，眼角的热度瞬间退了回去，丘程淡然地看着我呆滞的脸。

“你还真信啊，学校哪有考察这种东西。”他拿指腹碰了碰我的鼻尖，“红了。”

我吸了吸鼻子，突然觉得有点丢人，扭头不看对方。

大家拍着桌子一阵抗议，体育委员提议让老黄以才艺表演谢罪，大家激烈地鼓掌响应。

五音不全的老黄给我们唱了一首《水手》，台下笑声一片却也不忘给他鼓掌找节拍。

我们当时尚未了解离别是人生中必不可少的事情，或者说我们都不太愿意去接受它是必不可少这件事，就像我们坐在教室里一边起哄地喊“安可”，一边假装没有看见老黄泛红的眼眶。

[2]

夏天再一次来临时，学校的图书馆迎来了一座孔子铜像，棕铜色漆身，两米有余，端端正正摆放在图书馆大厅正对大门的位置，据说是若河高中往届的校友捐赠的。

“听说学校走廊上方的诗句牌匾和操场旁的巨型‘棒棒糖’也是校友送的。”简霓转着嘴里的硬糖话语含混不清，“上次停电，它骤然一亮我才知道它是个巨型灯泡，那个光源大得都够普度众生。”

孔子铜像前已经停着好几个人，有人坐在前面学着铜像的手势拍照，我侧身往旁边移动避免入镜，但刚一转头就看见陆朝浥的那幅画挂在墙上。

简霓不明所以地拍拍我的肩膀：“走吗，该去做操了。”

图书馆前面的小花坛里有好几条鲤鱼，有一条身上带黑色花纹的鱼在一旁吐泡泡，我和简霓动作一致地掌心合十。

“希望月考顺利！”

我们互相对望一眼，瞬间笑成一片。

“我们就这点出息了。”简霓笑着往前跑，指了指前面跑过来的安安，

“你看安安从来就不信这些。”

丘程从安安身后蹿出来，有人从楼上的教学楼下来，左手臂弯里夹着一个篮球笑着和丘程击掌。中山楼前面的空地上一大批身穿校服的学生涌向操场。

夏天的蝉鸣从林间断断续续地传过来，做着懒洋洋的体操动作的同学们，在太阳底下像一群晒弯背脊的稻穗，红色塑胶跑道上的气味在日光下蒸发扩散。

丘程站在我的前面往后退了一步，遮住半边晒过来的烈日。

广播体操结束回教室，简霓拉着我和安安下午放学后一起去看新上映的电影——《同桌的你》。

“但我得回家，晚了没有回海城的车。”安安担忧道。

简霓爽朗地拍拍胸口：“那就在我家住一晚。我爸这周出差，我妈今晚学校那边也有聚会，没那么快回来。”

“你呢？”简霓撞撞我。

“我啊……”我有点难为情地挠着脑袋，“能不能带同桌一起？”

“哎哟！”简霓在一旁大笑。

“知道了，知道了。”简霓似有所觉地扫过安安，“你呢？”

安安清咳一声，笑着没说话。

丘程满头大汗地从室外回来，一边喝水一边拉扯着校服领口。我把嘴边早已准备好的措辞在舌尖轱辘一圈，假装忙碌地翻着练习册。

“今晚一起去看电影吗？”我佯装无奈地蹙着眉，“简霓太喜欢林更新了，死命缠着我们去看呢，你要不要一起啊？”

我余光瞥见简霓背脊僵了僵。

“今晚？”丘程想了想，“今晚估计看不成了。”

我翻练习册的动作一顿，试探地问道：“你有事？”

“不是我，是我们都看不成。我刚上去看见主任在跟语文老师说话，市里有一套卷子下来了，学校的意思是让我们今晚考了，周末统一修改，下周讲解之后就直接月考。”丘程从抽屉里抽出纸巾擦脸，见我愣在原地才问，“什么电影啊，这么想看？”

“《同桌的你》。”

“嗯？我？”

“电影就叫《同桌的你》。”我冲他翻白眼。

他不以为意：“你们小女生就喜欢看这些腻腻歪歪的电影。”

我转头侧身趴在另一边不理他，心里暗骂——你个蠢蛋！

电影计划宣告泡汤，所有准备打包回府的同学都被广播里突如其来的通知砸中脑袋，接下来一条走廊里都是此起彼伏的鼎沸人声。

张世伟直接站在椅子上，挥着一张试卷大喊：“我们不能向恶势力屈服！我们要回家！”

体育委员添油加醋地出谋划策：“要不我们拨打今日一线吧！就说学校扣押我们回家的权利。”

“行了，行了，一会儿受罪的还不是老黄。”方瑞暄一针见血，直接把张世伟从椅子上扯下来，“你别一会儿恶势力没打倒把自己腿摔瘸了。”

“我瘸了也是一个好看的瘸子。”张世伟撩着头发嘿嘿一笑。

大家一阵唏嘘。

虽然大家集思广益地议论如何能够避免这一场考试，但最后还是屈服于考试的命运。这样的反抗我们实施过很多次，但大多数时候都不了了事，哪怕大家都叫嚷着对学习深恶痛绝，但本质上也不过是逞一时口舌之快。

因为要考试，学校便把晚修时间提前了一个小时，六点钟准时发放考卷，语文老师进教室时笑着安抚大家的情绪：

“我知道你们都想回家，但是学习就是一个先苦后甜的过程，等到你们高考结束上大学之后会有大把的时间让你们去玩，所以现在我们还是要努力学习啊。”

“老师！上大学之后就会好了吗？”有人举手提问。

语文老师点了点头。

“但是，我初中老师也说等到高中之后就会好了，我也没觉得有多好啊？”

语文老师的安抚政策瞬间失效，她站在过道里被问倒，好在这时候班长站起来解围。

“老师，发试卷吗？”

“啊，好好好，第一排的同学依次往后面传下去。”语文老师瞬间松了一口气。

我把丘程的试卷折叠在一旁拿笔袋压着，他只在考试之前和我说语文老师找他有事，这会儿看语文老师的态度估计又是安排他做其他学校的试卷。

这是若河高中里不成文的一个规定，比如丘程，比如陆朝浥，我们手上好不容易从上面得来的卷子要急不可耐地占据回家的时间去完成，但他们好几天前就已经完成了这套题，老师的偏爱给予他注定比我们快一步登顶的优势。

但是，在众生平等的同一起跑线上，他们真的就比我们跑得更快。有人说过这不公平，但什么才是公平呢？对于我们来说的不公平，于他们而言或许才是上天认可他们能力的唯一公平。

但我还是觉得难过与公不公平无关，我只是想追上丘程，如果我从一开始就知道自己会遇到他，并且有一天会这么渴望跟他站在同一水平线，那么我肯定从娘胎里就开始听人民出版社的教材。

我恍恍惚惚地完成试卷，中间休息被安安拉着一起去厕所，回来的时候课桌上已经发下了第二份试卷，崭新的、雪白得像白绫。

丘程直到最后十分钟才回到教室，我磕磕绊绊地把文综的最后一道地理大题答完。

我是最后一个交卷的学生，语文老师直接走到我面前收试卷，期间还转达地理老师让丘程把文综卷子再重做一遍的意愿。

“她说你上次大题答得不好，要检验你到底有没有好好对试卷答案。”语文老师笑着转身，片刻才想起什么似的回头问，“对了，你身体没事吧？”

“没事了，谢谢老师。”

“还是要注意劳逸结合，压力别太大。”老师目光往我身上偏了偏，“夏橘你也是啊，别着急，慢慢来。”

我乖乖点头，简霓望着语文老师的身影消失在前门，才转头问我：“回去吗？”

“我……”我站起身。

“她晚点回去。”丘程拉住我的校服衣角往下拽了拽，“等我一会儿。”

简霓和安安意味深长地看我们一眼，顺便把不明所以的张世伟和方瑞暄架走了。

我一脸莫名地坐下才想起来问：“你身体不舒服吗？什么时候的事？”

“没有，骗老师的。”丘程神秘兮兮地冲我小声道。

教室里的同学陆陆续续消失在走廊，最后一个是班长，临走之前还叮嘱丘程把教室门锁上。丘程应声答应，转身把教室的窗帘拉上。

“你干吗？”我一头雾水地看着他把前后门关上，健步如飞地跨上讲台打开多媒体设备。

“我们只有半个小时，一会儿临近关灯警卫会来巡查。”丘程从口袋里掏出手机插上数据线，黑板上的幕布降下来，显示出原始的电脑桌面，他握住鼠标点了几下，桌面跳出一个黑色界面的视频。

“准备好了吗？”他直起身走到黑板旁边伸手摸着灯源开关，“接下来是为夏橘小朋友准备的私人电影院。”

“啪嗒”一声整个教室瞬间被黑暗席卷，只有讲台上的幕布发着幽暗的灯光，黑板上的视频晃了晃突然出现一个旋转的自由女神像。

“2013 年 7 月 11 号，礼拜四，晴，这是满怀信心值得纪念的一天，哦，对了，我叫林一……”

丘程从上面跑下来坐在我旁边：“电影院人有点多，我已经坐在最后一排了，但是前面手机还是被撞了一下。”

“……”

“毕竟是手机录的，画质不太好，你将就着看吧。”

“……”

“我可是骗了老师，专门跑出去帮你录的，你就别不开心了，嗯？”

丘程趴在课桌上，侧头用手指戳了戳我的肩膀，整个教室只有多媒体幕布上男主角的声音，天花板上面的投影仪闪着红色信号灯，幕布上微亮的光线从第一排课桌漫延到我们身前，包裹着我放在桌面上绷紧的手臂。

“你怎么不说话？”他坐起身慌乱地问我，“你是不是不喜欢啊？”

我握紧手心又松开，终于笑着用力地摇摇头。

我这时候才发现单薄的语言是多么无力，在我们真正开心时甚至找不出任何一个词去囊括我们的欢喜。

我咬了咬下嘴唇：“丘程，我其实……”

“嗯？”

“我其实……特别开心。”我突然很庆幸他在开始之前先把教室的灯光熄灭，能够让我为所有的小心思找一个躲避之所，不至于赤裸裸太难看。

“谢谢你……你真的是一个很好的同桌，你……你对我太好了……”我语无伦次地想要表达自己翻腾的喜悦，可是鼻尖的酸涩和喉咙里发条般紧绷绷的嗓音让我硬生生卡在半路。

“客气。”好在丘程也不在意，他靠在椅背上声音带着孩子气的笑意，“但是有一点你错了。”

“嗯？”我看着他。

“不是因为我是一个很好的同桌，我才对你好。是因为你，我才会成为一个很好的同桌。”

我们最终没有看完《同桌的你》，警卫室的叔叔从另一边的走廊把手电筒灯光扫过我们的教室窗帘时，丘程就风驰电掣地蹿到前面把电脑关闭，带着我从窗户上跳出去。他抓着我的手腕在空旷幽暗的走廊往前跑，跑过一个又一个空无一人的教室，少年灌风的校服裹着我整个青春里最盛大的秘密。

他真好，好到让我因为觉得这辈子不可能再遇见第二个他而难过，又好到让我觉得这辈子哪怕陪在他身边的人不是我，我也希望他所求皆所愿。

[3]

2014年的夏天，我们开始真正意义上接触到“高考”这个最终“大怪”，考试的试卷开始往仿真模拟题和往届高考的题型靠近。我时常借着课间闲暇的缝隙和丘程聊天，有一次我们正好聊到高考。寒窗十二载，胜败却决定在最后四张试卷的成绩上，你所有的努力都可能因为那一秒钟的失误而功亏一篑，这是不是有点太不近人情了。

丘程借着我思考如何表达以上这段话时，已经做好了两道文综选择题，他在括号里填上A字母又把剩下三个错误答案的正确时间标注在一旁。

“高考本来就不是会跟你讲人情的东西，老黄上次不是说了吗？高考是真的靠努力就能够获得胜利的一场战役，但这世界上还有很多东西光是靠努力是没有用的。”

“可是我觉得高考好像光靠努力也没有用，我总是感觉付出的东西没有回报。”我花同样的时间和别人一样刷题，可是该丢失的分数一个都不会少，我觉得无措也觉得茫然。

他顿了顿，把试卷往我身边偏了偏：“这道题错在哪里？”

我往试卷上看了眼：主观认识是最客观现实的正确反映。

“这里错了。”我指着选项前面的几个字，“应该是‘正确的认识’才对。”

丘程笑了一下：“你上次这道题选错了，这次就不会了，这就是努力的回报。”

“这回报也太小了，还指不定能不能派上用场。”

“那你想要什么回报？”他神秘地把手伸进抽屉里探了探，眨眼间把一瓶可乐放在桌面上推给我，“一瓶汽水行不行？”

我眼前一亮：“你怎么有汽水啊！什么时候去买的？”

“刚在走廊碰上一起打球的同学，让他帮忙带的。”丘程嘿嘿一笑，“听你一大早就在叫嚷着喝汽水了。”

简霓刚捧着练习册让安安教她解完一道数学题，回头手肘往我桌上一架：“走，一起上厕所。”

“你们女生为什么要成群结队地上厕所？”丘程不解地看着我们，“又不是搓麻将，还带三缺一。”

简霓站起身把脚架在椅子的横栏上耸耸肩：“这就跟你们男生为什么喜欢在太阳底下打篮球一样，只可意会不可言传。”

丘程蹙眉思索，我趁着这空闲把她们两个拉到厕所。

安安一边洗手嘴里一边念念有词，我和简霓已经习惯她这段时间以来的异样。自从她和张世伟搭档代表我们班参加学校的朗诵比赛后，她经常自己一个人在碎碎念，一开始我和简霓都以为她走火入魔，后来才知道她家里给她报了周末的数学补习班，所以她只能借着零碎的时间去背诵冗长的朗诵稿。

其实一开始张世伟的搭档并不是安安，是因为那女生借口学习时间太紧推掉了，安安为了不让张世伟落单才向老师主动请缨，但紧凑的学习计划让她现在恨不得把二十四小时掰成好几份同时进行。

“安安，你要不歇一会儿放学后再背吧？”简霓掐掐她的小脸，“瞧瞧这黑眼圈，昨晚要关你台灯你还不让呢。”

安安任由她拉扯，从口袋里掏出纸巾递给我们：“放学后不行，他约我一起做数学作业。”

“哎哟哎哟……”简霓揉着她的脸颊，“这次比赛张世伟要是出错，我打断他狗腿。”

安安笑着没应答，但我们都没想到简霓一语成谶，张世伟比赛当天确实出现了问题。

朗诵比赛的稿子是由老黄定下的，为了符合歌颂伟人的主题，他找的是一篇歌颂伟人的朗诵稿。朗诵稿时常有一个奇怪的点，通篇经常为了响应主题会把主旨台词反复强调。

张世伟站在多媒体教室的讲台上一边抬手往前挥，一边 45 度仰望观众席。

“啊，伟大的人民公仆！”

全场动容。

“啊，伟大的人民公仆！”

忍俊不禁。

“啊，伟大的人民公仆！”

“哎！”底下终于有人忍不住应了一句。

等到第四遍时，全场都整齐划一地“哎”了一声，他一时没憋住跟全场观众一起笑倒在一旁。

朗诵比赛我们班原本也不占优势，大家基本是抱着重在参与的态度去观看，没想到（2）班最后不但没能拿到奖项，反而成为全校好长一段时间的饭后谈资。

“看到没有，那个人就是朗诵比赛笑场的人。”

张世伟佯装神秘地抬手往下压了压：“别别别，低调低调。”

每当这种时候，我们都会心照不宣地假装不认识对方，就地解散。

后来我们再一次提起这件事时，已经是期末考试前一天的晚上，若河高中的音乐生在高二下学期结束的暑假就要去广州大学城集训。那天晚上，丘程搬了一整箱的玻璃瓶汽水，我们团团围坐在学校操场旁边的水泥高台上喝汽水，连好久不见的彭嘉彦都被方瑞暄从寝室里拖了出来。

“时间真快啊，我参加朗诵比赛仿佛还是昨天的事情。”张世伟用银色的开瓶器撬开可乐瓶上方浅灰色的瓶盖，汩汩的白色气泡争先恐后地从狭小瓶口涌到他的手腕上，“我这个集训估计高三上学期也不能待在班里，你们不要太想我啊。”

“放心吧，不会想你的。”简霓拿手上的橘子汽水瓶颈撞了撞他的瓶子，“一路走好。”

张世伟盘腿坐在一边佯装生气地笑道：“你有没有良心啊，你手里这瓶汽水还是我给你开的。”

丘程笑着给他递台阶：“又不是不见面，回来再一起打球。”

“回来打球。”彭嘉彦伸手和他们碰杯。

张世伟抖着肩膀捂住眼睛：“没想到你们都这么舍不得我，要不我就不走了。”

“滚。”方瑞暄抬脚踹他，“走走走，连夜打包给我走。”

大家瞬间笑成一团，张世伟又吊儿郎当在一旁讲他上次在球场被盖帽的糗事。高台周边的光线昏暗，只有借着旁边校道上的路灯和不远处球场四周的灯光来照明，我坐在丘程和安安的中间，从我这个方向看过去能够看到安安抱着膝盖侧头认真听张世伟说话的神情。

暗淡的光线落在她安静的侧脸，张世伟夸张地比画着当时被盖帽后的场景，安安一直没有说话，陪着他一起笑。

我撞了撞她的肩膀，她略带慌乱地回头看我。

“你要不要说点什么？”

“说什么？”安安十指紧紧握住玻璃瓶的瓶身，声音低下去，“我不知道说什么。”

“什么都好，一路顺风啊，照顾好自己啊……”我低头凑在她耳边提议。

她犹豫不决地看着我：“会不会有点奇怪？”

“不会啊。”我趁热打铁冲对面大喊一声，“张世伟！安安有话跟你说！”

张世伟微微一愣，放下抬到肩膀的手臂疑惑地看向安安。

安安脸上一红，放在我手边的掌心滚烫一片：“我……我是想让你照顾好自己。”

张世伟大大咧咧地和她碰瓶，瓶口相撞发出清脆一声轻响，暗色液体在瓶身上一晃。

“我就知道安安舍不得我。”

安安收回手，低声呢喃：“嗯，是有点儿……”

可是张世伟已经转身和彭嘉彦吐槽上次方瑞暄在课堂上睡着却被方主任撞见的事情：“你不知道方主任多狠，拾起大暄的衣领就往走廊拎，关键是他还没大暄高，全程踮着脚走路……”

我抬手从塑料盒子里取出另一瓶橘子汽水，却左右都找不到开瓶器，丘程伸手接过我的汽水又从盒子里拿起另一瓶可乐，两个瓶口一上一下互撞，他右手手腕往上微微用力，浅灰色圆形瓶盖往上一弹滚落在他脚边。

“喏。”他把汽水递给我。

我喝了小半口之后才惊奇地问他：“看不出来还挺熟练啊，你教我吧？”

他笑着把盖子扔回盒子里：“别学这个，容易伤到手。”

“我小心点就是了，不然下次我没有开瓶器怎么办？”我不以为意，拿起两瓶汽水撞了撞，一脸兴奋，“怎么撞？”

他异常坚定地从我手中夺过汽水：“下次我帮你开。”

我脱口而出：“你还能帮我开一辈子啊？”

他顿了顿借着忽明忽暗的灯光侧头看我一眼，半晌才收回视线，低头整理盒子里倒塌的空瓶子。

“嗯，我给你开一辈子汽水。”

2014年夏天的暑假只有一个月，预备高三生从8月1日就开始回校补习，整个学校显得空荡荡的，只有高三教学楼才有人声。安安是我们中最后一个到教室的，被简霓揶揄了好一会儿，她嘟囔一句，反正没有着急着要见面的人。

“嗯？我们不是吗？”简霓抓住她就是一阵挠，逗得她在座位上连连讨饶。

高三（4）班。

这是我们高中生涯的最后一个班级，它就在高三教学楼一楼走廊的尽头，只有一个前门。体育委员在班会上还吐槽以后迟到不能从后门偷溜进来只能走前门，老师肯定一抓一个准。但胜在我们在一楼教室的四个窗户都能随便攀爬，如果是张世伟，这时候肯定已经站起来当众表演一个“跳窗而逃”。我和丘程坐在教室最里面一组的最后一张桌子，他是因为习惯坐最后一张桌子，而我是因为一进门就只看见他，压根没有时间反应是不是最后一张桌子。

从我们窗户看出去能够看到一整排的高大乔木和灌木丛，中间是一条鹅卵石的过道。我这才发现高三尖子班又在我们对面，那栋楼一楼是生物化学实验室，三楼是地理室，中间正好就是理科的两个尖子班。这会儿正是课间，但对面的走廊静悄悄一片，只有三三两两的人偶尔出来打水又快速蹿回教室。

老黄所说的争分夺秒的局面终于拉开帷幕。

8月下旬时，老黄让班干部在音乐教室举行了一场主题班会，为了让这一次的班会看起来不像以往那样拘束，他甚至没有到场。

简霓自告奋勇和班长负责这一次主题班会的主持环节，经过干部们讨论，班会主题定为“我和大学有个约会”。

音乐教室的桌子分别摆放在教室两边，中间是宽敞的空地，简霓私下跟我透露后面有很多有趣的小游戏，如果没有人积极举手就让我和安安充当最前线的托儿。但后面我和安安完全派不上用场，场面一度热烈得有些失控，我们班会的时间是在早上，所以我印象最深刻的，就是那一天丘程拉开窗户的窗帘让我看外面的朝阳。

8 月底的若河正值夏季最热烈的时候，音乐教室开着凉飕飕的空调，外面的阳光穿过层层棉絮般的白云落在带着水汽的玻璃窗上，丘程用指腹在模糊的水汽上写我的名字。

“你的‘橘’字真难写。”他笑着把指腹在衣摆上擦了擦。

我学着对方的样子触碰上冰凉的水珠，在旁边写上他的名字。

“你的也没有多好写啊。”我脸不红心不跳地收回手。

顶端的水珠穿过玻璃上并列的两个名字往下拖出好几道迤逦的水痕，我们低着头，转身，听简霓讲解本次班会的最后一个项目。

“为了公平起见我们会在纸箱里盲抽号数，抽到的同学需要分享一个自己想要实现的愿望。”简霓显然有备而来，话音刚落就从讲台的角落搬出一个箱子，安安被喊上去负责抽号数。

第一个被抽到的人是班里的文艺委员，她腼腆地从人群里站起身说：“我希望自己能够考上理想的大学。”

这大概是全场所有人共有的愿望，所以大家脸上都心照不宣地露出果不其然的表情，简霓事先没有说抽多少个人，最后直接耍赖势必要把所有人都抽一遍。

她轻咳了一声：“那我先来，我希望自己有一天可以成为播音员。”

有人起哄：“我以为你是想要成为散打教练呢，看你多彪悍啊。”

“哎呀，下一个就是你了，曹逸你小子给我站起来！”

我的目光顺着简霓手指的方向看过去，然后看见人群中大摇大摆站起来的体育委员。

原来体育委员叫曹逸啊。

“你怎么一脸恍然大悟？”丘程拆开一瓶饮料递给我，转手把我手上的辣条塞回红色塑料袋里，“你都吃多少包了，一会儿又胃疼。”

我乖巧地捧着饮料，一边咬吸管一边说道:“一直以来都喊‘体委’来着，我还真忘记他的本名了。”

“‘体委’也不是他的艺名。”丘程嘲笑我，“昨天他上课走神了三次，被老黄点名批评了三次，你不会是又没听课吧？”

“听了。”我一本正经地撒谎，“我还做了一篇英语阅读理解呢。”

丘程笑了一声点头：“嗯，五道题错三道。”

“你上课除了听课、观察我之外还能不能关注点别的？”

“不能，除了学习剩下的注意力都用在你身上了。”他撑着脑袋笑得一脸狡黠。

太犯规了！

我正因心虚而眼神飘忽着就被简霓喊了起来。

“你呢？”

“我？什么？”我一头雾水。

简霓此刻的表情跟数学老师喊住我上黑板做题时的表情一样——恨铁不成钢。

“曹逸说他的愿望是和一个很重要的朋友考同一个大学，那你呢？”她冲我挤眉弄眼，在“重要”两字上咬牙切齿地加重音量。

四周热烈的视线像一张巨网把我笼罩其中，我的舌尖碰了碰后槽牙，让自己忍住低头想看丘程表情的欲望。

“我啊，我就想考个好大学。”

原本抱着戏谑眼神的众人瞬间泄气般一阵唏嘘，我余光瞥见丘程已经移开落在我脸上的视线。

“我想考去上海！”我心口一急，有点不管不顾地咬牙道，“我希望自己能够去上海。”

“啊——”

“来，让我们看看还有没有人想要去上海！”简霓高喊一声。

大家一边起哄一边激烈鼓掌，我听见身边的人撑着胳膊低头轻轻笑了一声。

我刚坐下就看见大家拍着桌子喊丘程的名字，我一边假装喝牛奶，一边偷偷地在大腿上掐了一下。

不能笑，千万别笑出声。

丘程撑着桌子站起身：“我的愿望啊——”

我的手心捏了一把汗，还要状似不经意地把视线从简霓身上往丘程身上轻轻一扫。

他挠着脑袋笑着说：“嗯，我也想去上海。”

我手上一用力，捏紧的饮料瓶有汽水从顶端的吸管口溢出来，我连忙低下头拿纸巾擦拭桌子，丘程的声音轻飘飘落在我头顶：

“其实去哪里都好，因为我想见的人，哪怕隔千山隔万水，我也会跋山涉水去见她。”

[4]

9月，若河高中又迎来了一批高一新生，张世伟借着集训空隙回校参加了开学典礼，但只待了一天就急急忙忙赶回去，不仅是因为集训还为了逃避老黄的一大沓试卷。

若河高中高三年级的题海战术时常是往届师兄师姐吐槽的重点，上学期文学社换届晚会上，坐在我旁边的学姐一边听指导老师讲话一边低头在一旁做数学试卷，草稿纸唰唰一小沓放在一边用水杯压着，因为纠结到底答案是“1”还是“－1”所以只能拖出另一沓空白的草稿纸又算了一遍，我全程听着笔尖摩擦纸张的声音像在听一场永不停息的钟鸣，撞得我太阳穴一蹦一跳。

紧凑的学习计划和高压政策让整个高三都像罩在一口热浪滚滚的熔炉里，如果不想被烈火灼烧就只能一个劲地往前跑，周而复始地做试卷和讲解试卷，让我们在短期内就有一种不做试卷就会被人浪推挤下热锅的错觉。

但丘程没有这种错觉，我们是被成堆的试卷追着跑，而他可是追试卷的人。

“你给我一条活路吧，ball ball you！”

我刚做完语文试卷的第一页，丘程的数学试卷已经做到最后一道大题。今晚值班老师是老黄，所以我把脑袋藏在立起的课本后面，声音压得很低。

他笑着露出小虎牙，伸手往我脑袋上一压：“你慢慢来，不会再问我。”

我转回头盯着语文试卷的阅读理解一阵发呆。这篇阅读理解节选自毛姆的《月亮与六便士》，月光代表美好的梦想，六便士代表物质生活。我好像再一次回到初中课堂的那一节作文课上，在所有人奋笔疾书，落笔写“我的梦想”时，只有我自己不知道自己未来的方向在哪里。

冰凉的笔帽轻轻碰了碰我的脸颊，我刚一侧头就看见丘程收回手。

“怎么唉声叹气？”他问。

我枕着手臂，悄声道：“你觉得我以后应该做什么呢？”

“你？”丘程看我一眼，“做……”

“嗯？”

他落在数学试卷上的笔尖一顿，笑着改口：“你想做什么？”

“我就是不知道自己想做什么。”

“如果不知道自己要做什么，那就把眼前的事情先做好，反正努力去成为一个优秀的人总不会是错误的。”

我看着他没说话。

他从试卷里抬头看我一眼：“怎么了？”

我摇摇脑袋，重新拿起手边的米菲黑色墨笔做试卷。

我本质是一个悲观的人，但好像每一次只要丘程对我说那些看起来冠冕堂皇又没有实质作用的话时，我都会莫名地深受鼓舞，或许仅仅只是因为说这句话的人是他而已。

简霓突然转身借着拿我橡皮的契机，冲我往体育委员的方向指了指，我看过去时老黄正好也从底下浅浅的笑声里发现异样。在教室的角落，体育委员一只手撑着脑袋一只手半握着笔，冲讲台的位置仰着头半张着嘴睡得正香。

“咳！”老黄走到他旁边清咳一身。

没反应。

他顿了顿抬起指节敲了敲体育委员的桌子。

没反应。

老黄直接怒了：“曹逸！”

“啊——”体育委员猛地从座位上蹦起来，抻着脖子大喊一声，“选C！”

大家瞬间笑成一片，老黄也没忍住笑，一边伸手捏了捏他的后颈一边说：“别在教室趴着睡，对脖颈不好。”

体育委员这才迷迷糊糊反应过来，红着脸坐下去。

这样的事情时有发生，连简霓早上从中山楼背书回教室后，都能在手肘碰上桌子时倒头就睡。

“我睡过最舒服的觉就是课间十分钟。”简霓振振有词地总结。

当时我们三个正站在中山楼二楼的露台上背书。若河的深秋来得比想象中还要快，白昼和黑夜被明显划分为六四分，黎明的鱼肚白刚刚浮现，看书时必须要借助白炽的走廊灯，但是四周起起伏伏的朗读声已经连成一片，像划破天际的一把利剑，在日出时发出前所未有的锋芒。

我捧着装豆浆的纸杯一边暖手一边背英语短文，偶尔卡壳停下来安安便会流利地帮我接上后面一句。

“有点冷。”简霓拉下手肘的校服外套把手指缩进去，“还有十分钟早读，走吗？”

“我还有一段没背呢，你俩先回去吧，帮我水杯打水。”

简霓抱起英语课本和文综知识总结的册子：“这种事就轮不到我俩了，丘程会给你打。”

她夸张地捂住心口：“哪像我，小白菜啊，地里黄啊……”

“滚。”我笑骂一声推着她下楼梯。

这会儿中山楼长廊上的人已经渐渐散去，站在露台往下看时还能瞥见从球场抱着篮球回教室的学弟，身后跟着一位喝牛奶的女生，男生突然回头把头凑近对方的牛奶瓶上说了一句什么，转身就被女生大怒着追赶进中山楼大厅。

我收回视线断断续续地把最后一段背完。

“In recent years, we have to face a problem that many students have poor eyesight……eyesight……”

“The situation is becoming more and more serious.”

我恍然大悟：“The situation……嗯？”我一回头就看见陆朝浥抱着课本站在走廊里看着我笑。

我不好意思地合上本子，我那狗爬式英文实在没脸见人。

“你也背书吗？”刚问完我才反应过来，陆朝浥是理科生。

“没有。”他笑着把怀里的课本亮了亮，“我去办公室找老师拿教材。”

“哦。”我应了一声又不知道应该说什么，我和他最近的一次接触就是上次他送我的绘画……绘画！

“对了，上次的画我很喜欢，一直忘记跟你道谢。”我挠着脑袋有点局促，“你知道我记性不好。”

“嗯。”他顿了顿从课本里抽出一本笔记本，“上次给高二的表妹补习时整理的英语例句和短语，她直接拿去复印了，这本手写本我也没用，希望对你有帮助。”

我接过红棕色封面的笔记本，打开的第一页就是一手端正的英语短句，旁边还有红色字迹的标注。陆朝浥好像无论做什么事情都特别认真。

“谢谢！我一定好好学习！”为了增加话语的可信度，我还伸手举过头顶煞有介事地晃晃四指。

“我回教室了。”他很浅地弯弯嘴角，消失在楼梯口旁边的走廊。

我又捧着本子往后翻了翻，字迹跟复制粘贴一样端端正正，这卷面分都比我高啊，这大概就是学霸和我之间的差距，我的每一本笔记，前几页都整洁干净，字迹端正大方，后面失去耐心之后，就是只有我自己能看懂的鬼画符。

我回到教室的时候，体育委员正捧着本子缠在简霓身边让她报这次校运会的女子 1500 米长跑。

简霓推开对方横在试卷上的本子：“别烦我，说了不跑。”

“你再仔细地想一想。”体育委员不依不饶地劝，“你要是跑下来了，你就是为班争光，给我们长脸！”

“你这脸大得还需要长吗？”简霓怒不可遏，“曹逸！你有没有良心啊，让我一个娇弱的祖国花朵去跑长跑！你的心是不是当早餐配菜吃了啊！”

体育委员抱着本子往后缩了缩，嘟囔道：“你这不是不娇弱嘛……”

“让一让！”我推着体育委员的肩膀往旁边移了移。

他顿时眼前一亮，拦住我的去路：“夏橘同学！我见你骨骼清奇……”

“你敢？”丘程抱胸靠着椅背皮笑肉不笑地看着体育委员。

体育委员瞬间一软：“程哥你不能这样啊，你自己不跑还阻挡我寻找有缘人！”

“我报了接力赛。”丘程提醒。

“还有男子1500米呢！”

“大暄呢？”

“他可是我们班的优质骨干，我早就帮他写了3000米。”体育委员刚得意忘形地晃晃腿，就被身后的方瑞暄一记锁喉锁住连连哀号。

“你倒是替我着想啊。”方瑞暄冷笑一声。

体育委员连连摆手：“这不是找不到人嘛，我明天就得交名单了。”

“那我报1500米。”丘程脚下微微用力，摇晃着椅背突然说道。

体育委员刚从身后人的桎梏里逃脱出来，顿时一喜：“程哥，你真是(4)班之光！”

“对了。”丘程突然想起什么似的歪着脑袋笑了笑，“把张世伟的名字写上。”

方瑞暄瞬间领会丘程的用意，一把夺过体育委员的本子在项目栏填上张世伟的名字：“差点忘记那个家伙了，下个月他应该要回来了。”

简霓摇着脑袋感叹：“真是令人感动的兄弟情，张世伟收到这个礼物应该会喜极而泣。”

“你报了吗？”我坐回位置上，下意识地把笔记本放在左上角的课本上。

简霓冲体育委员的背影挥挥拳头：“被逼着在100米项目上画押签字

了。”

“那我……”

“你别跑了，你一个800米慢跑还低血糖的人就别去凑热闹了。”丘程伸手拿过旁边的笔记翻了翻。

“那我岂不是很无聊？”

“不无聊啊。”他的眼前一道亮光一闪而过，“你可以在终点等我。”

“也……不是不行……”我故作镇定地把课桌上的课本整齐地列在一块，举着往桌面上撞了撞。

“你遇到陆朝浥了？”他突然开口问。

“你怎么知道？”我转过头，就看见他翻开红棕色笔记本冲我晃了晃。

“写得还挺全，连备注都有，他就差捧着课本给你讲题了。”丘程阴阳怪气地翻着本子，“难怪你不问我呢，敢情是有人给你开小灶啊。”

我有点无奈：“这是他给他表妹整理的笔记，刚好有多余的才给我。”

“既然是笔记为什么原稿在你这里？”他眼睛一眨不眨地看着我，语气带着咄咄逼人的凛冽，“我上次给你画的重点你看完了吗？”

“你为什么要这么仇视他，他不过是想帮助我。”

“你说我为什么？”丘程脸色一下就变了，“啪”的一声合上本子，审视地看着我。

我一脑袋问号，不明白他说什么。

丘程不怒反笑：“政治老师每天重复十几遍说要透过现象看本质，你是不是忘了？”

“……”

我仍旧不懂，茫然状。

他气笑了，抬手在我的脑袋上敲了三下：“那你觉得我这是在干什么？”

“废话，打我。”

“不是。”他摇摇脑袋，一本正经，“我这是让你今晚三更来找我。”

“……”

我：？

我又不是孙悟空！哪来三更半夜找菩提老祖学七十二变啊！

我心里吐槽，嘴上却不敢搭腔。

丘程大概也终于反应过来自己的态度有点过激，手掌成拳抵在嘴边清咳一声：“反正，你有什么问题得找我。”他顿了顿态度瞬间软化，“而且你看（17）班在对面多远啊，但我不一样，我就在你身边。”

我就在你身边。

我直接被这句话击中，神志不清地点点头。

第十章

我的青春里只有一个夏天

/

XIHUANNI,
MEIZIZI

[1]

校运会安排在11月中旬，因为考虑到高三正在备考，所以高三年级参加的运动项目被相应地减少，但是（4）班的热情依旧不减，班长和班里的干部趁着晚修最后一节课的时间，跟大家确定校运会的旗帜图案。

最后选中的图案是由四个互相紧握手肘围成的四边形，中间黑色加粗的阿拉伯数字“4”，四个角分别写着“family”“forever”“future”“friends”。

“四的英文是four，所以用f开头分别在四边写着家庭、永远、未来、朋友四个词的英文。”班长笑了笑，不好意思地继续往下道，“无论未来如何，我们永远是像家人一样的朋友。”

底下静了静，突然掌声雷动。

“我的妈呀，我竟然有点想哭。”简霓把头靠在安安肩膀上，“这简直是质的飞跃啊，以前篮球比赛我们还只会喊‘友谊第一，比赛第二’呢。”

大家的气势瞬间像胀鼓鼓的皮球直线飙升，连体育委员都信心满满地拉着丘程他们讨论接力赛的次序安排。

但是，谁都没想到会出现问题。

校运会前一天，制作旗帜的店家才告诉我们，预定的旗帜出了问题还得延迟两天才能制作完工，于是热血满满的皮球瞬间泄气成皮质小软包。

当天的晚修课，教室里异常安静，按照往常的行事风格我们这会儿应该在激烈地讨论明天的比赛，但是大家似乎都下意识忽略了这件事，只有班长还在一个劲地想办法能不能从其他地方临时买一个旗帜回来，虽然有点遗憾不能用上原本的计划，但好歹明天的入场不会空举一张班级的铁牌子。

丘程按照学校要求撰写班级的入场广播稿，我只来得及在他合上本子交给班长时瞄了一眼。就在所有人惴惴不安时，丘程拉着方瑞暄跑出教室，半晌后从外面扯回一块白色布料放在讲台上，方瑞暄紧跟其后捧着彩色颜料盘。

大家都抬起头看着他们。

“实在不行我们就自己画吧。”丘程站在讲台上拍了拍桌面，言简意赅地直接发问，“有没有人会画画？”

“我会一点。”人群中有个女生率先反应过来，颤颤巍巍地举起手，“我之前画过漫画人物，可以吗？”

“可以，还有没有人？”

周围陆陆续续有人举手。

班长打开教室的多媒体找出当时选定的那一张图直接设置成桌面，方瑞暄和体育委员组织男生把中间的课桌往旁边移动空出一大块空位，丘程带着方才举手会绘画的几名同学在讲台中间讨论一会儿绘画的分工。

我作为万年一年级水平的“资深”画手只能站在周围的人群里，大家都从沉重的沮丧里挣脱而出，拉窗帘关教室门，搬桌椅扫净空地，紧锣密鼓地为明天校运会走场的旗帜做努力。

这个场景跟上一次地理自习课上大家一起偷看电影时的情形相重叠，

好像时间一直没有往前跑一样，可是明明距离小兵和陈萍结婚已经过去了很久，久到我都忘记当时小兵发的喜糖是不是“阿尔卑斯”，只记得丘程大手一挥写下的：新婚快乐，百年好合。

长方形的白布直接摊在空地上，不知道丘程从哪里找来的劣质产品，摊在地上还能隐隐透出地板的红绿色碎花纹。

班长大致在布上比画了几下，最终抬手在中心的位置上画了个圆：“这里是阿拉伯数字 4 的位置，以它为中心往四周二十厘米左右的位置开始画四个手肘——”他转身指了指多媒体幕布上的图案，“只有三个手肘上是需要涂颜色的，另外一个直接是白底色。”

“那看起来会不会没有肉感？”体育委员认真地问了一句。

原本一脸慎重的众人瞬间被逗笑。

丘程正在一旁搅拌颜料盘闻言笑道：“你自己都没什么肉感就别担心它了。”

体育委员的身材是典型的瘦高个，宽大的校服罩在他身上空荡荡一片，衬得他像是晒衣专用的竹竿。

他也不在意，挠头说要给其中几位负责绘画的人员出去打水。

“他们现在可是我们班的重点保护对象，渴了没力气画怎么办？”

“对啊，我们不要凑太近会遮住头顶的光线，一会儿他们发挥不出正常水平。”有人道。

大家便一致往外退了退。

其中有几位是平时少言寡语的同学，大概是第一次被众人簇拥着而受到鼓舞，脸上有点红，但眼睛很亮。

期间，老黄来过教室，知道前因后果后也就任由我们折腾，只是乐呵呵地站在一旁喟叹：“年轻真好啊！”

我们赶在晚修结束前二十分钟完成了入场旗帜，因为布料太薄的原因图案还透过布料直接印在地板上，我和简霓默不作声地把桌子搬回原位挡住图案。

班长拿出一早就准备好的长竹竿把旗帜绑在上面，煞有介事地立在讲台上挥了挥。

“感觉怎么样？怎么样？”体育委员追着问。

班长大手一挥：“爽啊！”

大家便开始鼓掌，我们表达兴奋的方式就是鼓掌拍桌子。

没头没脑的掌声回响在教室四壁，突然教室由外往内被轻轻推开手臂宽的缝隙。

“你们也太客气了，这欢迎仪式有点高调啊。”张世伟瞪大眼走进教室，转身看见挥着旗帜的班长顿时吓一跳，“还有旗呢，这也太隆重了！”

“还有更隆重的——”丘程坐在课桌上不怀好意地冲他抬抬下巴，“大家都为你准备了一份礼物，一份你一看见就会感动得泪流满面的礼物。”

“什么礼物？什么礼物？”张世伟果然眼睛一亮，一脸兴奋。

班长从讲台下面把号数布递给他。

“什么意思？”张世伟盯着上面的数字一阵发蒙。

“我们送你一场1500米长跑。”班长珍重地拍了拍他的肩膀，“明天加油！”

体育委员带头开始啪啪鼓掌，张世伟的哀号直接淹没在掌声里。

校运会当天下起了小雨，雾气朦胧地弥漫在上空，在高三的列队里得幸于班长准备的长竹竿，我们的班级旗帜鹤立鸡群地立在其中。入场时，雨水渐停，跑道和中间的草坪湿漉漉一片，广播台的人员站在高台上念广播稿。

“向我们走来的是意气风发的高三（4）班……”

简霓举着班级铁牌站在最前面，旁边是用力挥舞旗帜的体育委员。

班长大喊一声口号：“高三（4）班，比赛第一！不要友谊！”

“比赛第一！不要友谊！”我们齐声高喊。

全场传来断断续续的轻笑声，老黄站在旁边的过道上捧着保温杯喝水，闻言直接喷出一口水。

逃课、偷看电影、上课聊天、偷吃零食、动手制作旗帜、私自篡改口号……我青春里所有的“小叛逆”都留在了若河高中。

那天细雨朦胧，灰蒙蒙的远山像一座无法逾越的高塔，我们曾以为遥不可及的分离就这么在漫天水花里重重砸在我们脚下。

我低着头随着队伍往前跨步，我们手绘的（4）班旗帜在所有的旗帜中带着稚气未脱的孩子气，它其实并不完美甚至因为下雨的原因，图案周边的颜料冒着毛边似的晕染开一小片。

但是我们那么开心，开心到仿佛忘记这是我们高中生涯的最后一场校运会。

[2]

校运会结束之后，生活又恢复到反复做试卷和对试卷的循环中。张世伟结束集训重新回到教室，终于迎来他深恶痛绝的“题海”，但他时常在休息的间隙给我们唱歌解压，每当这时候简霓就会起哄引着他往《青藏高原》和《死了都要爱》上面走，张世伟每次都痛不欲生地讨饶。

模拟考之后就是若河的深冬，整个教室的门窗常年紧闭，进出开门时从走廊开端吹进来的呼啸冷风像裹着针尖，刺骨又凛冽。坐在教室门前面的第一排同学每天起码要重复十遍“记得关门”，后来索性写了一张告示贴在门后面。

每当这种时候我就会庆幸当时丘程选的是最后一张桌子，如果是第一张我铁定就离开了。

“你又发什么呆呢？”丘程敲了敲桌子，“接下来的题还听不听了？”

“听听听！”我缩手缩脚地坐在椅子上连忙点头。

丘程看我一眼，立起校服的领子，把拉链直接拉到最高处遮住裸露的脖颈。他提着水杯往教室外走去，出门时还不忘关上门。

直到他把滚烫的水杯塞进我手里，我才微微回过神。

“你的是保温杯不暖手，先用着我的吧。”他重新摊开试卷，拿起纸笔，“现在能听题了？”

“嗯。”我用力地点点头，手心的热度直接传到我的五脏六腑，温热得像一个小火炉。

张世伟临近下课时被语文老师喊住，让他交昨天没有上交检查的语文试卷。

高三的语文老师是一位瘦小的女老师，平常上课总是和风细雨，乐于和同学们打成一团，但张世伟是她经常头痛的一位学生。

她站在讲台上抱着试卷笑道：“顺便把‘333’带上来，我就不信了，你怎么就不能把《琵琶行》背下来。”

“333”是语文的古诗册子，张世伟每一次语文考试，古诗几乎都是零分，偶有几次背对了诗句但默错词，语文老师一度改得痛心疾首。

张世伟眼见着语文老师走出教室门，就蹿到我面前着急地说：“快！把程哥的试卷借我，我把阅读理解抄一下。”

丘程这会儿不在教室，我往他课桌侧边的书包指了指：“喏，你自己翻。”

张世伟拉开书包拉链翻了翻，没有找到试卷，最后直接一股脑地反着把书包里的东西倒在桌面上，一拿到试卷就急急忙忙地坐回位置上抄答案。

我盯着杂乱的课桌只能认命地帮对方收拾，丘程的书包只有两本习题册和一本笔记本，剩下都是零零散散的试卷，我把他们摊开分门别类地整理在一块。

这是数学试卷。

这是数学试卷。

……

怎么还是数学？

我一脸无语地翻开另一张白色试卷，突然瞥见中间有小块叠成书信模样的纸张掉落下来。我往四周扫了一圈确定没有人往我这边望过来才低下头拆开书信。

我喜欢你。

嗯？这是他自己的字迹。

纸张白白净净就只有四个字，我左右翻了翻突然瞥见角落隐隐透出的黑色笔墨。

我翻到背面，一排端端正正的字迹落在右下角：

如果我会画画

一闭上眼睛就能把你的眼角眉梢勾勒在宣纸上

可是我不会画画

所以你只能住在我心里

日期是 2014 年 4 月 1 日。

我微微一愣，前方突然有一道浅显的阴影落在课桌上，我慢半拍地抬起头，与站在过道上的丘程四目相对。

冬天，最难挨的就是把手指从校服外套的袖口里伸出来写字，硬邦邦的手指碰上冷冰冰的签字笔写出来的字歪歪扭扭，我不得不放慢速度。

丘程在一旁嘲笑道："就你这速度，这节早读课结束你都做不完这几道题。"

"你管我。"我暗地里冲他翻白眼。

"嗯，我不仅要管你还要惯着你。"他从书包里掏出一个粉色的暖水袋塞我怀里，"你不是一直喊着手冷吗，我早上在寝室刚充好电。"

我把手指插进两边毛绒绒的袋子里，指尖一阵麻酥渐渐回温。

"你寝室为什么能充电？"若河高中明令禁止寝室用电，因为怕过大的电量或失误危害到学生的生命安全。

"我们和隔壁寝室一起捣鼓拉来的电源。"丘程顿了顿，"但你们别弄，太危险了。"

"危险你还弄？"

他没作声，只是低头看试卷。

"你……"我迟疑地看他一眼又收回视线。

"嗯？"他手上转着笔没抬头。他今天的校服外套里面套着一件蓝色卫衣，带着微微立领，他半掩在衣领里的耳垂泛着微红。

我没忍住伸手捏了一下。

他如临大敌，猛地站起身往旁边一闪。

“程哥，你要带读吗？”张世伟在讲台上喊了一句。

他愣愣地看我两秒，僵着脖子坐回位置上。

我被他的巨大反应吓了一跳，只能低着脑袋假装继续做数学题。

张世伟因为懒于背古诗，被语文老师特令代替丘程上去带读，他把椅子搬到讲台上坐着，立着“333”煞有介事地带读《出师表》。但高三的早读课跟以往不同，学校对高三生总是宽容居多，为了考虑每个人的进度不同便准许大家私自出去背书，所以此刻留在教室里的人并不多，有些还在埋头做习题，张世伟拖长音的带读声异常突显，只有三三两两的几个人跟着他一起朗读。

安安就是其中一个。

我第一次感谢张世伟的拖长音，他成功地掩盖住我过于快速的心跳声。丘程突然猛地侧过身，瞪着眼睛推了推我的手臂。

“你——”他一脸严肃，“你干吗呢？”

“啊？”我怀疑暖水袋的热度直接过渡到我脸上了，“我就……就碰了一下你的耳朵。”

“你还捏了。”他一脸认真，“你是不是故意的？”

血液瞬间往我脸上一阵翻涌，我的大脑一片混沌，就像昨天被丘程抓住偷看他书信的那一瞬间。

当时，我靠着强大的心理素质，漫不经心地把纸张塞进他的书包，避重就轻道：“张世伟刚跟你借语文试卷了……”

“你看见了。”他一针见血。

“我……不小心的。”

他半点都不给我装傻充愣的机会：“你知道我的意思吧？”

意思？什么意思？

我如坐针毡感觉时间慢悠悠地飘在我们身上，我握住课本的手指绷紧在一块。

他突然伸手抓住我的手腕，把握成拳头的手放在我的手心里。

“我把它给你了。”

我愣愣地低头看着他青筋微隆的手背：“什么？”

他慢慢松开拳头把滚烫的手心覆在我的手心上，相触之间又转瞬移开。

“总有一天你会收下的东西。”

我还愣在原地回想昨天的情形，丘程已经转过身心情颇好地继续转着手上的笔，自言自语地笑：“怎么这么不经吓……”

我只装没听见，继续消耗脑细胞做数学题。

简霓蹦蹦跳跳地从外面回来，嘴上含混不清地哼着曲子，脸上写着让我们快问她怎么了的神情。

我准备晾着不理，倒是安安心地善良地问了一句怎么了。

“我刚听文学社的人说明天要来班级宣传来着，估计是高一和高三交换礼物的时间到了。”

“那你干吗这么兴奋？”我问道。

“有礼物收你不兴奋吗？！”

“不是还得送回去？”方瑞暄直接道。

简霓顿了顿一拍大腿：“瞧我这脑子！”

张世伟刚从讲台上下来，卷着册子兴奋地加入关于买什么礼物的讨论。

“别说，上次学长给我送的礼物我还挺喜欢的。”张世伟摸着下巴思索，“不知道这次会收到什么礼物？”

废话，照着你的喜好买的能不喜欢嘛。

安安原本把脑袋压在交叉的手背上，闻言状似不经意地直起身问我：

“橘子，你希望收到什么礼物啊？”

我顿了顿，直言道：“只要不是《五年高考，三年模拟》我都行，简霓你呢？”

我心领神会把话题抛给简霓，简霓醒目地说了一堆之后把问题抛给张世伟。

张世伟想了想：“好像也没有特别想要的礼物……随缘吧。”

我：“……”

简霓：“……”

我和简霓互相对视一眼都在彼此眼里看到杀气。

后面的讨论因为老黄的到来而终结。

今天的英语课要听试卷前面的听力，老黄为了让我们适应高考听力的语速，这次的听力完全是按照高考的标准。

我握住笔，全神贯注地盯着试卷。

“The first question is……”

我脑袋一蒙，之前的语速我还能听清问题，这次连问题都听不清了。

“The second question ……”

这就第二题了？

丘程敲了敲我的试卷：“你干吗呢？”

“我听不懂……”我十分委屈地指了指音响，“那里面放的是英语吗？怎么跟咒语似的？”

他哭笑不得：“一会儿我给你重复一遍。”他一边说，一边在选项C的位置上打了钩。

我怕打扰他听听力便不再开口说话，丘程都能根据答案把问题清清楚楚地重复一遍，我连听都没听懂。

听力结束之后，班里起起伏伏的抱怨声溢出门窗。

老黄拿着粉笔在黑板上写下听力答案：“你们要习惯这个语速，明年6月你们就不会听不懂了。”

我的脑袋被“明年”这个词震了一下，好像这时候才确切地感受到高考很快就要来临，我们所剩的时间不多了。

“听力的第一题是个陷阱题，全文出现了两遍‘twelve’但第一个是‘12pounds’第二个是‘12.4pounds’。男生一共有‘50英镑’，我们需要做减法，所以答案选B，25.6pounds……接下来我们看第二题……”

老黄一边讲解答案，一边让我们听听力时要抓住重点词汇，我只能慢半拍跟上他的速度，到后半节已经控制不住深深的烦躁感由内往外扩散。

我要怎么办？

如果我一直不会，高考要怎么办？

如果考差了不能去上海怎么办？

这种强烈的迷茫当头一棒砸在我的脑袋上，像不断攀爬的爬山虎，不停地把所有的疑惑牵扯出来，猛然滋生出自暴自弃的念头。

可是，丘程把我拉了回来。

“这张试卷的听力部分有点难。”他把课本中间的另一张英语卷子抽出来放到我桌上，“你做这张卷子吧，课后我再给你讲听力。”

他收回手之前轻轻地捏了捏我的手腕：“没事，有我呢。”

我眼眶一热，没敢抬头看他，只能在老黄冗长的讲解声里埋头做试卷。

老黄临近下课才通知我们学校在12月底要举办建校八十周年庆，到时会有很多校友回校参加活动，可以自主申请表演节目。

“终于能看见送孔子铜像的本尊了！”张世伟喊了一声。

老黄笑着摆手：“你们到时候礼貌一点，别咋咋呼呼地让人家以为我们若河高中的学子这么沉不住气。”

体育委员连连附和：“会的，会的，我到时介绍自己都是鄙人姓曹，名逸，字……”

“自打东土大唐而来。”简霓接了一句。

全班一阵哄笑，原本压抑的气氛渐渐消退。等到高三我才明白班级里拥有几个幽默的开心果是多么重要的事情，在所有挤压的试卷和千斤重锤的压力面前，我们只能靠他们时不时蹿出头的幽默，吊着一口气坚持下去。

[3]

文学社隔天就来班级宣传交换礼物的事情，丘程当时枕着手臂在睡觉，头顶的发梢在阳光下一闪一闪地落着金光，他安静地闭着眼睛时睫毛温和地搭在下眼睑上，眼角微微向下像个不谙世事的孩子。

直到宣传人员离开教室我才反应过来，我一整个早读就光盯着他的睡相走神。安安在前面小声跟简霓讨论买礼物的事情，我心里蠢蠢欲动一瞬间下了决定。

高三的第二次模拟考在校庆之前，考试前几天教室里总是保持着一种饱和的状态，连推门出去打水上厕所的人都有所减少。每一个人都争分夺秒地做试卷对试题，经常回荡在教室里的问话就是：

“你地理试卷做了吗？”

“你对答案了吗？”

“糟了，数学函数我还是听不懂。”

“这道题考试会考吗？”

经常有人故作镇定地顶着青黑色的黑眼圈说，别着急，还有一学期呢。可是我们都知道，不够，时间不够。

明年1月份，张世伟要去广州参加高考艺术科考试，方瑞暄要参加体育生全省体育专业统考，所以教室里经常看不见他们。

有时放学后我们会凑上彭嘉彦一起去音乐教室找张世伟，他经常不是在练钢琴就是跟着音乐老师学乐理知识，那是唯一我们能够完全不接触学习的空闲时间，他偶尔还能给我们弹周杰伦和五月天的歌曲伴奏，简霓站在讲台上一边律动身体一边跟着琴声哼唱。

我们推开音乐教室门出来时，正好在中山楼的走廊看见落日散尽之前的最后一点余晖，所以很长一段时间，我的脑袋里关于天空的颜色，都是拂晓时苍茫的初晨和日落时橙灰色的黄昏。

“如果，我是说如果——”张世伟把手肘架在走廊的横栏上，“我们不在一个城市的话，谁要是不来找我玩，我就把谁踢出我们的组织群。”

“不在同一个城市挺好的，哪儿都是自己人能吃更多的美食。”简霓嘴馋地撇撇嘴，“而且你才是最三心二意的人！我看你还是自觉退群吧。”

张世伟去集训之前就弄了一个聊天群，但是我们急着备考，闲聊的时候很少。

“走吧，我们去吃饭。”丘程冲我们招招手。

落日的最后一点光芒被黑夜覆盖，球场和校道的灯光齐齐骤亮，琅琅读书声又从四面八方涌过来。

模拟考结束的当天是周五，不过高三周六得留校补课，所以大家很快又从考试里抽身转战题海，但晚修时还是有断断续续的声音传过来。

“数学第3道填空题的答案是‘2’吧？”

“不是吧，我算出来是‘1’呀。”

我面无表情地抬头问丘程：“数学第3道填空题的答案是什么？”

“2。”丘程看我一眼，“考完就别问了。”

我的自信心瞬间溃败：“我写的是1……”

“那最后倒数第二道函数大题的第2小问f(x)的单调性，是在区间（-2，2）上单调递减，在区间（2，6）上单调递增吗？”我一边在本子上写答案一边期待地看着他。

“嗯。”丘程点了点头，笑着揉我的脑袋，“你怎么这么厉害？”

“一般，一般。”我笑着谦虚地摆手，终于能安心写作业。

第二次模拟考的试卷比第一次难度要大一点，所以成绩公布当天（4）班的氛围有些沉重，连体育委员都不再搞笑逗乐，在一边绞尽脑汁思考如何才能逐梦成功。

他的逐梦信仰是这次文科的第二名，丘程比他少0.5分排在第三。

“你看看，你看看，学霸之间的竞争多恐怖啊，相差的或许只是一道题里一个小数点的问题。”简霓指着排行榜上顶端的总分惊叹不已，“这分数我想都不敢想，梦里梦见都得惊醒。”

安安这次的总分比上次降低七分，但因为试卷的难度加大，大家普遍都减了几分，所以她依旧排在十五名的位置。

简霓的成绩在第一百名左右徘徊，而我这次的数学考得不错，所以排名往上涨了几名。

我在第三名和第七十六名之间比画了两下，看似是一个手臂的距离，实则相差甚远。

“啧，我跟你说影响我高中生涯里最重要的三个男人王后雄、黄建国，还有就是——”简霓敲了敲排行榜左边理科的排名，“万年第一陆朝浥，你说说我们还有什么理由不努力！”

她后半句学着方主任在颁奖大会上的语气，既振奋人心又莫名带着滑稽。

每一次的统考排名都会贴在黑板旁边的墙壁上方便大家查阅，但老黄这次顾及大家的心情就没有贴出来，只是让我们想要了解的人自己跟班长借名单，不仅如此他还组织大家放学后一起去跑操场、爬学校后山。

老黄语重心长道："只有强健的体魄才能有精力好好学习，今天下午依旧操场集合，四十六个人一个不少，不要让我知道又有人偷偷躲在教室学习，体委到时候点下人数。"

"好嘞！"体育委员应了一声。

老黄走出教室，大家又开始埋头苦学。

下课铃声一响，体育委员就赶着我们去操场集合，球场上有低年级的男生在打篮球，张世伟手痒痒地投了一篮就被体育委员往跑道上拖。

"你可以吗？"丘程跑在我旁边，"慢一点也没事，反正是自由跑。"

我点点头，表示暂时还撑得住。轰轰烈烈的慢跑长队占据了跑道，老黄站在跑道外围一边捧着保温杯喝水，一边对经过他身边的同学加油鼓劲：

"加油！还剩一圈了！"

"努力！只有一圈了！"

"坚持！最后一圈了！"

"怎么还有一圈啊？"体育委员撑着膝盖停在老黄身边，"老师，你是不是数学不好？"

场外有新的班级加入进来，跑道上的脚步声顿时加大了好几分贝，庞大的队伍快速从我们身边经过，其中一人还不慎撞到体育委员。

"能不能看点路啊，我这么大个人……"体育委员张嘴就是一句脏话。

"小孩子，别说脏话。"老黄刚想安抚性地拍拍他的肩膀，没想到体育委员突然往前蹿了出去，他一时拍空只好收回手继续喝水。

我盯着前面队伍担忧地问丘程："体委不会要闹事吧？"

“没呢，那是（15）班，他估计看到熟人了。”丘程道。

“啧啧啧，令人动容。”我喟叹一声。

丘程跑在我旁边笑了笑：“要不你也往前跑，我也追追你。”

我警铃一响，顿时缩着脖子拉开距离。

丘程最近时常明目张胆地开我玩笑，我上次突发奇想拿着张世伟的平光眼镜把玩，但教室里没有镜子，我便转身随口问了一句：

“你觉得眼镜好看吗？”

他认真盯着我看了两秒：“你比它好看。”

我手一抖差点把眼镜扔出窗外。

我闷头往前跑，丘程也不紧不慢地跟在我旁边。

今天的天气并不冷，太阳挂在半山腰晒得我们额头透出细密的热汗，我盯着脚下一同往前延伸的影子，悄悄往他身上靠近一点。

后来集体跑圈成了（4）班放学后不定时的集体活动，在八十周年庆的前一天，体育委员还问老黄我们能不能上去表演一个团体跑圈。老黄认真地摸着下巴思索：“那舞台估计装不下我们班四十六个人。”

八十周年庆典的位置安排在操场，学校在前面的空地上架起一个比上次文艺会演还大的舞台，大家各自搬着凳子在下面的空地上找位置，手上是学校发给我们活跃气氛的彩色拍手器以及学校特别定制的若河高中八十周年庆的红色鸭舌帽。

学校是按照从低到高的年级分配位置，所以高三级的位置在最后面，距离舞台十万八千里，我眯着眼睛才能看清前面的舞台。

丘程把手上的鸭舌帽扣在我的脑袋上：“一会儿太阳就出来了。”

我乖乖地抬手调整位置，张世伟坐在我们前面和隔壁班级的女同学聊天，简霓抻着脖子往前张望，最后失望地坐回原位。

我低着头跟丘程聊天，前面突然一阵嘈杂。

“怎么了？”我推了推简霓的肩膀。

“要开始鸣炮了！”简霓一脸兴奋地站起身，“学校这次下大成本了！”

我刚想问清是什么大成本就听见天空突然炸响，一道红色的彩绸从舞台上方往前延伸，紧接着就是一同放出的五彩礼炮，彩色烟雾在天空中划开一道彩虹。

“还真是大成本。”我喃喃自语。

漫天的炮仗声噼里啪啦地响起，白天只能看到浅浅的烟火，但丝毫不影响大家的热情，手上的拍手器终于派上用场，热闹得像在看一场演唱会。

那是我所记住的若河高中最富有的瞬间。

因为坐在后排，全程的表演我都没怎么注意，直到结束搬凳子回教室时才惊觉一个上午已经过去。

学校领导午饭之后要带往届的校友参观学校，为了体现学校的诚意，甚至连学校饭堂的饭菜质量都提高了。

但为了避免撞上尴尬，我们都是订了外卖在教室解决午饭，下午的时候丘程直接缠着要跟我回家吃饭。

“你不觉得不太好吗？”

丘程一脸无辜：“为什么不好，夏姨还让我把你家当成自己家，我怎么会忤逆她？”

我争辩不过对方只能任由他跟着一起回家。

我推开家门的时候，夏女士正坐在沙发上看电视，只抬头问我怎么突然回家，一瞥见丘程直接笑成花。

“哎，程程你要来怎么不提前说一声，我都没买什么菜。”她略过我拉丘程的手，“怎么感觉瘦了？”

“怎么可能，体检的时候他还重了四斤呢！”我冲我妈翻白眼。

“胖点好，胖点好。”她立刻改了态度。

丘程站在一边偷空对我笑，狐狸尾巴都快翘上天。

我刚进房间，夏女士就打发我去买酱料。

她从厨房里探出头：“家里还有五花肉，我给你们做点叉烧。”

那个“们”字简直感人肺腑。

“我去吧，夏姨。”丘程说。

她连连摆手：“就让宝儿去，没多远路呢，你帮阿姨把客厅饮水机的水换了。”

我从玄关的小铁盒里拿了零钱，刚低头穿鞋子就看见丘程站在我前面。

“早点回来。”

“……”我有点无奈，“不是，丘程同学我就去个超市，十分钟就回来了。”

“十分钟都够我想你一千八百回。”

我眼皮一跳立刻往厨房的位置看过去，他恶作剧得逞般露出恶魔的小獠牙：“快去吧。”

我拉开门就迫不及待地跑出去。太危险了，我心有余悸地拍拍胸口下楼梯。超市在小区对面，我一边跟偶遇的熟人打招呼，一边解释为什么周三下午我会回家。

丘程来我家的次数并不多，虽然他之前千方百计想要来我家，但都被我四两拨千斤地绕了过去，他还曾质疑我的房间是不是藏着不为人知的秘密，因为他为数不多的几次来我家，我都是死死守住房门，跨一步杀无赦。

我走进超市，准确无误地绕过中间好几排的货架往后面走。我刚从琳琅满目的酱料里拿起叉烧酱，脑袋突然灵光一闪，指尖紧紧捏住酱料的瓶盖。

对啊，我为什么不让丘程进我的房间？

我气喘吁吁地往回跑，刚上楼就看到丘程侧身靠在门边玩手机。我站在台阶上撑着膝盖调整呼吸，一时之间不知道该不该往前走。丘程莫名其妙地看我一眼，接过我手上的袋子。

“怎么跑这么急？”

“我……怕我妈急。”我直接略过他回房间。

晚上回校时，夏女士掏空冰箱给我们塞了一书包的车厘子和杧果。我对于她百忙之中还记得我喜欢吃杧果甚是欣慰，丘程接过我的书包跟在我后面下楼梯，楼道里的感应灯随着我们下楼的脚步声往下层层亮起，楼梯平台墙上的窗户用纱窗阻挡半开着，有寒风从外面吹进来，我一手拽着校服衣摆一手拉高领口的拉链。

“宝儿。”

“嗯？”我盯着脚下的台阶整理外套的领口。

他的声音在空旷的楼道晃了晃：“对不起。”

我愣了愣，把手插进校服口袋，站在平台上低着头没吭声。

他继续往下走：“我没有骗你，当时的电话是真的，但是后来我爸的单位分配了新房子，搬家时便把以前的手机号码也一并换了。”

他把手掌轻轻压在我的头顶：“对不起，当时没有等你。”

丘程中考之后便随着他爸妈去海城，他告诉我这件事的时候，我们正背着书包从学校回家，我对海城的印象只有要坐很久很久的公交车，久到我们不能一起上下学，甚至不能见面。丘程把写着歪歪斜斜数字的手机号码塞给我，让我以后打电话去找他。

“那如果我找不到你，你会回来找我吗？”

“会，我发誓。”

可是他没有回来。

夏女士答应我，只要考第一名就带我去找他。初二那年，我终于可以扬着成绩单去海城，可是那串阿拉伯数字已经是空号，他搬了家我找不到他，我坐在回程的车上哭了一路和夏女士说，我再也不会原谅他。

可是，我多没出息啊，他一站在我面前，我就忘记那些眼泪是怎么流的。

我塞在口袋里的手指用力地捏了捏才继续往下走："我妈告诉你的吗？"

丘程跟在我后面，身影高大地罩着我："我在你的房间看到《水浒传》的 108 好汉的卡片……夏姨才告诉我的。"

"她说，我离开的前一天晚上，你为了给我收集 108 张好汉卡，才导致隔天没能起来送我。"

我专注地盯着楼梯上流淌一地的暖橘色灯光，故作镇定地"啊"了一声："你不是说，你最难过的事情就是没能收集它们，我俩什么关系啊，我肯定……"

"那你知道我为什么想要收集卡片吗？"

丘程打断我，从后面伸手拉住我外套的帽兜，笑意荡开在我耳后。

"是因为你说喜欢，我才花一个月的零花钱去买'金丝猴'，我收集它们是想要把它们送给你。"

[4]

寒假，高三生只有十天假期，春节一过便要收起心思回校上课。张世伟和方瑞暄自从联考结束之后就彻底放飞自我，有一次公然在课堂上玩纸牌被老黄直接罚到门外站着背英语，这次回校才微微收敛。

老黄在年后理了新发型，一进教室就被大家连番起哄，他摸着脑袋跟大家分享今年过节他女儿送他的一幅手绘作为新年礼物，他像所有的家长一样，一边说画得不好还得多练习，一边笑得两眼弯弯。

往后的日子就是没日没夜地做习题、应付考试、整理知识点。

那是我整个青春时代最忙碌的时间段，我们每天五点半起床，晚上十二点睡觉，晨会上学校领导说得最多的就是“决战高考，不能辜负青春辜负自己”。

教室黑板上方挂着“奋战高考”的横幅，右下角写着高考倒计时，班长每天早上到教室就会修改数字，这种感觉非常可怕，我们眼睁睁地看着时间溜走，我们要跟时间赛跑，可是我们永远都追不上时间。

历史老师归类历史事件的时间点时曾说过，这种往前回顾的感觉很神奇，当时班里有人举手否认。

“可是，我并不觉得我以后回顾高三会觉得很神奇，我只觉得很恐怖，我这辈子都不会想再重来一次。”

历史老师把粉笔抛进盒子里笑道：“你们以后就会发现，高中三年是你们这辈子最难忘的时光，特别是高三，它或许是你这辈子努力获取知识的巅峰。”

可是我的巅峰也太矮了吧。

我翻着手上的文综试卷对照答题卡，主要扣分在选择题，地理尤其严重。

“比上周进步了吗？”简霓转身问我。

我“啪”的一声合上试卷趴在上面，气息奄奄：“还不如上周。”

高三一周只有周日上午是休息时间，周日中午就要赶回学校考文综，我上周分数有所欠缺，这周奋发图强扬言要在下周追上丘程，目前看起来是没可能了。

“不会吧，你不是专攻文综吗，怎么不进反退啊？”简霓拉过我的试卷和安安一起低头研究。

“这大概就是命运吧。”我把下巴压在课桌上，心如刀割。

她们互相对视一眼，突然望向我异口同声：“你是傻子吗？”

安安指着试卷:“你把地理第二题的答案涂第一题上了,后面就全乱了。”

“这要是高考，你就得找丘程哭了。”简霓道。

丘程刚好从外面回来，长腿往椅子上一跨侧身问我：“你为什么要找我哭？”

“你听错了。”我把试卷直接塞进抽屉里。

这会儿已经下课，简霓找我一会儿去图书馆后面的长廊背书，丘程把手指上转着的笔扔进笔盒里问我：“你今天下午能不能不去背书？”

“要干吗？”

“带你去玩。”丘程直言道。

“同学，明天就百日誓师了，你还带我玩。”我嘴上说着却把原本抱起来的课本塞回抽屉里。

丘程从警卫室里拿出滑板，是高一他“一战成名”的黄色小旋风，上面还沾着我泼洒在上面的颜料。

“上来。”他单脚固定滑板冲我抬抬下巴，“我带你去河道兜风。”

我颤颤巍巍地拽着他的校服衣袖刚在后面站稳，他右脚在地上用力一蹬滑板快速往前方的河道滑过去。

高三下课时间比其他年级晚，这会儿校门口的学生已经细数散尽，只有几个走读的高三生推着自行车从校门口出来。我紧紧地抓着丘程的校服。河道的风很大，吹乱我额前的头发飘飘荡荡地落在我的眼尾处。滑板呈蛇尾走向往前蜿蜒而去，我不敢松开手只能把额头凑近丘程的后背。

他脚下一下踩空，努力平衡才没有把我甩出去。

我从惊吓里回过神止不住地笑，风吹进我的喉管引发一长串的咳嗽。

“让你笑我。”丘程的声音被吹散在风里，“你这样多好，我看你这几天都快走火入魔了。”

“我怕赶不上进度。”我嘟囔一声。

他顿了顿，说：“可是，我也不想你那么辛苦。”

我手下一下用力，勒得他惊呼一声。

“我们要是不能在一个城市怎么办？”我施施然松开手，笑着从他身后探头问他。

他笑着回头看我一眼：“原来你想跟我一个城市啊？”

“没有……你听错了！”他止不住地笑，我顿时恼羞成怒，情急之下直接用脑袋去撞他的后背。

他微微吃痛往前缩了缩脖子：“你别逼我啊。”

“你想干吗？”我警惕地盯着他的动作。

他突然脚下一用力，微微偏向河道急刹车停下。

我吓了一跳，脑袋撞上他后背的同时下意识伸手抱住他。

他的笑声灌进风里，在我退开的一瞬间转身伸出手掌压了压我的发顶。

“夏橘小朋友，辛苦了。”

百日誓师大会当天，所有高三年级学生在中山楼前面集合。老黄穿着白衬衫西装裤从楼梯口下来时就收获了我们一众人的掌声。

他脸上一热，连连摆手让我们消停。

校长站在讲台前面讲话，红艳艳的宣誓横幅挂在二楼上空，陆朝浥作为学生代表上台带领我们宣誓，那天的阳光像我第一次踏入若河高中那天一样，热烈而刺目，好像所有的一切都刚刚开始，可是我们已经要结束了。

“白日宣言，鸣惊天下！”

“十年寒窗，百炼成钢！”

“全力以赴，奋战高考！”

……

百日誓师结束后回教室，张世伟走在最前面拍着胸脯一脸惊魂甫定。

“还好刚才大家的声音大，没有听到我喊什么。”

简霓标准的看戏脸，撞了撞方瑞暄的胳膊：“他喊什么了？”

方瑞暄一边躲闪张世伟作势要封口的手，一边笑着大喊：“喊宣誓人的时候他直接跟着人家陆朝浥喊名字，把我们周围人逗乐了！”

“宣誓人！陆朝……伟！”体育委员在旁边重复道。

“你爸妈知道你改名叫‘陆朝伟’了吗？”简霓嘲笑一声快速蹿回教室。

老黄在上课铃打响十分钟之后才进教室，手里抱着一个英语课本大小的浅蓝色箱子，他把上面的教案取下，拍了拍箱子说：“来，班长把东西发一下。”

现在的试卷都装箱里吗？我刚低头从笔袋里挑笔就听见班长喊简霓的名字。

简霓恍恍惚惚地站起身。

老黄解开最上面领口的纽扣拉了拉：“上来取一下，这是你们高一写的信。”

底下一阵哗然，一改先前的淡定自若，兴高采烈地上去领信件。

我已经不太记得自己写的东西，所以这时候拆开总带着隐隐的兴奋感。

“交换一下？”丘程拇指和食指捏着信的一角诱惑地晃了晃。

我警惕地往后退了退：“你等一会儿。”

我拆开信快速瞄了一眼，入目是一排排整齐的名字，班级里四十六个人，一个不少。

我重新叠回去和丘程交换。

他的纸张是我当时分给他的另一半，边角微微褶皱，里面只有一句话。

为夏橘千千万万遍。

“你的信里为什么没有我？我的信里可是只有你。”丘程不满地合上纸。

我盯着白纸中间的八个字反反复复地看了很多遍，最后只能小心翼翼地把它重新叠回去牢牢放进手心。

“我写了。”我凑近他指了指纸张边角那一行缩小的字体，“我希望能和他考同一个大学，‘他’就是你啊。”

丘程奓起的毛瞬间被安抚，视线移向别处清咳一声做掩饰：“那你可要加油啊。”

教室里起起伏伏的调笑声，张世伟看完自己的信之后才到处走动去偷看别人的。

“长高十厘米？你这个就过分了！”张世伟钩着班长的脖子笑得肩膀直颤，“不如让曹逸分给你吧，他都要蹿天了！”

“滚！”班长拉过他的肩膀一阵暴揍。

我看着他俩搞怪的动作在一旁笑，丘程突然伸手捏着我的下巴把我转过头去看着他。

他叹了一口气：“你别看着他们。”

“为什么？”

“伤眼。”

“……”

老黄始终扬着嘴角看我们闹，最后喧嚣声太大，他才开口阻止。

“无论你们写的是班级里同学的名字，自己希望考上的大学，自己想要实现的梦想，还是其他的东西，我都希望你们记住这一刻，记住你自己想要的东西……同学们，还剩 100 天，你们要好好珍惜。”

有人起哄问老黄有没有写，他坦然从箱子底下抽出一封信打开给我们看。

“我的愿望就是你们啊。”

他写的是我们班四十六个人的名字。

百日誓师之后，整个高三教学楼每一天都亮如白昼，各科老师不再追赶进度而是保证每道题型大家都能游刃有余地完成，往届的高考试卷变成我们日常需要完成的考试，有人在教室做试卷做到一半突然停下来埋头痛哭，教室里开始弥漫着苦涩的咖啡味，连丘程在帮我打水时都会给我加几片茶叶。

我们负重前行，不分白昼黑夜地找问题，一开始还会因为考试成绩而烦恼到最后连缓和的时间都所剩无几。

那段时间，在我记忆中都是零碎的片段。安安生病时抱着我们大哭，丘程坐在升旗台跟我抱怨时间不够，张世伟闹事被罚写检讨，各科老师都变得更加和风细雨，他们不再说我们是最差的一届，他们千方百计地想要让我们在万人高考中杀出一条血路。

一直到第二次模拟考结束，距离高考只剩 30 天时，理科班有人因为过大的压力造成晕厥被家长接回家，校方心急如焚地临时安排了一场高三年级的拔河比赛。

班长和简霓是这次活动的负责人。简霓为了凑人数首先就给我和安安报了名，班里的男生默认为主要战斗力，两位负责人苦口婆心地劝说大家参赛，终于在晚自习的最后一节课把所有参赛人员都找齐。

比赛时间在放学后，体育老师作为主裁判，抽签决定出场次序和对战班级，大家原本只是打算借这个契机缓解压力，但没想到不仅首战告捷，后面我们还赢了（14）班。

体育委员站在讲台上拍着黑板一脸兴奋地说道：“照我们这个趋势，很有可能进前三啊！”

班长在黑板中间画了一道横线，往两边人员站位画着小圆圈：“曹逸说得对，既然我们要比，那就全力以赴。明天我们的对手是（3）班，他们上一场输给了（14）班，所以我们有很大的概率能够赢他们。”

大家瞬间被班长说服。

“那我们要怎么做？”有人问了一句。

班长做了个拉力的示范：“拔河比赛的站位是左右交叉，你擅长用力的手要放在后面的位置便于发力，而且手心一定要向上。”

“还有重心往下压，别怕摔倒，全体成员都要向后倾斜。”体育委员难得正经地讲解技巧，他点了点班级里“吨位”比较大的一位同学，“明天就靠你压住绳子了！”

底下发出轻笑，体育委员拍着桌子兴奋地说道：“如果明天我们能赢，我以个人名义请班级里所有同学喝奶茶！”

张世伟带头鼓掌，漫天的掌声和欢呼声冲破屋顶。

“你明天站我前面。”丘程敲了敲我的桌子，“你今天是不是摔了？”

“就手擦了一下。”我顿了顿，问，“你怎么知道？”

他没说话直接拉过我的手腕看了看掌心，更加坚定自己的决定：“你明天跟着我。”

隔天拔河比赛连老黄都到场给我们加油鼓劲，体育委员让大家绑紧鞋带说千万不要踩到鞋绳摔倒，各就各位握住粗绳时，我只听到尖锐的哨声一响就有一股巨大的拉力把我们往对面拉，操场上围了一圈人，有一个女生冲我们班的阵营喊加油，又被（3）班的班长拉回去。

“你到底是哪个班的，我们队在这儿。”

“我为丘程加油呢！”

我手下一滑，片刻丘程就凑到我耳边让我抓紧绳子。

“往后压！往后压！”体育委员青筋凸起，大吼一声。

在所有的欢呼和助威声里我都能听到自己骨骼扭转的声音，比赛结束时所有人都精疲力竭地站在原地。

可是我们输了。

我们赢了（14）班，（3）班输给（14）班，可最后我们输给（3）班，数学老师教给我们的等价交换并没有用，我们在这场比赛里成了死循环。

大家不免觉得失望，特别是在高考来临的关键时刻，任何一个输赢都会波动我们的心情。

当天晚上（4）班低气压罩顶，大家都闷不吭声地低头做作业，张世伟突然从座位上站起身走上讲台。

他用力地敲敲黑板见大家把目光望过去才一本正经地笑着说：“虽然我们没有赢得比赛也没有喝到体委请的奶茶，但我还是觉得要给我们班女生鼓掌……”

他话音刚落，班长就带头鼓掌，台下女生微微一愣有点不知所措。

“我当时站在后面，她们真的很努力，有些人就差躺在地上碰瓷了！”张世伟突然挠头一笑，“嗯，或许她们只适合当我们班的小公主。”

“张世伟，你今天终于讲人话了！”简霓日常爱与他抬杠。

班长笑着说：“我倒是第一次看到我们班女生这么凶狠。”

“对啊，对啊，班群里的照片，一个个跟要冲过去把对方班抽筋剥皮一样。”

“我们班的都是大魔王，才不是小公主。”

“你们男生是不是找死！”简霓见情况越演越烈立刻插话笑骂一声，“一会儿就让你们尝尝我的分筋锉骨手。”

安安也笑着说：“我平时可文静了！”

教室里慢慢热闹起来，大家都在讨论当时的情形之下哪一种措施能够彻底翻盘又是哪一刻我们没压住绳索。

“输赢好像也没那么重要了。”我撑着脑袋一边看简霓追杀体育委员，一边对丘程道。

丘程刚侧头和张世伟说话，转头一脸茫然地问我：“你说什么？”

我摇摇脑袋在渐渐平息的吵闹声里重新翻开课本。

[5]

2015 年的夏天，我们在漫长的题海战术后，终于迎来毕业季的 6 月，毕业典礼的前一天晚上所有人都无所察觉，当巨大的轰鸣划破天空时，我从教室窗户看见细小的火光蹿上天空在天边炸响。

高三整栋教学楼的走廊都是人海，火光铺天盖地，映照在我们脸上，漫天撕碎的试卷和习题册从天而降像一场盛大的雪景。

这是我幻想了三年的场景，我以为我会兴奋得振臂高呼，但我比任何一个时候都冷静，甚至连我扬言要撕碎的试卷和习题册都安安稳稳地躺在课桌抽屉里。

有人起头开始唱歌，从小小的附和到整栋楼的大合唱，我们唱《北京东路的日子》，唱《晴天》，唱《倔强》，唱《再见》，又唱《不说再见》。

毕业典礼当天，我们穿着班服在中山楼下参加了最后一场升旗仪式。

每个班级都是不同颜色的班服，从顶楼上空往下看像一张五颜六色的彩绸。校长的“三句话”结束得比印象中还要快，方主任难得放下凶巴巴的表情，让我们沉着应战，队伍里所有人都低着脑袋不说话，麦克风电流的杂音都像一场离别曲。

我们在操场拍了（4）班的集体毕业照，阳光很强，看着镜头的时候会下意识地眯着眼睛，有风蹿过我们的衣袖，片刻又消失不见，我们傻笑着对着镜头喊“茄子”。

我在散场后跟其他同学和老师拍合照。我拉着数学老师拍照，余光正好瞥见地理老师——陈萍，大家咋咋呼呼地说要拉着她同小兵一起拍照，我钻了空子，在他们去喊小兵的时候让文艺委员先帮我和地理老师拍一张。

我亲切地挽住她手腕，她突然笑着问我：“丘程呢？”

我直言：“他去找篮球队的人了。”

“你俩不拍吗？”她正对着镜头笑，声音带着淡淡笑意。

“什么？”

“你们关系不是很要好吗？”她拍拍我的手背，“高一那会儿，你们班给我们送祝福的卡片上，他画的是你的侧脸，那画工要不是底下标有你的名字我都没认出来，后来他过来跟我说你们闹矛盾了，他要借机跟你和好来着，但弄错了卡片，还让我别说出去。”

我愣在原地，脑袋瞬间炸开一场烟火。我突然想起丘程火急火燎从我手中拿过明信片时的表情，以及后来突然不再对我生闷气。我半晌才借着拥抱地理老师的动作，开心地笑出声。

小兵被（4）班同学从另一个班级硬抢过来，大家轮番上阵踊跃地排队要跟若河高中的“模范夫妻”合照。

小兵笑着说：“上课的时候都不见你们这么积极。”

简霓坐在旁边的草坪上冲我招手。

“怎么了？”我从不远处跑过来，稍一喘气，就看见简霓冲我指了指不远处的另一个班级。

“（17）班，你要跟陆朝浥合影吗？”

（17）班离我们班不过三米的距离，陆朝浥站在人群中间被同学围着合影，我望过去的时候刚好和他转头的视线对上。他低头笑着和同学说了一句，转身往我这边走过来。

他好像比以前高了，但眉眼依旧明朗，带风的枝丫、青翠欲滴的草地以及晃眼的阳光都像为他量身定做的背景。

他是我所见过的最美好的男生。

“毕业快乐。”他从口袋里掏出一根棒棒糖递给我，“刚被同学抢了，只剩最后一根。”

“谢谢。”我把棒棒糖塞进校服口袋里。

微风把他的发梢吹落在眉间，我笑着说：“毕业快乐啊，陆大神！”

简霓在一旁站起身提议：“我给你们拍个照吧？”

我恍然想起我和陆朝浥的合照只有初中的毕业照，见他点头我才转身并排站在他旁边，他身躯微微倾向我，带风的衣角碰上我的手臂。

简霓拍好后站在原地看照片，他突然低头问我：“我能不能抱抱你？”

我愣了愣大大咧咧地伸出手拥住他：“这好像是你第一次请求我，以前都是我麻烦你。”

“我从来没觉得你麻烦。”他手心轻柔地拍了拍我的后脑，“中考前一天搬离课本回家的下午，你和我说过一句话，你还记得吗？”

我想了想试探地问道：“是说让你好好加油那一句吗？”

“不是。”他笑了一声，“你说，高中就不能看见我了。”

他握住我肩膀压低声音：“夏橘，这次我不能为你留下来了。”

我瞬间僵在原地，眼眶通红一片。我的视线只能看到他身后中山楼顶层的圆形时钟，但我张着嘴却说不出话。

我从来没想过他不去华附的原因是因为我。

陆朝浥已经自顾自松开手，转身重新回到班级队伍里，他没有回头，连背影都带着至此终年的断绝。

这才是所有人眼中的陆朝浥，时光瞬息万变，可是好像只有他，只有他永远是最好的样子。

简霓跑过来把手机递给我，让我看照片。

“我觉得这张好看一点，后面这张有点糊……你怎么了？”

老黄在远处招呼我们重新回教室，我突然悲从中来抱着简霓用力地摇摇头：“我们能不能不毕业啊？”

安安从远处跑过来，一言不发地拉住我的手：“不是说好绝对不哭的吗？”

“我没哭。”我吸着鼻子反驳。

“好好好，没哭。”简霓顿了顿把下巴架在我的肩膀上，“我跟你们说，我可是要当你们伴娘的人，你们谁要是忘记我，我……”她低下头声音一软，“我也没有办法的……如果你们忘记我，我一点办法也没有，所以你们一定别忘记我啊。”

“说什么傻话，我们还要一起上大学。”安安眼睛瞬间红了。

我鼻尖一阵酸涩伸手帮安安擦眼泪：“你别哭啊，你一哭我也想哭了。”

简霓揉着眼睛不看我们。

“谁欺负你们了？”体育委员突然从旁边蹿出来，“怎么哭了？”

简霓直接破涕为笑，下意识伸脚就是一腿。

“我就问一句，你也踹我。”体育委员委屈巴巴地抱怨，“都要毕业了，能不能对我温柔点？”

“抱歉，抱歉，条件反射。”简霓笑着赔礼道歉，拉着我们迅速往教室走。

我们到教室的时候老黄还没有下来，丘程半趴在桌子上玩手机，张世伟原本越过过道凑在他旁边，看见我们的瞬间才施施然缩回位置上，安安默不作声地坐回位置。

“你玩什么？”我凑过去往屏幕一看，突然看见我的身影一闪而过，我急忙伸出手往回一滑，“你偷拍我？”

“对啊。”丘程承认得非常爽快，“你不找我拍照，还不准我拍你？”

我顿了顿，说：“我又没说不跟你拍。”

他拉着我，举高手机：“来，看镜头。”

我刚往镜头看过去，他直接按下拍摄键。

他眉眼弯弯地低头翻看手机里的照片：“这是我们的第二张合照。”

体育委员原本站在教室门口盯梢，突然急急忙忙地冲我们喊：“老黄要下来了！大家记住鼓掌啊！”

老黄刚捧着保温杯推开门，雷鸣般的掌声瞬间响起，他连忙往后退了一步顿了顿才笑着进教室。

“吓我一跳，还以为走错教室。”

老黄把保温杯放在讲台上，他身上依旧穿着那一件勒领口的白衬衫和西装裤。今天的天气很热，他把袖口挽到手肘处突然长长叹了一口气。

“你们这群小兔崽子竟然就要毕业了。”

他顿了顿摆手笑道：“别嫌我啰嗦，最后还是要交代一遍，准考证、身份证一定要记得带，还有起码要有三支黑色签字笔，试卷条形码一定要记得贴，可以带水杯但别喝太多水，做完选择题就要马上填涂答题卡，考完一科扔一科别去对答案。”

“老师，考试那天你会去吗？”有人举手问。

“会，我在校门口迎接你们！”老黄撑着讲台桌子，“你们之后还要回学校领资料和《志愿填报指南》。”

大家低着头不说话，有人已经开始埋头偷哭，老黄原本想抬手扯领口但手伸到一半突然又放下来。

“哭什么，今天是毕业典礼啊，你们不是整天嚷着想毕业吗？之后就不用再回来上课了。”老黄叹了口气笑着指了指台下一众人，“明天都给我去看看考场，后天谁要是找不到考场立马来校门口找我……你们都好好加油啊……就这样了，大家回寝室收拾东西吧。”

他依旧好似三年前初见我们时那般。

他站在讲台上冲我们摆手，低着头没看我们。

大家坐着没动，班长突然站起身说：“老师，我们有礼物送给你。”

他回头看向文艺委员，泪眼婆娑的女生撑着桌子站起身低声哼唱：

“人生路上甜苦和喜忧，愿与你分担所有……”

一个，两个，五个，到最后所有人都站起身跟着附和。我站起身时余光瞥见右上角地板上的彩色颜料，眼泪瞬间决堤。

“阳光总在风雨后，请相信有彩虹……”

“风风雨雨都接受，我会一直陪在你左右……”

2012 年的夏天，老黄用这首歌迎接我们，带我们彻底进入高中生涯，现在我们用这首歌跟他告别。

合唱的声音越来越大，老黄站在讲台依旧学着第一次见面时冲我们挥手，但这一次说的是再见。

他背过身偷偷擦眼泪，转回身依旧笑呵呵地看着我们。

“毕业不是终点是人生新的起点，老师希望你们每一个人都有一个更好的未来。”他微微往后退了一步，深深地鞠躬，“谢谢你们成为我的学生。”

班长红着眼大喊一声：“鞠躬！”

“谢谢老师！”

他们在最美好的年华里看过最糟糕的我，但我一点都不觉得难堪，那是我在面对这世界拥有铠甲和利剑之前，心甘情愿向他们袒露的软肋，是我在变成真正的大人之前交给他们，最真实的我自己。

他们是青春赋予我的最好的恩赐。

高考的前一天下过雨，但是高考当天晴空万里，阳光落在半湿润的泥地上，周围的马路上车辆静止鸣笛，若河高中挂着“高考必胜”的巨大横幅。我穿着夏季校服在校门口和老黄握手，丘程站在我的考场门口，轻轻地抱了我一下。

“加油。”我说。

“你也是。”

黄色课桌，宽大的过道以及头顶嘎吱作响的风扇，一直到最后一科英语试卷做完之后，我才有时间停下来。

做完试卷和距离收卷铃声响起的那段时间很短，教室里只有细微的声响，有人翻阅试卷检查，有人仍旧在埋头苦赶。

我用最后五分钟回想整整三年。

校长说，不能辜负青春，不能辜负自己，但青春原本就是我无论多努力去度过都会觉得遗憾的时光，可我总在最后一刻才惊觉。

“请各位考生停笔，英语考试到此结束……”

我的夏天就这么过去了。

我收拾东西穿过人潮快速下楼梯，丘程站在中山楼大厅的楼梯口等我。简霓在大厅人流里追赶张世伟，安安被方瑞暄拉着对英语答案，她一边笑着拒绝一边把视线望向人潮中不停穿梭的身影。

我突然发现，我的青春里真的只能拥有一个夏天，往后那些再好都不是我的。

丘程跑过来接过我手中的袋子，迫不及待地提醒道："高考结束了。"

"没有，有些地区考三天哪。"

他侧头看我一眼："你是不是想憋死我。"

我顿了顿，说："我其实很早之前就告诉你了。"

"什么时候？"

"送你的腕带里面我缝了字。"

"你什么时候……"他猛地站定，"和高一交换的礼物是你送我的？"

我点点头。

他转身就走，我吓了一跳上前拉住他的手。

"你干吗去？"

他一脸认真："回寝室拿腕带。"

"你问我不就好了。"我哭笑不得地看着他。

"那你……你缝什么了？"

"喜欢你。"

"……"

我握在他手肘上的手往下滑，滑到他的手掌处十指相扣。

"丘程同学，我的心也交给你了。"